吉林省党史资料丛书
JILINSHENG DANGSHI ZILIAO CONGSHU

一位断臂老人的回忆

张在田◎口述
杨芳◎记录整理

东北师范大学出版社·长春

图书在版编目（CIP）数据

一位断臂老人的回忆 / 张在田口述；杨芳记录整理.
— 长春：东北师范大学出版社，2025.2
（吉林省党史资料丛书）
ISBN 978-7-5771-1209-1

Ⅰ.①一… Ⅱ.①张…②杨… Ⅲ.①革命回忆录—中国—当代 Ⅳ.①I251

中国国家版本馆 CIP 数据核字（2024）第 061015 号

□策划编辑：许革晨
□责任编辑：刘　婕　　□封面设计：尚书堂
□责任校对：刘玥婷　　□责任印制：侯建军

东北师范大学出版社出版发行
长春净月经济开发区金宝街 118 号（邮政编码：130117）
电话：0431—84568020
网址：http://www.nenup.com
东北师范大学音像出版社制版
吉林省优视印务有限公司印装
长春市净月小合台工业区银湖路 1188 号（邮政编码：130031）
2025 年 2 月第 1 版　2025 年 2 月第 1 次印刷
幅面尺寸：170 mm×240 mm　印张：16　字数：228 千
定价：69.00 元

"吉林省党史资料丛书"由中共吉林省委党史研究室、东北师范大学、东北野战军后代联谊总会合作编写

《一位断臂老人的回忆》编委会

主　　任：杨晓慧　王　珂　刘煜滨
副 主 任：王占仁　庞立生　张万鑫　王可强
　　　　　郝云光　黄耀河　王宜田　梁晓源
委　　员：（按姓氏笔画排列）
　　　　　于丽娜　王元池　牛皖平　朱　巍
　　　　　刘　慧　朴龙云　关　超　李　磊
　　　　　吴言洪　张士文　张立艳　张　丽
　　　　　杜金萍　赵　镝　崔　文　梁玉堂
　　　　　蔡星海　薛春生
策　　划：王宜田
口　　述：张在田
记录整理：杨　芳
顾　　问：张继荣　张　杰　张继光　张继诚
　　　　　张　鹏　郑　玮

1988年，中央军委授予张在田独立勋章

荣获的勋章

勳章名稱 勳章號碼	命令發出時間 命令編號
三級獨立自由勳章 03053	1957.6.18 第141號
二級解放勳章 02819	1957.6.18 第141號

姓名 張止田
出生時間 1916.12
性別 男
民族 漢
籍貫 山東萊西芳香

證書號碼 157905

附註
1. 本證書不得遺失。
2. 本證書不得借與他人。

勋章证书

荣获的纪念章（由左向右依次为解放东北纪念章、华北解放纪念章、全国人民慰问人民解放军纪念章、解放西南胜利纪念章）

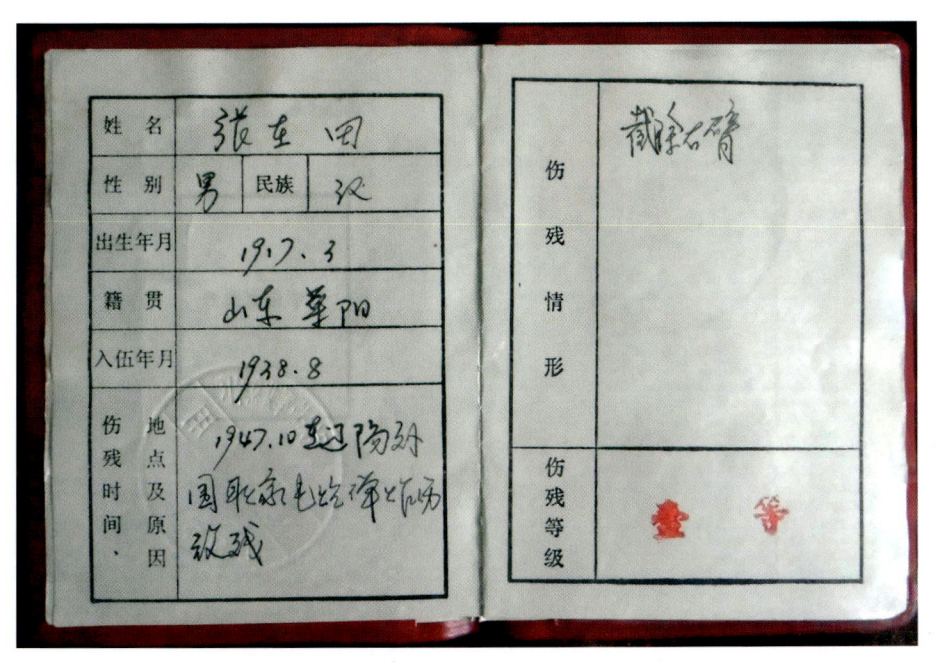

革命伤残军人证

革命残废人员评残登记表

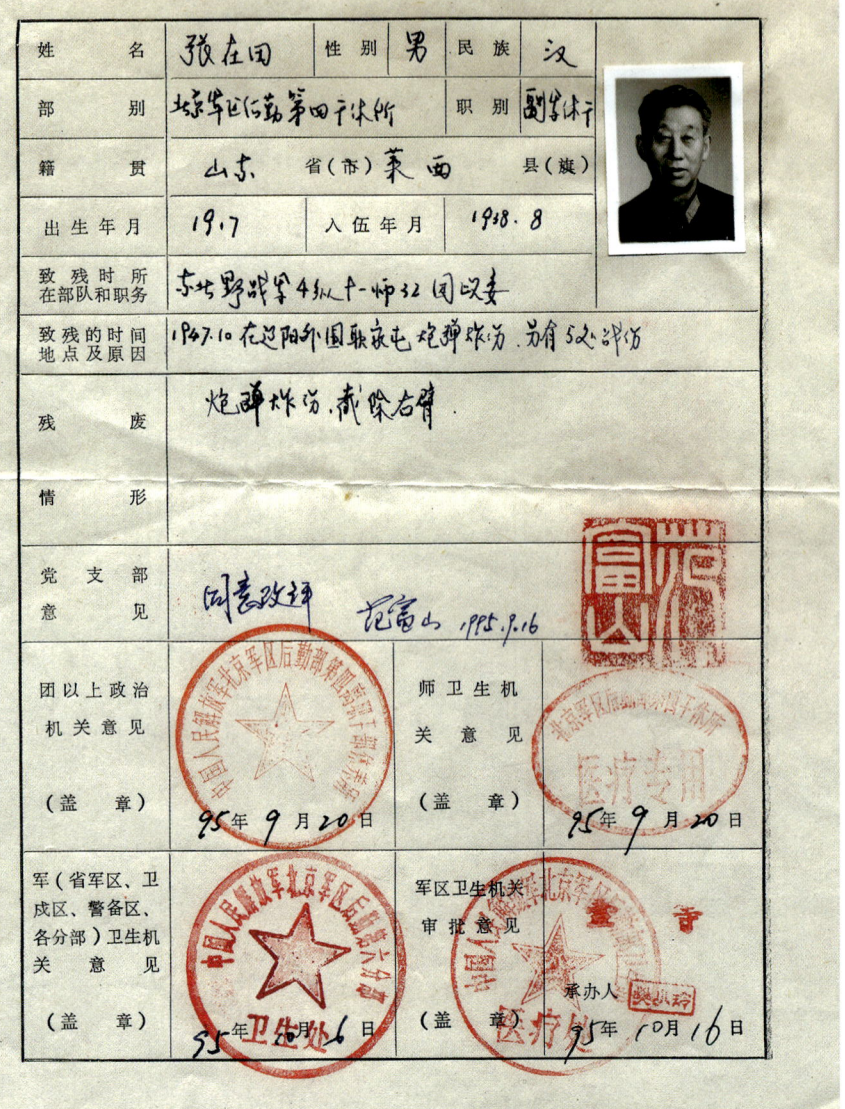

姓　　名	张在田	性别	男	民族	汉
部　　别	北京军区后勤第四干休所		职别	副营职干	
籍　　贯	山东 省(市)		莱西 县(旗)		
出生年月	19.7	入伍年月	1938.8		
致残时所在部队和职务	东北野战军4纵十一师32团战士				
致残的时间地点及原因	1947.10在辽阳外围歼灭屯炮弹炸伤，另有5处战伤				
残废情形	炮弹炸伤，截除右臂				
党支部意见	同意改评　范富山 1995.9.16				
团以上政治机关意见（盖章）	95年9月20日	师卫生机关意见（盖章）	95年9月20日		
军(省军区、卫戍区、警备区、各分部)卫生机关意见（盖章）	95年10月16日	军区卫生机关审批意见（盖章）　承办人	95年10月16日		

在解放战争中作战英勇，失去右臂，评为一级伤残

1945年11月，张在田在辽宁凤凰城

1946年初，张在田任职于3纵4旅10团

1949年底，张在田因伤致残调至41军炮兵团任政委，这是他在天坛公园的留影

1950年2月14日,张在田调任西南军区炮兵暂编1师政治部主任前与炮9团领导临别合影

1950年2月末,张在田在南川剿匪群众大会上讲话

1950年3月，张在田在南川剿匪指挥部任主任时深入一线调查南川剿匪工作情况

1950年末，张在田在炮兵第二训练基地工作照

1951年2月20日，张在田主任在炮兵第三训练基地举办的抗美援朝部队授炮典礼上讲话

1951年2月20日，张在田在炮兵第三训练基地与基地师以上干部、来宾合影（二排左二为张在田，时任炮兵三基地政治部主任）

1951年2月20日，张在田在炮兵第三训练基地与基地团以上干部合影（一排右二为张在田，时任炮兵三基地政治部主任）

1951年，张在田去北戴河疗养时与战友合影（时任炮兵三基地政治部主任）

1960年，张在田接见被国民党残匪砍断双手的女英雄徐学惠（此时女英雄徐学惠已安装了假肢）

1995年,张在田在4纵炮兵团建团50周年纪念大会观礼台上(右二为原4纵炮团参谋长姚路,右三为原4纵炮团政委张在田,右四为原65军副政委常久,右五为原4纵副政委员欧阳文,右六为原4纵司令员胡奇才)

1995年,张在田在4纵炮兵团建团50周年纪念大会观礼台上(右一为原4纵炮团参谋长姚路,右二为张在田)

1995年,张在田在4纵炮兵团建团50周年纪念大会观礼台上(左一为原65军副政委常久)

1995年,张在田在4纵炮兵团建团50周年纪念大会时与老战友见面(左一为炮团第一任政委郑戈令,这是他们分别46年后的第一次见面)

1995年，张在田在4纵炮兵团建团50周年纪念大会上与炮团老兵见面

1995年，退休后的张在田在4纵炮兵团建团50周年时与老战友及军区领导、4纵领导的大合影（第一排左六是宋承志，左七是胡奇才，左八是欧阳文，左九是张在田；第二排左十一是张在田妻子蔡毓娥）

2006年3月1日，张在田和他的老战友们

2007年5月30日，张在田在战争博物馆里回忆战场上的战友

2007年，张在田在北京北海公园

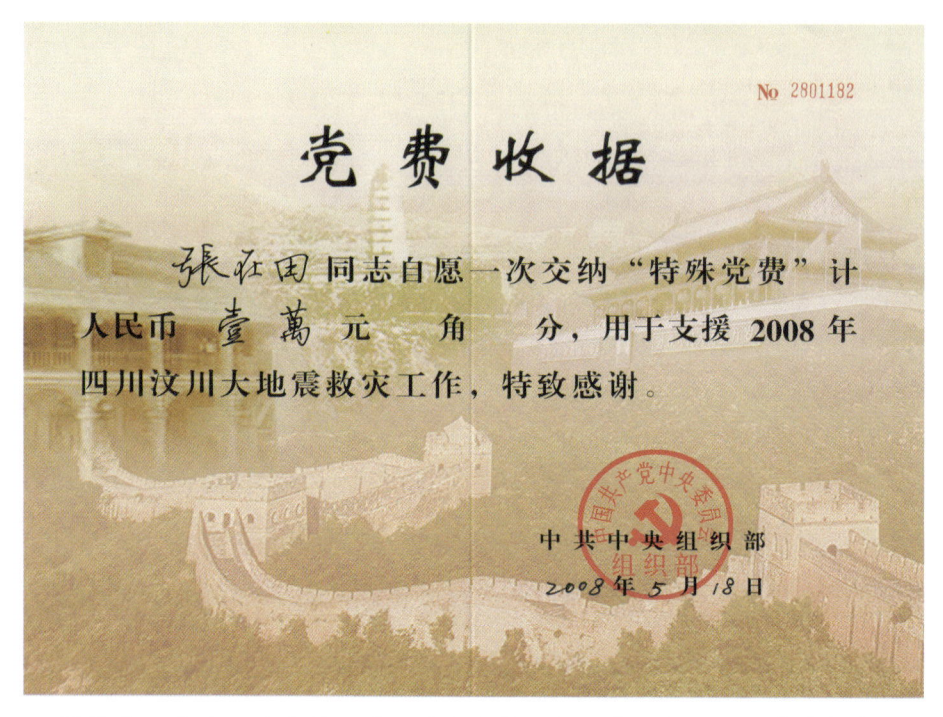

2008年，张在田为支援四川汶川大地震救灾工作而交纳的"特殊党费"

1950年，张在田与妻子蔡毓娥（供职于第三野战军后方医院，后调入二野炮9团）合影

1973年，张在田夫妇及三子一女合影

2007年5月2日，张在田夫妇合影

2010年12月18日，全家为张在田老人祝寿

序 言

2021年2月20日，中共中央总书记习近平在党史学习教育动员大会上强调："学党史、悟思想、办实事、开新局，以昂扬姿态奋力开启全面建设社会主义现代化国家新征程，以优异成绩迎接建党一百周年。"习近平总书记还指出："我们党的一百年，是矢志践行初心使命的一百年，是筚路蓝缕奠基立业的一百年，是创造辉煌开辟未来的一百年。回望过往的奋斗路，眺望前方的奋进路，必须把党的历史学习好、总结好，把党的成功经验传承好、发扬好。"

当下，全国各地都在利用各种方式宣传革命战争年代的英雄事迹，挖掘红色历史，开展各类纪念活动，全力弘扬红色文化。2019年，吉林省作家协会会员、中共吉林省通化市委党史研究室特邀研究员杨芳送来一叠手写稿，说这是根据革命战争时期一位老兵的口述资料整理的。书稿封面上"断臂老人"这四个字，让我的心情倍感沉重。出于职业敏感和对革命战争年代老兵们的敬重，我笃定地认为记录着张在田亲身经历的书稿，一定是一部很好的很有价值的东北解放战争的回忆录。于是，我郑重地翻开书稿仔细阅读，被老兵张在田的故事深深吸引，并建议杨芳女士把书名定为"一位断臂老人的回忆"。

张在田是山东人，1937年就参加了革命，1938年加入中国共产党，投身于中国人民抗日战争，1945年9月随部队渡海来到安东（今辽宁丹东），又投身于东北解放战争，后被编入东北民主联军第4纵队，参加了东北解放战争的发起战役——"四保临江"战役。1947年10月，在秋季战斗中，张在田率部攻打辽阳时被国民党军队的炮弹炸断右臂，但他重伤不下火线，后转入炮团继续参加解放战争，直至东北全境解放，又随军南下，参加平津战役，进军大西南。在多年的革命生涯中，他经历过食不果腹的困顿，经历过冰冻三尺的严寒，经历过地上有敌人追杀、空中有飞机轰炸的艰险，五次负伤，在战斗中逐渐成长为一名优秀的基层指战员。张在田在每一次战斗结束后，无论胜败，都会认真总结经验教训，在战争中学习战争，不断提高自己的无产阶级素养和作战技能。他的这一良好习惯大大降低了战斗减员数量，并在大安平战斗、"四保临江"、平津战役、南川剿匪中充分发挥了作战指挥才能，立下了卓越的功勋。

  作者整理《一位断臂老人的回忆》的初衷，是将其编辑成类似族谱的资料，留给张在田的后代以做留念。但是，在读了这些口述资料初稿后，我感到这些不是简单的故事，而是一段有声有色、有血有泪的战斗经历，如果能还原其历史面貌，将成为一部珍贵的历史资料和党史教材，受教育的就不只是张在田的儿孙，而是千千万万个后来人。

  东北解放战争波澜壮阔，战将如云。现在，存世的历史资料多以将军的回忆录为主，基层指战员的亲历口述资料少之又少。杨芳女士是一位做事认真的女作家。作为一位地地道道的通化人，为了将张在田老人的回忆资料丰富起来，2019年，她在通化参加了"四保临江"战场踏察队，沿着张在田在东北解放战争中的足迹，从丹东到通化，从通化到临江，往返多次。她寻找着当年硝烟滚滚的战场，想象着张在田指挥部队与敌人拼杀的英勇形象……

  战场踏察使杨芳女士切身体会了张在田老人战斗生涯中挺进东北、"四保临江"的经历，也真正理解了东北解放战争和张在田老人。

  老兵的革命精神激励着作者。为早日完成此书，她从当年的战场返回书房，走进图书馆、档案馆，查阅了《中国共产党历史》《中国人民解放军第四野战军战史》《四野全战事》《国共争战大东北》《中国共产党吉林历史》《东北解放战争发起地》等书籍以及安东、鞍山、桓仁、通化、临江等县志资料和有关档案。

  查完资料，她又走出书房。她去了七道江会议遗址，倾听1946年陈云发出的"留下来，一个都不走"的宣言；她去了鸭绿江边陈云、萧劲光指挥"四保临江"战役的指挥所，感受当年无数股洪流汇集至此、铸成砸向黑暗势力的那双铁拳的力量……所有这些，都是激励，促使她在中国共产党成立一百周年之际完成了《一位断臂老人的回忆》的初稿，又经过多次打磨，2020年初终于定稿，进入出版程序。

  这本书为东北解放战争史增加了基层指战员的亲历史料。没有此书，一位为新中国成立流血断臂的老人只能成为张家子孙的家族记忆；有了此书，东北解放战争历史、中国人民解放军战史增加了新的史料，党史教育增加了一部新教材，受教育的将不局限于一个家族，而是广大的党员干部和青少年。斯事体大，意义深远。此书面世之际，我有幸为之作序，不负多年研究东北解放战争历史之经历。感谢张在田老人，感谢杨芳！

中共吉林省委党史研究室：王宜田

2025年1月

前 言

作为中华人民共和国成立后出生的我，自从决定用纸质方式记录和反映中共老党员、老革命、老军人张在田老人的英雄事迹后，心中便一直有一个问题：究竟什么样的人，具备什么精神，有了什么作为才无愧于"共产党员"这个称号？

毋庸讳言，我们这一代没有经历过战争的普通人，对共产党员缺乏系统、完整的理性认识。最早是在学校里形成的书面定义式的抽象认识，文字在脑海里勾勒出的简略的共产党员形象，难以入脑入心，只能是崇拜，然后则是在漫长生活中通过各种媒体形成的时代感很强的党员形象，及至学习习近平总书记发表的系列重要讲话，看到中国共产党全面从严治党，进一步解决党员队伍在思想、组织、作风、纪律等方面存在的问题，保持党的先进性和纯洁性，共产党员的形象才在我的心中逐渐完整起来。

坦率地说，在搜集张在田老人的事迹后，我终于找到了究竟什么人、具备什么精神、有了什么作为才无愧于"共产党员"这个称号的正确答案。这是我动笔之前一直思考的问题。找到答案后，我的心情豁然开朗。

抗日战争时期，张在田老人历任山东第3军区独立营3连炮班班长，第3军区司令部3科交通干事（通信参谋）、通信排排长，山东第5支队1团（该团后为"塔山英雄团"）3连副指导员，第5支队16团3营副教导员、营教导员等职。张在田老人参加了刘各庄、左村、大夼、郭城突围、水道、即墨等战斗。在此期间，张在田老人经历了严峻的战斗考验和工作考验，特别是1942年冬季大"扫荡"中，日军发动了"铁壁合围""梳篦抉剔""火把封锁"式军事清剿，身为副教导员的张在田同营长带领一个连掩护团部突围，结果被大批日军包围在马石山地区。当时，还有几百名地方干部和群众也被包围。在情况紧急之时，张在田和营长果断决定连夜突围。由于部队平时深入群众开展政治工作，组织计划周密，结果没打一枪，没伤一人，就带领群众和部队顺利冲出敌人的包围圈。

解放战争时期，张在田老人历任南满军区第 14 团 1 营政治教导员，辽东军区第 4 纵队 11 师 32 团政治处主任兼政委、副政委，辽东军区 11 师政治部组织科科长，辽东军区第 4 纵队组织部副部长等职。在此期间，他率部参加了辽西沙岭子、老爷岭、沙河、新开岭、桓仁战斗，参加了"四保临江"战役、宽甸保卫战和安东战役。

在安东战役之后的一次攻打辽阳的战斗中，张在田老人被敌人的炮弹击中右臂，他自己身体的一部分被永远地留在了东北大地上。伤好之后，他在解放团工作了一段时间后便参加了辽沈战役。由于独臂不能骑马，上级将他调入炮兵第 9 团任政委，继任西南军区炮兵暂编第 1 师政治部主任，在军委炮兵第 3 训练基地政治部任职。其间，他先后参加了抢占平绥线、攻打新保安与张家口等战役。北平解放后，他又带部队在北平负责警卫，后率部调归二野，南渡长江，先后参加了解放大西南、西南剿匪等战斗。

中华人民共和国成立后，张在田老人一直在部队工作。1978 年 11 月 11 日，中央军委任命他为北京军区总医院政治委员。1980 年 5 月，调任后勤第 6 分部正师职顾问。他的组织纪律观念极强，作风扎实、正派，工作任劳任怨，团结同志，顾全大局，长期从事部队政治工作，注重总结经验，并创造性地开展工作，为加强部队政治思想建设做出了重要贡献。

1981 年 2 月，张在田老人离职休养，但他仍然坚持学习马列主义、毛泽东思想、邓小平理论、"三个代表"重要思想和科学发展观。他自觉保持和发扬我党我军的优良传统和革命作风，支持国防和军队建设。他在自身生活并不富余的情况下，仍然关心身边工作人员的生活，并多次向灾区人民捐款。汶川大地震时，捐款一万元。另外，他还带头参与"春蕾计划"，资助贫困地区的失学儿童，并教育自己的子女每人每年资助一名失学儿童，使他们重返校园。

张在田老人在谈到战争的时候很少谈及自己，他忘不掉的是那些牺牲了的战友。他总是强调："我的功劳再大也没有那些长眠于地下的战友的功劳大，因为我还活着！"张在田老人始终坚持为广大人民群众打天下的

前言

理想信念，他对死亡无所畏惧，甘愿为民族解放抛头颅、洒热血。他的一只胳膊被敌人的炮弹炸掉了，他没有要求组织照顾，而是担心组织不让他再上战场。在他的再三请求下，组织同意将他留在前线，他为此而欢欣鼓舞，因为他知道自己又能与敌人在战场上拼杀了！

张在田老人在战争年代先后五次因战负伤。在"四保临江"战役中，他所在的部队三次插入敌后打游击，他也因此立功一次。1947年10月，他在秋季攻势中被炮弹击中，右臂截肢。1955年，他被授予三级独立自由勋章、二级解放勋章。1988年7月，他被中央军委授予独立勋章。

张在田老人在七十多年的革命生涯中，始终坚持共产主义理想和信念，立场坚定，百折不挠。他早年投身革命，身经百战，出生入死，为祖国和人民立下了战功。他努力学习党的创新理论，坚决拥护党的方针政策。他服从党的安排，在革命、建设、改革的各个历史时期，始终满腔热情地抓工作、带部队，表现出了共产党人的宽阔胸怀和高风亮节。他对待工作坚持实事求是，注重调查研究，善于总结经验、分析问题，善于透过复杂现象抓住事物的本质和主要矛盾。他密切联系群众，生活艰苦朴素，廉洁奉公，一身正气，两袖清风。他在临终前立下遗言，要求丧事务必从简，始终保持了人民公仆本色。他严格要求子女，教育他们勤奋学习，努力工作，爱党爱国，自强自立。

张在田老人的一生，是革命的一生、战斗的一生、光辉的一生，是为党、为人民、为军队建设无私奉献的一生。他是一名好党员、好干部，他的高尚品德、优良作风、革命风范永远值得后人学习、继承与发扬！

听着张在田老人的讲述，我仿佛在硝烟中沐浴，在正义的枪声、炮声中觉醒。人活一回，一定要做一个具有大无畏革命精神，为人民谋幸福的人！

搁笔之时，窗外华灯初上，人们在享受着幸福与快乐！在缀满繁星的夜空，我似乎看到了无数先烈的面孔。在我的眼前，一位真正的共产党员的形象屹立在松水之畔，白山之巅。

此书皆是张在田老人在日常生活中怀念战友时的泣述，一段段感人肺腑的故事都是他的亲身经历。笔者为使故事更加连贯、真实和完整，查阅了大量的党史、军史及相关人物的回忆录，尽力真实再现张在田老人的革命生涯，特别是他老人家在东北大地上的战争经历。笔者真诚希望本书能够帮助我们这一代及后人深入了解张在田老人这一代老党员、老战士及为新中国而献出生命的先烈们的高尚情怀，为加强当下的党建工作助力。

如今，生活在和平年代的人们对美好生活的向往便是新时代共产党员的奋斗目标！"不忘初心，牢记使命"，愿党民同心，共同建设美好家园！

杨　芳

2024 年 6 月 30 日

目录
CONTENTS

第一部分　抗日战争时期

| 003 | 一、炮兵改行学通信（1939年3月—9月）
| 007 | 二、山里曹家突围（1939年12月）
| 010 | 三、打下日庄好过年（1940年2月）
| 013 | 四、邢村战斗（1942年3月）
| 017 | 五、我经历的马石山突围战（1942年11月）
| 023 | 六、拔掉敌人水道据点（1944年8月25日—9月5日）

第二部分　解放战争初期

| 033 | 一、接受新的任务（1945年9月）
| 039 | 二、渡海挺进东北（1945年11月7日）
| 043 | 三、初到关东（1945年11月10日）
| 050 | 四、沙岭子战斗（1946年2月16日—2月18日）
| 061 | 五、本溪保卫战（1946年3月20日—5月2日）
| 064 | 六、鞍海战役（1946年5月19日—6月3日）
| 071 | 七、敌我部队进入整补阶段（1946年6月7日—10月初）
| 074 | 八、新开岭战役（1946年10月30日—11月2日）
| 076 | 　　（一）赛马集、双岭子进攻战
| 081 | 　　（二）新开岭围歼战

第三部分　我在"四保临江"战役中

093	一、进入临江（1946年11月10日—12月初）
099	二、七道江会议（1946年12月11日—12月14日）
103	三、第4纵队11师32团"四保临江"作战大事记（1946年12月18日—1947年3月16日）
107	四、第一次临江保卫战（1946年12月14日—1947年1月20日）
107	（一）接受任务，第一次插入敌后
111	（二）牛毛坞战斗
114	（三）伤病员誓死不离开部队
117	五、第二次临江保卫战（1947年1月30日—2月8日）
117	（一）第二次插入敌后
119	（二）桓仁县关门砬子战斗及通化小荒沟策应战
120	（三）战虎斗熊
122	六、第三次临江保卫战（1947年2月13日—2月24日）
122	（一）第三次插入敌后
124	（二）碱厂战斗
126	（三）破袭安沈路，立功受奖
129	（四）收复桓仁城
131	（五）战斗在桓仁的日子
133	七、第四次临江保卫战（1947年3月27日—4月3日）
138	八、桓仁县城保卫战（1947年4月下旬—5月21日）

第四部分　夏、秋、冬季攻势

144	一、东北夏季攻势（1947年5月—7月1日）
145	（一）第二次解放安东
151	（二）凤凰城剿匪
152	二、东北秋季攻势（1947年9月14日—11月5日）
153	（一）截断铁路交通线
154	（二）7天7夜的鞍山阻击战
156	（三）我记忆中的大安平战斗
164	三、东北冬季攻势（1947年12月15日—1948年3月13日）

第五部分　负　伤

169	一、耿家屯战斗（1947年10月末）
171	二、截肢（1947年11月初）
174	三、组织上的关怀（1947年12月中旬）
176	四、在养伤的日子里（1948年2月）
179	五、凤凰城野战医院历险记（1948年2月26日）
183	六、缅怀战友（解放后）
183	（一）毕可荣同志的牺牲
184	（二）姜子修在大安平战斗中牺牲
185	（三）记不住名字的警卫员

第六部分　参加平津战役

190	一、秘密出关（1948年11月8日）	
192	二、到军炮团当政委（1948年12月3日）	
194	三、参加康庄、怀来战斗（1948年12月9日—12月10日）	
196	四、新保安战役（1948年12月22日）	
199	五、解放古都北平（1949年1月31日）	
200	（一）包围敌军，就地歼灭	
201	（二）接受任务	
202	（三）土法射击，解决难点	
203	（四）准确炮击，断敌逃路	

第七部分　南川剿匪征粮纪实

210	一、放下大炮，拿起步枪（1949年12月28日—1950年2月29日）	
212	二、建立组织，加紧清剿（1950年2月末—4月14日）	
214	三、发动群众，开展政治攻势（1950年4月中旬—5月16日）	
217	四、肃清散匪，加速征粮（1950年5月18日—9月）	

221	后　记

第一部分

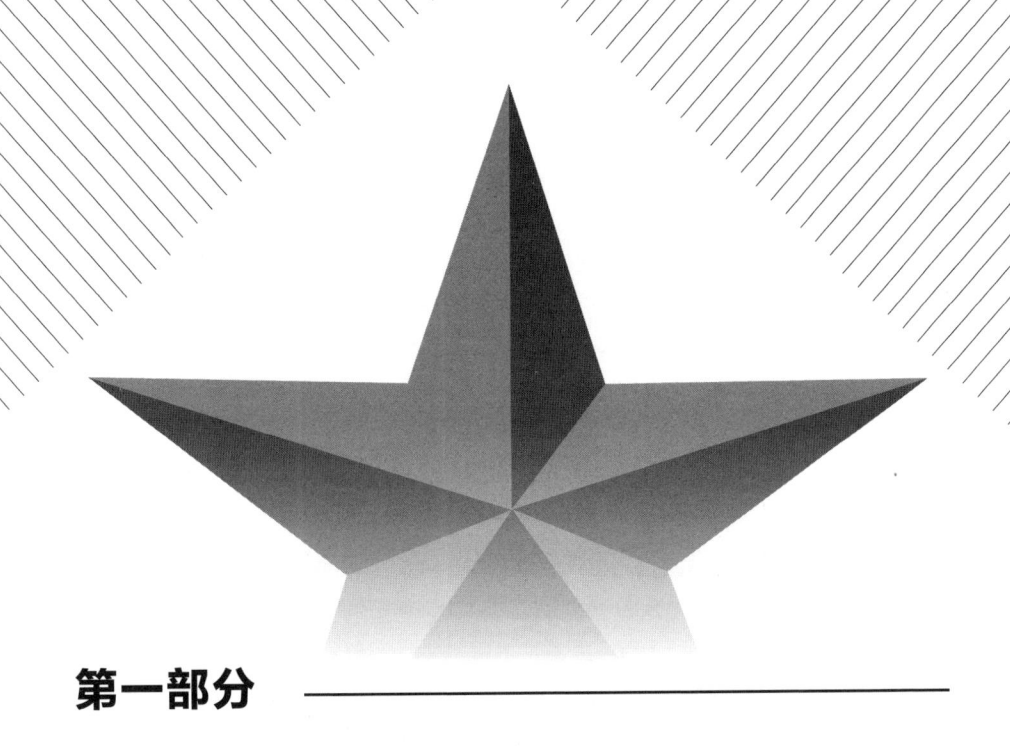

抗日战争时期

一

炮兵改行学通信

（1939年3月—9月）

早在1894年甲午中日战争爆发之后，日军就开始逐步地蚕食和侵占我国的领土。1931年的九一八事变之后，日本军队陆续侵占了东北三省。1937年，日本帝国主义将侵略的魔爪从东北伸向了全中国。在这之前，我家虽然生活很清贫，但是，日子还是过得很平静。自从日本人来了之后，家乡的土地上硝烟弥漫、战火纷飞，到处是流离失所的逃难者。家乡被日寇占领，我目睹了日寇的烧杀抢掠，民不聊生。在中国共产党地下组织的影响下，我决定投身革命。1937年12月，我参加了民族抗日先锋队。1938年9月，我又毅然决然地加入了革命队伍。1938年11月，我光荣地加入了中国共产党。

参军初期，我是山东莱阳第7支队的战士。因为在学校时，我的军事动作有些基础，文化程度比别人高一些，所以接受的程度较好，进步也快。在很短的时间内，我就被提升为山东第3军区独立营3连炮班班长，后又调入山东第3军区党委保卫大队警卫营工作。

1939年初，胶东抗战形势日趋紧张，胶东区党委军事部为解决部队作战时的通信指挥问题，开办了区党委军事部旗语训练队。区党委军事部所属各部队和地方武装，都派人参加了学习。当时，学习班驻地在曹家村。学习班刚开办时，张华同志担任队长，姜克同志负责讲课和教学工作。同年的3月，我被抽调到学习班。之前，我在部队是一名炮兵，现在又改行学习通信，真是隔行如隔山，一切都要从头学起。在旗语学习班里，经过一段时间的刻苦学习后，我很快地掌握了旗语知识，就留在了训练队工作，接替张华当了训练队队长。

旗语是古代主要的通信方式，在现代指挥作战中也发挥了一定的作用。

旗语联络，就是双手拿旗，对应注音字母做出各种手势，将对方根据旗语手势打出的字母连贯起来，就能拼读出各种命令。

所以，注音字母是学旗语的基础，不会注音字母根本就学不了旗语。旗语训练队的学员都是从各地部队里挑出来的有文化的战士。当时，挑选学员的首要条件是学习过注音字母，还要脑子好、反应快。我记得那时姜克同志在学习班讲旗语课，大家先学旗语的基本表达方式，再根据打旗语时的各种姿态，熟练表达注音字母。掌握基本要领后，大家就分班分组到村边的小山坡上练习课堂上学习的旗语知识，反复练习用旗语互相传递各种信号和命令。大家对旗语很感兴趣，学习劲头高涨，因此在很短的时间内就都熟练掌握了旗语知识，并能将旗语应用于通信工作中。

现在回想起来，打旗语信号时还觉得很有意思。在训练时，如果发出"准备进攻"的命令，就会看见旗语战士手中挥舞着小旗，摆出各种相同的姿势，嘴里还要念出拼音。

打旗语如同打手势，两个旗语兵在相互看得见的距离上，各持两面小旗，用旗子做出各种姿势进行会话。这种用旗子"对话"的方式就叫旗语通信。不过，打旗语只适用于白天距离较近的情况，夜间就不灵了。这种通信方式是有局限的，而且它还有一个致命缺点，就是不容易保密，因为利用这种方式所传递的消息也很容易被敌方半路截获。

抗日战争初期，我们部队和地方游击队根本没有通信器材。电话、电台是个稀罕物，当时，只有胶东区党委机关有，而且数量少得可怜。那时，上下级的联络多依靠交通员的口头传达或信件交换。为解决这一时期通信上的特殊困难，我们在办旗语班的同时又专门养起了信鸽。

在抗战时期，敌我各方都不允许各自管辖地域的老百姓养鸽子。在敌占区，敌人怕老百姓用鸽子给八路军通风报信；在根据地里，我们也怕汉奸、特务用鸽子给日军报信。我们当时想出养信鸽送信的办法，主要是为解决远距离紧急通信的问题。

古书上有"鸿雁传书"的记载。相传古代时，有一边关城池被敌军围困，要从城内突围，当时送信搬兵无望，就利用鸽子空中传信请来救兵，里外配合，转败为胜。胶东地区很早就有饲养信鸽的传统，我们便从青岛和烟台等大城市买来了优质的鸽子。

鸽子不好养，开始养时没有经验，所以我们遇到了很多困难。后来，我们到民间去收集喂养鸽子的方法和训练鸽子的技术。经过一段时间的摸索，我们在实践中积累了许多饲养经验。那时候，胶东的军民生活条件很艰苦，我们宁肯自己省吃俭用，也要买最好的苞米粒喂养鸽子。在训练鸽子方面，我们也遇到了种种困难，比如喂大了的鸽子跑了很多等。看到那些放出去的鸽子没回来，我们心里别提多难受了。

后来，我们对养大了的鸽子做了细致的训练计划，想出了很多方法。我们先做一个大的笼子，将鸽子放在一起，喂养一段时间后，就把其中一只鸽子放出来，让它在笼子外面吃食，吃饱了它也不飞走，而且有要回到笼子里的要求。就这样，一只一只地让鸽子轮换在笼子外自由吃食，熟了之后它们也就不跑了，就把这里当成了家。当时，我们专门派懂养鸽子技术的战士来饲养和训练信鸽。

鸽子长大了，我们开始进行鸽子放飞试验。我们做了许多笼子，将鸽子分开，一对一对地放在一起。放飞的时候，我们先把每个笼子里的公鸽子带出去放飞，开始时先带出去几公里，先近后远，逐渐加大距离。鸽子识别方向的能力非常强，有时候即使把它们带出去几十里地，它们也能安全归巢——也许它们惦记着家中的母鸽子吧！待公鸽子飞回来后，再把母鸽子带出去放飞，而它们也照样能准确无误地飞回来。我们每天都将鸽子放出去飞两次。经过一段时间的训练，鸽子对自家的地形地貌熟悉了，就可以远距离送信了。

但是，鸽子也有回不来的，因为我们当时的驻地是山区，老鹰等特别多，所以回不来的鸽子多半是被老鹰抓去吃了。后来，日军加紧了对根据地的进犯，形势非常紧张。因此，我们的驻地不断变换，训练队就不得不解散了。

旗语通信和养鸽子送信在作战期间会受地形、天气、气象等条件限制。正因如此，在以后的作战中，这几种通信方式基本上被军号的号音联络取而代之了。尽管如此，但利用旗语作为通信方式、鸽子作为送信手段，也是人类智慧的一种表现。

1939年5月，胶东区党委军事部对外改称八路军山东抗日游击纵队第5支队后方司令部，我被调到了胶东区党委军事部司令部担任交通干事（就是现在的通信参谋）。同年6月，区党委军事部成立了交通排，负责军事部与各地的情报传递、信件交换等任务，我又兼任了交通排的指导员。1939年9月，根据山东分局的指示，胶东区党委军事部改编为八路军苏、鲁、豫、皖第3军区，又称山东第3军区。王彬任司令员，王文任政委，仲曦东为政治部主任，胡铁生任参谋主任，主要负责领导和建立胶东区的地方武装，而我继续在军区司令部3科担任交通干事（通信参谋），兼任交通排的指导员。

二

山里曹家突围
（1939年12月）

1939年下半年，日军增兵胶东抗日根据地，对胶东抗日根据地进行大规模"扫荡"。这是日军入侵胶东后直接出兵进行的第一次大规模的"扫荡"。他们的目的主要在于消灭抗日武装。日军调集兵力对平、招、莱、掖边区根据地进行大规模的冬季"扫荡"。活动在根据地的第5支队和地方抗日武装顽强抗击，以破袭战、游击战使敌人连遭袭击，使敌人处处受到抗日武装力量的阻击。在接连不断的挫败后，日军的侵略行径愈加猖狂。当时，山里曹家突围是我亲身经历的一次战斗。

那是1939年12月上旬，日伪军一部几百人突对掖（县）、招（远）边区的冀、鲁、豫、皖第3军区机关和中共胶东区党委机关所在地山里曹家和来儿夼一带进行"扫荡"。胶东区党委和第3军区在招（远）掖（县）边区一带办公，胶东区党委住来儿夼村，第3军区在相隔不远的山里曹家（招远西南部的一个小村）。两个机关单位驻地相距很近。

那个时候，第3军区刚刚成立，只是一个负责胶东地区军事工作的指挥机关，军区刚刚组建的警卫营还在其他地方活动，机关只有一个负责送信的交通（通信）排、一个负责保卫胶东区党委的机关及第3军区机关的警卫连。

突围曹家村的战斗发生在1939年12月9日，那天是星期六，也正好是"一二·九"运动纪念日，日子好记。吃完早饭后，我们司令部3科的同志们都在驻地老乡家里择菜、剁馅、和面，准备中午改善生活，包顿饺子吃。大家在一起说说笑笑干着自己手里的活儿，突然，驻地附近的山里响起了连续的枪声。哨兵跑回来报告说，日本鬼子"扫荡"

的队伍离我们的驻地只有几里地了。于是，区党委和军区机关马上开始紧急转移。当时，我在山东第3军区3科当通信参谋兼任机关通信排的指导员。我们早就得到消息知道日本兵近期要对这一带的八路军进行"扫荡"，虽然已有准备，但事情来得还是有点太突然。军区王彬司令员立即组织部队在村外阻击日军，区党委机关和第3军区的人员立即向山里曹家西南方向转移。

这时，军区机关王彬司令员的爱人已经临产，行动不便，无法随大队人马转移，人不能丢下，但情况又非常紧急，所以当时真是迫在眉睫。我带着通信排的十几个战士坚决要求留下来，负责转移和保护王彬司令员的爱人和没出生的孩子。

枪炮声越来越近，日本鬼子已经快打到村边了，我们这些人带着王彬司令员的爱人是最后一批离开山里曹家的。当时，我带的战士都是军区负责送信工作的交通员，而他们平时几乎天天都在周围区、县活动，送信、送文件，所以这一带的大路、山里的小道，他们都非常熟悉。出村后，我和大家商量了一下，决定不朝大队伍转移的方向走，准备出村子后，原地拐个弯就钻进东南方向的山沟里。

那天就是仗着我们熟悉地形、体力好、人少而且目标小，在山沟里整整转了一天，摆脱了日伪军的"围剿"。也就是那天晚上，王彬司令员的孩子在一个小山沟里安全出生了。

王彬的爱人是一位坚强的女性，在日军的追击中，泰然自若，咬紧牙关，忍着产前阵痛的折磨，艰难地走在队伍里。她随着我们翻山越岭，涉水蹚河，脸上流淌着汗水，两只手扶着自己的肚子，深一脚浅一脚地行进着。其实，女人生孩就是过鬼门关。想到人的生命都是这样来之不易，我就更加增添了对母亲的敬重！在战争中，王彬的爱人没有怨言。在硝烟中，她看着怀里的儿子，似乎看到了革命队伍中又多了一名战士！我们看到这位英雄的女性，心里升起一种敬佩之情。生完孩子后，她抱着孩子跟我们队伍在山里又转了一个大圈子才跑到了日军"扫荡"队伍的后方隐藏起来。

我记得那次"扫荡"结束后，王彬司令员回到驻地见到他的孩子非常高兴,他们夫妇给那个孩子起了个名字叫"荡生"——日军"扫荡"时出生的,以示纪念。现在,那个孩子也应该七八十岁了。

当时和第 3 军区机关在一起的部队只有一个警卫连。这个警卫连是由原来区党委保卫部警卫班扩编而成的,是老 16 团 1 营 1 连的前身。这次日军"扫荡"来得突然,警卫连立了大功。后来听说他们两个排一直在突围队伍的后面阻击敌人,王彬司令员亲自带了一个排掩护区党委机关转移,从招远南部的夏店镇山里曹家一带,经过招、莱、掖边区,千辛万苦地撤到了平度北部大泽山乔天华同志(后来曾任 5 支队 1 团 2 营长)领导的莱平大队的一个小根据地。他们一路上被鬼子追了三天三夜,最后从乔天华同志领导的根据地转移出了大泽山,甩掉了这股日军。

这次突围,胶东区党委直属单位损失很大。原来,胶东区党委机关在已经知道日军开始"扫荡"的情况下,还决定在驻地附近的村子里召开纪念"一二·九"运动的群众大会,结果日本飞机轰炸了这个村子,大会没开成才决定转移。区党委要求党校和大众报社向招远灵山方向转移,结果党校和报社的队伍过于松散、组织不严密、战斗人员少,他们接到转移命令后,动作迟缓,一直等到天黑后才开始行动。这么多人夜间突围,没有向导,结果大家迷失了方向,三百多人转了一夜才走出去十几里地,天刚亮就被日军包围在了招、掖边界的三元乡河南村。队伍开始突围时,敌人已经占据了有利地形并包围了村子,敌人居高临下地用机枪向人群疯狂扫射,并施放了毒气。

党校、报社的领导干部带领有武器的人拼死抵抗,但大部分人壮烈牺牲了,场面十分惨烈。在他们的掩护下,虽然大多数人冲出了包围圈,但党校和大众报社在这次突围中伤亡惨重,敌人杀害了党校校长李辰之和报社社长阮志刚等 73 人,加之战斗中的伤亡共百十余人,被俘多人,领导以下牺牲 60 余人、伤 40 余人、被俘多人,教训十分深刻。

三

打下日庄好过年

（1940年2月）

1952年的一天，我去北戴河出差。我刚在火车的座位上坐下就觉得对面的旅客很面熟。我们互相端详了一会儿，竟在同一时间喊出了对方的名字！然后，我们紧紧地抱在一起。这个人就是我曾经的司令员王彬同志。坐下后，我们的手始终没有松开，还在紧紧地握着。我们从战场上分别后，已经8年没有见面了。我们不约而同地谈起了打日庄的经历。随着火车的轰鸣声，我的耳边仿佛响起了当年子弹在头上"嗖嗖"而过的声音……

那是1940年，日军"扫荡"的重点是八路军的抗日根据地。当时，胶东地区遭遇大旱，粮食大面积减产。日伪军纠集了9 000余人，在平、招、莱、掖边区进行了二十余天的麦收"扫荡"。天灾加上战乱，老百姓缺衣少食，苦不堪言。因此，部队当时各个方面的条件都非常艰苦，物资匮乏。旧历春节前，胶东抗战完全进入了困难时期。这时，我们第3军区的全体官兵适时提出了"打日庄"的建议，并喊出了"打下日庄好过年"的口号！

这时，我已经从军区军政教导队调到了第3军区特务营3连当指导员。那时，营长是米德卿，教导员是车学藻。特务营有三四百人，在王彬司令员的指挥下参加了打日庄的战斗。

日庄是莱阳（解放前县区划分）的一个重镇，位于青岛、烟台、潍坊的中心地带，是个交通枢纽，又是一个大的集贸中心。当时，这里也是公开与共产党八路军为敌的"抗八联军"集团莱阳区署顽军高装卿部占据的一个据点。

战斗开始时，5支队14团配属第3军区的部队，在日庄东边的小山坡上负责掩护、警戒，准备阻击赵保原的增援部队。攻击日庄没有费什么劲儿，这支顽军只抵抗了一下就主动撤退了。负责掩护我侧翼的第5支队14团看到第3军区特务营的队伍打进日庄后，在没有通知我们的情况下就悄然撤走了。

顽军高裴卿的队伍第一天撤出了日庄，但没想到敌人狡猾，夜里又和赵保原的邓学良（榆山会战被我击毙）团、黄爱君团纠集一起，企图钻我们个空子，夜里悄然无息地对日庄来个反包围，杀个回马枪，对我军实施了偷袭。

那时，第3军区的特务营组建时间不长，人员来自各方，对敌作战经验还不足，而且这一天下来，队伍连行军带打仗，又累又困，都早早休息了。日庄镇街里东北角有一座两层小楼房，王彬司令员就住在那栋两层小楼房里面。

由于我们在日庄外围没有警戒，夜深后，"抗八联军"两三个团的敌人又悄悄地包围了日庄。第二天清晨，天色微微见亮，我就起来了，到炊事班帮炊事员们烙大饼。正在忙着，镇子西南边上突然响起了报警的枪声，紧接着枪声越来越激烈，可是没有人来报告情况。我跑到街上一看感觉不对！因为机关枪也响起来了，而且枪声越来越近。我再一看，从南边偷袭的一股敌人已经冲到了街里。就这样，我们突然遭到国民党顽军的包围、偷袭，被敌人堵到了家门口。在当时的情况下，我们已经无法集合起队伍组织反击，只能各自为战，向外突围。当时，日庄北面还没有响起枪声，队伍就分散着向镇子北边冲去。王彬司令员就住在街上，听到枪响后从小楼上跑下来。在他还没摸清情况时，我跑到他的跟前二话没说，拉着他就跑。我们向镇子外猛跑了一阵，后面穷凶极恶的敌人紧紧地追赶，边追边喊，还打枪，子弹在我们头顶上嗖嗖地乱飞，我和王彬一口气跑了好几里地才摆脱了敌人。

这次战斗，第3军区特务营遭受了损失，吃了大亏，还有一些人被堵在镇子里没跑出去。我记得当时在连队里当班长的江雪山就被围在里面，被敌人抓住了，但江雪山这个人头脑清醒、聪明，点子也多，当天晚上就跑回了部队。

打日庄对于第3军区来说是一次失利的战斗，因为日庄当时虽然打下来了，但不到一天时间又被敌人夺了回去，我们没得到补给反而受到了损失，所以那个年也没有过好。

打日庄虽然是一场很小的战斗，但给我们留下的教训是深刻的。后来，我们部队每到一个地方宿营，首先就要了解驻地的地理情况、进出道路和周边环境，安排好警卫。

在抗日战争中，我们打过胜仗，也打过败仗。败仗留给我们的是宝贵的作战经验，因为这是用鲜血换来的！

火车一直向前行驶着，我和王彬司令员的谈话也一直没停。

那次战斗太危险了，我们记忆深刻。我们又回忆起在第3军区一起工作的日子和共同参加的战斗。来儿夼村突围和打日庄、打"抗八联军"、榆山会战等历次战斗经历又像电影一样在脑海里回放，真是令人感慨万分呀！那时，王彬同志是我的老领导，而第3军区特务1团成立后，我们就分开了。他在胶东军区，我到了作战部队。我们工作的地方离得不远，开会或学习时也常碰面。1945年抗战胜利后，我随部队过海去了东北后就再也没有见过王彬司令员。那次在火车上见面，我们都特别高兴，一路上没有休息，一直都在聊战争，聊离情，聊解放，直到那时我才得知王彬同志解放后参加了抗美援朝战争，然后转业到了地方工作。

遗憾的是那次与王彬司令员在火车上相遇后，我再也没有见过他，也没有听到过他的消息。

四

邢村战斗
（1942年3月）

1942年，是抗战期间山东胶东部队最艰苦的时期。1942年3月，日寇发动了残酷的春季大"扫荡"。山东半岛的青岛、烟台、威海、济南等地的日本鬼子倾巢出动，与赵保原、历文礼、蔡晋康部的伪"治安军"汇合，上万日伪军纠集在一起向我胶东各海区根据地进行疯狂"扫荡"，重点合围西海区，找我活动于西海区的5旅决战，企图一举消灭我胶东八路军主力。

西海、北海、南海区指挥部的地方武装和民兵，在5旅的统一指挥下对各地区的敌人据点、交通线展开了袭扰、破坏，配合主力部队进行反"扫荡"作战。

活动在东海区的八路军第5支队为积极配合西海5旅的反"扫荡"作战，把拔除海阳邢村据点的任务交给了一直坚持在海莱边区的第5支队1团。为了摸清情况，打好这一仗，3月22日，周光团长、张寰旭政委派我单独一人进到敌人驻扎的邢村据点里侦察敌情。这是我从军以来第一次到敌人的据点里做侦察工作。

邢村是大镇，镇子是由几个集中在一起的自然村组成的，有上千户老百姓住在这里。1940年底，驻扎青岛的日军的一个中队占领了邢村，他们在邢村镇子里修筑据点，大肆抓捕周边村子里的老百姓到据点里挖壕沟、修工事、建炮楼。从青岛来的日军在邢村镇里还扶植建立了"海阳县政府""新民会"等伪政权。这个邢村据点占据了青（岛）威（海）路的咽喉之地，这里的日军以邢村据点为中心，经常纠集周边几个据点的日伪军对我海莱根据地进行"扫荡"。它是抗战期间日军插入我海莱抗日根据地的一颗钉子。

1942年，春天来得早，老百姓早早就开始下地干活了。我从驻地老乡那里借了一身行头，真的和演戏的差不多：身穿马褂，头戴礼帽，脚蹬青口布鞋，俨然一个学校教员的模样。我在当地交通员的带领下去了邢村。

当时，部队驻地在小纪附近，到邢村有近30华里的距离。我一大早就上了路，走得急，上午10点多钟就到了邢村据点。这次进到据点里，和我接头的人是这个镇的"维持会长"。他的姓名我记不起来了，但我记得非常清楚，他是我团民运股长丁锐同志掌握的内线关系。这个"维持会长"是我们的同志。

当时，会长在他家里给我介绍了据点里敌军的大概情况。他说这个时候邢村的日军全部集中到别的据点去了，现在驻守据点的全是伪军，有一个警备大队、三个中队和一个盐警队，还有由日本人扶持成立的所谓"海阳县政府""县署"的一个"黑盖子"排（当地老百姓对穿黑衣服的伪警察的称呼）及"新民会"（日军建立的所谓老百姓的"民兵"组织，主要从事间谍破坏等活动）近300人。

那天，我就住在了"维持会长"家里。下午，我就一个人到邢村镇街里转悠，目的是侦察据点里的地形、地物，实地看看据点里哪有壕沟、沟有多深，城墙有多高、城墙内的房屋布局，炮楼火力控制范围，道路进出情况，等等。

我在街上"闲逛"着，在警备队的门口偶然遇到了一个伪军，闲聊几句便知他是莱东县（莱阳当时分为4个县）人，说话口音差不多算是半个莱阳老乡，在警备队里混上了个班长。这个伪军听到乡音颇有他乡遇故人的感觉，亲热得不得了，马上与我认了个老乡。在与他东拉西扯的聊天中，我就把据点里敌人兵力分布、伪军各中队和盐警队的驻地位置给搞清楚了。

当时的环境哪敢用笔记呀，地形、地物、兵力部署，看到的、听到的只能在心里默记。但是，有些细节记得不清楚，心里没有把握，为了更详细、更准确地掌握敌情，我在与伪军"老乡"说话时，故意与他套近乎，拉家常，在镇子里多转了一圈。经过又一次详细观察，我心里有了底。在和这个"老乡"分手时,我不经意地抬头看了一下,突然发现邢村这个据点里的炮楼结构与众不同,在胶东从未见过这种样式的炮楼。它是砖砌结构,各个方向都有对外的射击孔,而且与众不同的是还有一个朝下的枪口,可以射击也可以直接往下丢手榴弹,对外射击没有死角。我当时想到马上就要攻打这样的炮楼了,幸亏及早发现这些机关,不然我们就要吃大亏了。看来,攻打邢村据点不易硬顶、强攻,只能偷袭、巧取。

吃完晚饭后,我又独自到街里转了转,根据在据点里侦察到的情况,这一仗怎么打的方案逐步形成了,几个连队怎么分工,从哪里进入,从哪里突击,基本上做到了胸有成竹。因此,我放下心来便回会长家里睡大觉去了。那天晚上,我既担忧又紧张,担忧的是大仗在即不知后果,紧张的是在敌人据点里睡觉心里实在不踏实。另外,我出来时借的青口布鞋不合适,脚大鞋小,一天几十里路下来脚也磨破了,躺到床上才感到脚趾疼得不得了。

第二天上午,完成了侦察任务后,我急着要返回团里,跟会长道了别。走在大街上,我又碰到了那个莱阳伪军班长,他非要请我这个"老乡"到他的警备队吃顿中午饭不可。我考虑再三,觉得这是个好机会,可以借机会进到他们警备队住的院子里再仔细看看,就爽快地答应了。

他们住的地方不大,就在一个炮楼旁边。院子里有五六间住房和一个厨房。那天,警备队的午饭是打卤面。伪军"老乡"从厨房里端出来两碗面条,我们俩就蹲在院子里吃。我边吃边细心打量着炮楼里的布局,用心记下了院子里的进出路线。饭后,我就借故脱身,急忙赶回了部队。

返回驻地后,团领导和1营的几个干部正急切地等着我的消息,我马上汇报了情况,详细绘制了草图并提出了作战建议。由于时间关系,晚饭后,队伍就拉了出去。这次战斗交给了1营,我又随着部队出发了,3个连队的战斗动员我还是在行军路上进行的。

3月23日晚,我们进入邢村据点外围阵地。战斗打响后,负责攻击的1营全体官兵集中所有机枪一起开火,营长黄镇东带着1连、2

连、3连很快就把据点的围子冲开了。据点里的伪军一下子都懵了，随后各个炮楼上的伪军仓促反击，1营各连队的战斗组奋勇向前，对各自负责的目标展开了猛烈的攻击。很快，盐警队就被打垮了。没多会儿，一个伪军中队也被迫投降了。

主攻连队进入据点后，利用有利地形直逼敌人主炮楼下，展开了近距离的攻击。1营有个神枪手叫陈永友，他爬上一个临近炮楼的房顶上，对着炮楼连投了5枚手榴弹，其中有2枚扔进炮楼里爆炸了，火力一下子被压了下去。

团里的宣传股长王世卫、营长黄振东也不失时机地登上房顶，向主炮楼里的伪军喊话："鬼子快完蛋了，当汉奸是没有出路的，你们不要打了，快投降吧！"在强大的军事、政治攻势下，伪军警备队副大队长李作兆带着他的中队长和80多个伪军走出了炮楼，邢村据点里的敌人全部投降了。战斗结束后，我们连夜迅速清理战场，把据点里的营房、炮楼都给点着了，火光映红了邢村镇的半边天。

邢村据点被我攻克后，村子周围几个据点的鬼子、伪军连夜增援，敌人很快就接近了邢村。我在队伍撤出邢村据点前，专门去了那个"维持会长"家，告诉他马上离开镇子到外边躲一躲。后来，听说他们全家都搬到了金口做小买卖，但令人遗憾的是，"维持会长"还是被日本兵抓住杀害了。

第二天天刚亮，青岛日本兵的飞机就来了，可我们已押着俘虏撤出邢村十几里地了。路上，我们听到有飞机声，队伍还进行了防空疏散。

这次邢村战斗，毙伤敌伪军官兵40余人，俘虏敌伪军政人员200多名，缴获了轻机枪1挺、长短枪200多支、子弹几万发、电台1部，还有战马和其他物资。

回到驻地后，我们对俘虏照例必须先教育一番。俘虏们都坐在村口边上的一片空场院上，我在俘虏的人群里看见了那个伪军莱阳"老乡"。巧的是那天是我给俘虏们训话，就在我讲话的时候莱阳"老乡"突然从俘虏中站了起来。他认出了我这个"教书先生"，只见他呆呆地站着，一脸的惊愕。这时他才明白，闹了半天，这个"老乡"是八路呀！

五

我经历的马石山突围战
（1942年11月）

1942年，日寇进行了三次大"扫荡"（春、夏、秋冬），特别是冬季敌人兵力较多。敌人采用了大拉网、铁壁合围等战术，对全区进行了空前未有的残酷"扫荡"。

当时，我在5支队16团2营任副教导员，与营长田松同志带领的5连，被敌人围在包围圈内，情况十分紧急。当时，突围才有生路。由于动员深刻，组织严密，我们坚决勇敢地进行突围，并取得了胜利。

——摘自1951年张在田的自传

1942年11月初，我在胶东老16团3营任副教导员。当时，3营营长是谭道楷，教导员是王典庆（王亚明），副营长是田世兴。就在这个月的上旬，由于2营的副教导员失踪，团里将我由3营调到2营任副教导员。当时，2营营长是田松，教导员是江民风。

日寇在胶东已展开了大规模的冬季"扫荡"，我军在与日伪军的反复较量中积累了一定的经验，胶东军区适时提出了"保存有生力量，保卫根据地，分散活动，分区坚持"的方针，以团、营、连为单位划分地区，分散活动，迷惑、打击、消耗敌人。此后，我们开始进行反"扫荡"。当时，2营在郭城以南、招虎山以北一带活动。

我刚到2营不长时间，营里就接到准备打金口据点的命令，队伍都做好了准备。但是，"扫荡"的日本鬼子很快就接近了我们的驻地。

11月23日清晨，天刚刚亮，部队官兵还没有来得及吃早饭，远近的枪炮声就响了起来。不一会儿，我和2营营长田松在村口就看到了团部和直属队大队人马从西向东转移，眼看着日本兵打到家门口来了。

我们马上接到了团部的命令：就地阻击日军，掩护团部和地方群众转移。我和田松立即将部队带到了驻地附近的山上，准备阻击敌人。

我记得当时2营的情况是：5连齐装满员，4连和6连各一部被团部调出在外执行任务。其中，4连一个排携一挺机枪随教导员江民风跟随团部行动，6连大部分随民运股长丁锐外出执行任务。当时，2营就有一个整建制5连，兵力加在一起也就二三百人。

在山上，我们眼看大批的日本兵由西向东压过来。这次，敌人的"扫荡"一反常态，采取的是大部队平行推进的战术。他们到哪里都会把附近村庄逃难的老百姓一直向东驱赶。我们就在山上守株待兔般地隐蔽着，等敌人接近了就突然开火。我们在山上，居高临下，易守难攻，可敌人并不急于和我们交战，只是用机枪向山的四周扫射，用小炮朝山上轰击。那时候，我们使用的大多是杂牌武器，装备十分差，弹药也不多，必须节省使用。根据当时的敌情、我情，我和田松商定了对策，采取的办法是鬼子不动我们也不动，在山上隐蔽好等着鬼子上来，只让连队里的优秀射手在枪的有效距离内打冷枪，消灭露头的敌人。要是敌人攻上来，我们就狠打他一家伙，然后回撤一个山头，继续用打冷枪的办法阻击、消灭敌人。就这样，敌人攻上一个山头我们就退后一个山头，从上午一直打到太阳快下山了。最后，敌人停下不动了，我们也后撤到了马石山西侧的石头山上。

天渐渐地黑了下来，山下的敌人已停止了推进，开始安营扎寨。不长时间，山下的敌人和周边的敌人几乎在同一时间点起了一堆又一堆的篝火。我们从山上向远处望去，这才发现西北、西南方已经是里外两三层篝火连成了一条火龙，有几十里地长，像是荒野里冒出的一片片鬼火，把马石山一带山区整个地围了起来。

在这个石头山上，曾在1营3连当过指导员的干部郭子仪（他平时说话有点结巴）带着一个排的战士和我们的队伍汇合在一起。那时方圆数十里地的老百姓都被敌人赶进了包围圈里，东一拨西一拨的。当老百姓看到这边有自己的八路军队伍时就都集中过来了。人群里面有不少民兵和地方政府及区里的工作人员。这时，我们的队伍加上老百姓有上千人。

我和田松在山头上看到这种情况后，都感觉到了事态的严重性，我们从来也没见过这么大的阵势。东面是黑乎乎连绵起伏的大山，西北、西南方向篝火已经连成了片。单从火堆的数量和距离上看，已经完全形成了一个收了口子的大包围圈，仿佛一张大网把我们罩在了里面。我们马上和连队的干部碰头，共同分析了一下敌情。种种迹象表明，敌人夜里不撤兵，露宿野外，肯定紧接着第二天要有更大的行动。于是我们决定，不能继续往东面的山里撤了，而是要立即顶住敌人，破开大网向外突围。当时，我们已经打了一天的仗，爬了一天的山，从早到晚还没吃上一顿饭，战士们是又累又饥。但是，队伍绝对不能休息，一定要在当天夜里突围出去。看架势，如果天一亮，敌人继续缩小包围圈，我们肯定就被裹在里面了。根据当时看到的火堆分布情况判断，敌人的包围圈很大，但兵力相对比较分散，这样我们就必须集中突围，不能分散，尽量不惊动敌人，如果被敌人发现，就撕开一个缺口，掩护群众强行突围出去。

队伍和老百姓都集中在那个大石头山的山洼里急切地等待着，我们立即把连队的干部和当地县区干部召集在一起开了一个小会，制订了突围方案。然后，大家分头去做突围准备。那天晚上，我在山上给部队和老乡们做了突围动员。当时，由于情况非常紧急，而且突围前还有许多准备工作要做，动员时就简单地讲了三条，大意是：

第一，现在我们已经被敌人包围，危难当头，八路军和老百姓是一家人，我们生死在一起，只要八路军在，我们决不会丢下乡亲们不管，一定带老乡们一起冲出去。

第二，部队和老百姓是一个整体，我们要集中突围，部队必须时刻做好打仗的准备。行动时，所有人员一定要服从命令，听从指挥，特别是地方干部要负起责任来，把群众分别组织好，紧跟队伍，不要掉队。

第三，突围前，所有人必须轻装，不管是我们的战士还是老百姓，丢掉一切不需要的东西。突围时，队伍里不要出声音，战斗没打响前不能惊动敌人。

天已晚了，行动前部队先轻装，老百姓看见战士们丢掉了影响行动的物品，在地方干部的动员下，也自觉地把带出来的坛坛罐罐、带响的东西就地处理了。当时，他们没有一点怨言，因为大家十分清楚，只要跟着八路军的队伍就有希望。

突围行动前，老百姓听说我们的队伍和敌人打了一天的仗，战士们从早到晚一天滴水未进，他们就自发地把从家里带出来的干粮分给战士们充饥，真正体现出了军民生死与共、血肉相连的鱼水深情。

那天夜里，因为要轻装，所以我烧掉了文件包、两本书和我从军以来写的几本日记。我现在依然可以记起那两本书的名字，一本是艾思奇的《大众哲学》，一本是抗战时期毛泽东讲述中国革命三大法宝的《〈共产党人〉发刊词》。

突围前的准备工作做得很细，当地的干部给我们找了一名非常可靠的向导。我们带着他一起在周围几个山头上观察山下的情况，发现山下有的地方是两三层火堆，有的地方只有一层。根据敌人点燃的篝火的分布、疏密情况，我们确定了突围方案，仔细商定了突围路线。

我忘不了地方干部为我们选的这个向导，他四十多岁，常年在这一带山里放牛，非常熟悉山里的情况、周边的地形。队伍出发后，他带着我们不走山头，不走山沟，而是走山中间崎岖的放牛小道。夜深了，那天天气还可以，虽然山里嗖嗖的寒风有点冷，但月亮很大、很亮。

夜里，突围的队伍分成了三部分，前后是部队，中间夹着老百姓。三部分突围队伍中间拉开一段距离，干部们带着机枪走在队伍的最前面。在接近火堆时，我和田松各带着一部分人把两边的火堆严密地包围起来，在两侧架起机枪，准备好手榴弹，掩护群众和队伍通过。两处火堆之间有一百多米远的距离，而那时敌人也出来"扫荡"一两天了，爬山跑路也乏了、累了，都在火堆旁靠着松树睡觉。火堆里的火烧得很旺，木柴燃烧发出的噼噼啪啪声掩盖了其他声响。

地方干部把群众组织得很好，群众被分成一班一班的，而且都有专人带队。大批群众扶老携幼，在战士们的掩护下，悄然无声地从火堆之间的空隙中穿插出去。

当时还发生了这么一件事，最后一部分老乡出来时都是光着脚，手里提着鞋。我们见状不明白也感到很奇怪，事后才知道，马上要过封锁线时，为了让老乡们不弄出声响，前面带队的地方干部要求大家都抬起脚来走路。于是，便把"抬起脚，别出声"作为一个要求从前面向后面的队伍传达。没想到的是，这句话传到后面时就变成了"赤着脚，别出声"，结果后面的老乡不少都是手里提着鞋、光着脚跑出来的。这也成了一件我们亲身经历的有趣的事。

老乡们一出包围圈就立刻各自散开了，在夜幕里消失得无影无踪。队伍最后撤出来时，连队干部看到火堆旁的敌人不多，依然东倒西歪地大睡着，松树上挂着"三八大盖儿"，地上架着机枪，有人就提出干它一家伙——把枪夺了，但被我和田松立即制止了。那时候真不能打呀，大批敌人都集中宿营在附近的村落里，老百姓还没有跑远，如果枪声一响，附近的大批敌人肯定就会围上来，所以不能因小失大。

11月23日，是敌人合上了以马石山为中心的包围圈的第一天。我们16团2营的队伍和1营郭子仪带的一个排，没放一枪，没伤一人，带着七八百乡亲胜利地冲出了敌人的包围圈。

团里突围时的情况我们不清楚，当时，军区政治部彭嘉庆主任带着30多名机关干部跟着16团团部一块行动，有政委张寰旭、参谋长陈志英、组织股长牛蔚文、作战参谋周文彬、卫生所长等。

我们那时是独立活动，那天我和田松接到的任务是阻击敌人，掩护团部和地方群众转移。后来我们听说，团部突围时找的一个向导是特务，所以16团团部在突围时有很多人伤亡。

8连有一个战士，是个聋哑人。他心灵手巧，有理发的好手艺，在连队里当理发员。另外，他还特别爱画画，是个比较特别的战士。突围时，他没有跑出来，连队的人以为他牺牲了，可过了几天他又回到了连队。

我在青岛疗养时和谭道楷谈起了马石山突围时的一些情况，因为我和谭道楷一直在3营，营长郭从福牺牲后，谭道楷接任3营营长，教导员为王典庆，副营长为田世兴，我任副教导员。但是，突围前几天，2营副教导员突然失踪了，所以团里把派我到了2营。突围后，16团损失太大，3营的教导员王典庆负伤，据谭道楷讲3营接替我的副教导员又失踪了，所以突围出来没几天团里又派我回到了3营。因此，2、3营的情况我还是知道一点的。

2营突围时有300人左右，其中，4连只有2个排，另一个排由教导员江民风带着随团部执行任务。23日突围时，他们没有出来，被裹在敌人的"网"里。他们把一挺机枪藏在一口水井里，人员全部藏在一个地主家，没有被鬼子发现。第二天，他们冲出了包围圈，但机枪丢了，再回去就找不着了。

5连全员建制。

6连一个排（有两个排在团部民运股长丁锐同志带领下指导地方民兵武装进行反"扫荡"）。

1营一个排（由1营3连指导员郭子辰带领），还有几个其他部队的零散人员。

2营基本没有损失。

六

拔掉敌人水道据点
（1944年8月25日—9月5日）

第二次世界大战进行到1944年的时候，世界反法西斯战争开始向着有利于世界人民方向发展。经过几年艰苦卓绝的浴血奋战，中国共产党和全国人民渡过了抗日战争最艰苦的相持阶段，日军力量日趋衰落，我军力量不断发展壮大。胶东战场和全国各抗日战场一样，形势一派大好。

日军在太平洋战场失利，导致了他们想在中国战场上扭转其不利局面。日军想打通平汉、粤汉两条铁路，向国民党军发起进攻。但是，当时国民党军队不管是经济实力还是军事实力都已经大打折扣，致使国民党军队在中原战场上不断失利。这样一来，我党我军就担负起了抗击日军、伪军的重任。

我胶东地区的领导者毅然决定在1944年秋季对日军、伪军发起秋季战役，战役重心选在牟平县水道镇日伪军据点。战役的指导思想是：全歼日军，迫降伪军，为即将到来的对日反攻作战开辟广阔的后方，同时为迎接和配合盟军预计在胶东南部沿海的登陆作战做准备。

胶东军区在山东军区统一部署下，集中了7个团加一个营的兵力（军区直属3个主力团、4个独立团和军区特务营），进行了夏、秋季攻势作战。

战役从8月初持续至9月，分三个阶段进行：第一、第二阶段是从8月上旬至8月下旬，军区直属第13团、军区特务营在南海、西海军分区独立团和地方部队、民兵的配合下，以改善西海、南海军分区的局势，恢复大泽山区根据地为重点组织战役。我们顺利地实现了战役目标。

8月下旬进入战役的第三阶段，主要在东海军分区拔掉日伪军水道据点，以改善东海军分区局势为重点组织战役。战役重心选在牟平县水道镇日伪军据点。

敌人的水道据点处于我胶东东海区中心。1940年，日寇占领该镇后修筑了坚固的据点，共有碉堡炮台11座，由日军和伪军分开防守。在该镇的东北处，日军在围墙内筑有碉堡2座，平顶炮台1座，驻有1个加强小队，并有1个重机枪班、1个迫击炮班，共60余人。经过多年经营，据点坚固，易守难攻。镇外西山和镇内共有大小碉堡8座，驻有2个伪军中队和伪警察。以当时我军的武器装备条件，要想全歼敌人，任务是异常艰巨的。

胶东军区按海区划分有5个军分区（按海区划分），各自有独立团，而且军区直属13、15、16三个主力团。经过挑选，军区许世友司令把拔除牟平水道敌人据点的任务交给了我们能打善战的16团3营。16团3营作风好、战斗力强，其中，7连、8连、9连曾被胶东军区授予"铁7连""钢8连""模范9连"的光荣称号。

16团的团长是江燮元，政委是廖海光，我当时在16团3营任副政治教导员。

当时，胶东军区正在郭城驻地开全区部队的秋季运动会，我们16团3营驻扎在海阳埠后村。这一仗的战前准备工作做得非常充分，江燮元团长、廖海光政委向我们营干部具体布置了任务，并对全营各项准备工作进行了认真的检查。同时，出发前还专门指派团组织股长田野对部队进行了动员。民运股长丁锐同志随我们一起参加行动，军区参谋处长贾若瑜也随我们一起出发到东海区。途中，贾若瑜再次做动员，讲红军的光荣传统、红军的战斗作风，激发指战员们的斗志，干部、战士们斗志昂扬，都说要打好这一仗。

经过几昼夜的行军，我们到达了东海目的地，部队开始了紧张的临战准备。张超副营长带着全营连长、排长和战斗组长到据点周围看了地形，研究并确定了周密、细致的战斗方案，并组织部队在野外进行了模拟演练。根据任务，每个连队还成立了突击组，有破坏组、架桥组、掩护组和爆破组。

这次水道战斗的情报工作有点失误，给我营下达的作战任务是彻底消灭中心据点里一个加强小队的"小鬼子"。

所谓"小鬼子"就是当年日本侵略者由于战线拉得过长、兵力吃紧，有作战经验的日本兵都被集中调到了南方战场，北方战场兵力严重缺乏，就从日本国内紧急补充了大量的年轻学生当兵，胶东的老百姓习惯称这些人为"小鬼子"。由于打的是"小鬼子"，我们参战的又是一个营的兵力，人员数量上多于敌人，指战员们都抱有必胜信念，但也有轻敌的思想。

8月24日晚8时，部队包围了水道中心据点，我们3营7、8两个连队进入阵地，任务是分别消灭水道东南角和西北角两个大碉堡里的敌人，9连做预备队。

这是一次不同于以往的战斗，战前准备充分，军区还派出了新组建的炮兵营参战。炮兵营营长王一萍带人拉来了两门我们军区兵工厂自己生产的大炮协同作战。以前，我们胶东的八路军部队里还没有装备过山野炮，战士们看见自己的火炮参加战斗后士气大增。

战斗在晚11点打响。收到进攻命令后，炮兵、步兵同时动作，霎时敌我双方枪声、爆炸声响成一片。

这一仗，军区政治部派出了军区敌工科和日本反战同盟的同志在阵地前向据点里的敌人喊话，展开政治攻势。我们和反战同盟的人都是打过几年交道的老相识、老朋友，有渡边、小林清等人。他们用日语向敌人喊话，劝他们投降，结果遭到了袭击。

战斗开始后，按战前分工我和16团参谋黄镇东、副营长张超跟随7连打东南角的碉堡，民运股长丁锐、教导员胡丙乙带着8连打西北角的碉堡，9连为预备队。

7连、8连同时从东南和西北两个方向向围子勇猛突击，连续爆破。仗一打起来我们就发现这个中心据点里敌人的人数虽不多，但火力非常猛烈，轻重机枪声响成一片，小炮、掷弹筒打得也非常准，一看就知道这是碰到了训练有素、垂死挣扎的敌人了。

7连连长周德胜是个老红军,作战经验丰富。他和指导员张海峰指挥部队冒着敌人的炮火突击,7连破坏组没有直接破坏鹿寨,而是越过去爆破屋脊形铁丝网,后面架桥组的战士们踏着鹿寨就架上了双桥。

部队事先准备的桥做得比较科学,战士们在战前还进行了架设演练。战士们根据战前侦察了解到的壕沟宽度确定了桥面长度,在桥面的下头根据壕沟深度做了一个活动的八字支撑腿,架桥时支撑腿先插在壕沟底,桥面一推就可以送到对岸。

7连的破坏组过桥后去爆破第二道铁丝网。接着,铁丝网被炸倒了,架桥组紧跟着在第二道壕沟边上又把单桥架了起来。

碉堡里的机枪、小炮、掷弹筒打得更急了,可7连的战士们谁也不在乎,破坏组的腾石义"呼"地一下跳起来越过第二道壕沟爆破了第三道铁丝网。

7连爆破组的丛凤仪、姜典智、宋国裕等人跟着架桥战士往上冲,桥却一下子垮了,丛凤仪只身冲过壕沟,其他同志掉进了沟里。接着,丛凤仪被炸倒的第三道铁丝网绊倒,但他又奋不顾身地跳了起来。他回头一看,发现爆炸组的同志们都掉到壕沟里了,急了,大喊:"同志们,上啊!坚决完成任务!"这时,沟里的两个同志顺着沟边拼命一跳,跳出了壕沟紧跟着冲了上去。

7连有个班长是个独胆英雄,我到现在还记得他的名字,叫刘心志。他是高个子,身体好,平时作战非常勇敢。战斗一开始,他就孤身冲进了据点,在围子里和敌人拼上了刺刀,并和几个敌人展开了肉搏。敌人用刺刀捅掉了他几颗牙,他见后面没人跟上来,敌众我寡,又从围子里跳了出来。不久,只听"轰隆"一声巨响,7连攻击的碉堡被炸开了一个大窟窿……

在战斗刚展开时,8连在连长江雪山和指导员吕俊的指挥下,破坏组长孙齐东带领战士们很快炸开一条近20米的第一道鹿寨防御工事,为后续各战斗组开辟了道路。随即,架桥组长于文明指挥战士们抬着一架双桥飞速向前,把桥腿往壕沟里一插,往前一推,第一道壕沟的桥就架好了。

这时，碉堡里和平台上的敌人以猛烈的火力封锁了我突破口，火力组长刘江在鹿寨附近占领阵地，指挥掩护组以密集的火力封锁碉堡和围墙上的射击口，同时用掷弹筒向围墙内开炮，压制敌人。

越过第一道壕沟，接着就是一片两米多高的铁丝网，第一层是单列桩式的，第二层是屋脊形的。对付它的办法就是用炸药爆破，在两三米长、碗口粗的竹筒里放上炸药，一根接一根爆破。晚上12点多，战士们就炸开了两道铁丝网，前进到接近围墙碉堡前的最后一道壕沟。

第二道壕沟比第一道壕沟略窄一点，但直接面对着敌人火力。因此，这次架桥比第一次困难多了。当年的战斗英雄8连连长江雪山后来回忆：架桥手一次次上，但不是牺牲就是负伤。到最后，桥腿被炸断了，桥也没架起来。他命令全连集中所有火力对准围子和碉堡的射击孔、火力点射击，严密压制住敌人的火力。

架桥组组长于文明随即带着最后两名同志跳进满是尖桩的水沟里。在断桥边，他让两个战士蹲下，他踩着战士的肩膀用头顶住桥板，双手抓住桥边，大喊一声："站起来向前走！"他用尽全身的力气，顶住桥板向前猛推。

8连指导员吕俊同志这时从壕沟边站起来喊道："共产党员勇挑重担，同志们上啊！"于文明他们听到指导员的喊声，也使尽了全身的力气，把桥板连推带拖地送过对岸。第二道桥终于架设成功了！

接着，爆破组快速通过。为了后续部队的安全，于文明趴在壕沟边紧紧地抓住桥板不松手。这时，敌人地下工事的侧射火力与碉堡上、围墙平台上的机枪、掷弹筒对着他们一齐射过来，于文明和8连指导员吕俊同志倒在血泊里。

战斗结束后，于文明烈士双手仍然紧紧地抱着桥板。吕俊同志被一发落在脚下的掷弹筒炸得血肉模糊，当场牺牲。

战斗中，传来了胡丙乙教导员牺牲、张超副营长负伤的消息。8连指战员怒了，大声喊着："为胡教导员、为牺牲的战士们报仇！冲啊！杀啊！"

据守的敌人看到一边的碉堡被炸开一个洞，另一边八路军已冲到碉堡前，深知已陷入八路军的重重包围之中，鬼哭狼嚎地喊叫着，不顾一切地向外扫射着。紧接着，他们从炮楼上、围墙里扔出了许多冒着浓烟的瓦斯毒气罐，指战员们被熏得打喷嚏、流眼泪，但我们事先已有所准备，战士们把蘸上水的毛巾捂在鼻子上继续战斗。

因为遇到敌人的激烈抵抗，战斗区域狭小，不好隐蔽，加之8连攻打的碉堡很难打（这个碉堡为防止八路军用炸药炸，敌人在底层外墙用石头和泥土糊上了一层外壳，并且加固了，不宜用炸药爆破），所以我方伤亡较大。教导员胡丙乙、8连指导员吕俊相继牺牲，副营长张超身负重伤，被抬下了战场。此时，两个主攻连进攻受阻，再这样硬打下去会吃大亏。我和黄镇东、丁锐同志商量了一下，及时停止了进攻。此时，指挥员就剩黄镇东、丁锐和我三个人。第一轮攻击由于7、8连打得非常艰苦，伤亡很大，9连连长毕立山、指导员吕景华在后面看在眼里，我们急在心上，坚决要求带9连上。我们商量一下决定让9连替换下7、8两个连担任主攻，但8连连长江雪山看到自己连的指导员牺牲了，还有那么多战士倒下，便坚决要求打下去，而7连也坚决不下战场。最后，我们决定7连、8连继续打下去。丁锐、毕立山、吕景华带9连担任主攻，黄镇东带7连，我带8连。重新部署后，我们三人各带一个连组织了第二轮进攻。

抗战时期，八路军的武器装备落后，重武器少，没有炮，攻坚战、打碉堡、端炮楼只能靠英勇无畏的战士送炸药。

9连铆足了劲儿，在丁锐、连长毕立山、指导员吕景华带领下发起猛攻。前面的战士倒了，后面的战士接着冲上去。无畏的勇士们采取连续送炸药爆破的办法，终于将平台和地下工事彻底摧毁了。

7连进攻顺利。爆破碉堡成功后，突击队长张爱慕立即带领战士们冒着硝烟冲进碉堡里。他们在二层刺死两个敌人后又迅速占领了第三层，一个战士顺着扶梯往上看，只见顶层的敌人正用重机枪向外扫射，他便把步枪一举，"啪"的一枪，敌人倒了。不久，这个碉堡里的敌人全部被消灭，7连缴获了1挺重机枪、1门小炮。

8连打得很苦。爆破组连续爆破，把碉堡二层炸开了一个洞，8连副指导员王前带着突击队冲进了碉堡里。这座碉堡有4层,两层被我们占领了,但底层的敌人仍疯狂地向上面射击,上层的敌人还朝下扔手雷,碉堡外平台上的敌人也朝碉堡开枪。因此,突击队受到了三面夹击。8连有个司号员小路,非常聪明,而且作战勇敢。他跟着突击队冲进碉堡里,结果被里面的敌人开枪击中胸膛,牺牲了。

8连突击队伤亡很大,碉堡上层的敌人还在继续向外面的进攻部队射击、投手雷。在这个紧要关头,已攻进碉堡内部的8连副指导员王前为了战斗胜利,抱着与敌人同归于尽的决心在碉堡内部点燃了炸药包……

炸药包的破坏力非常大,碉堡塌了一半,躲避不及的副指导员王前和一些战士被埋在了废墟里。这时,顶层上还有几个没死的敌人不投降,还在负隅顽抗。敌人占据上边的位置,我们也不好打。看到这种情况,我叫战士们在碉堡里面点燃柴火,如果敌人不投降就烧死、熏死他们,8连连长江雪山还把刚缴获的瓦斯毒气罐扔进了火堆里……

战斗结束了,我们彻底消灭了敌人一个整建制的加强小队,这是在胶东对日作战的第一次。打扫战场时,战士们抓到了两个敌人(一个重伤)。打扫东南角碉堡战场时,一个战士的脚后跟被压在碉堡废墟里的敌人狠狠地咬了一口。这个敌人被木头横梁压在身上不能动弹,被救出来后还极不老实。这个敌人骄横跋扈惯了,当了俘虏还用日本话大骂,黄镇东急了上前给了他两个耳光。后来,反战同盟的同志用日语做他的工作。最后,这家伙老实了,还要香烟抽。黄参谋给了他一支烟,这个人一个劲儿地用中国话说:"我的不是!我错了!我的不是!……"

1944年9月,全营接受了攻打牟平水道日军据点的任务。战斗数小时,攻克水道,据点里的敌人共38人全部被歼。这一战大大震撼了日伪军,鼓舞了抗日军民的斗志。接着,东海军分区部队和民兵趁势进逼其余据点,从8月25日至9月5日,先后拔掉敌人大据点30多个、小据点无数,荣城、文登也随之相继解放。军区司令员许世友后来评价说,水道战斗的胜利,起到了"打一点,跑一面"的效果,大大改善了东海抗战局势。

多年过去了,现在回想起来,我们攻占了水道中心敌人据点,消灭了全部敌人,对胶东东海区秋季攻势的顺利进行起了决定性作用,3营为此受到许世友司令的称赞和上级的表扬。但是,水道战斗打得实在是艰苦、惨烈,伤亡太大了,我到现在还经常想起在水道战斗中牺牲的战友。

16团在1942年马石山突围时损失很大,部队进行了调整,胡丙乙和张超就是那时从13团调过来的。在一年多时间里,我们在一起生活、战斗,结下了深厚的友谊。没想到的是,水道一战,胡丙乙当场牺牲,张超负重伤后救治不愈也去世了。

3营8连是个英雄连队,这个连战斗作风好,作战勇猛顽强,敢打敢拼,是16团的主力。这些和连队的干部表率作用是分不开的,特别是指导员吕俊同志。他是一名老指导员,在连里事事起模范带头作用,处处和群众打成一片,不仅基层政治工作做得细、做得好,而且作战勇敢。战前,他还在军区学习,听说部队要打水道,便坚决要求回连参加战斗,但在战场上英勇牺牲了。为了水道战斗的胜利,3营伤亡人数为105人(牺牲24人、负伤81人),让人感到非常痛心。

水道战斗的胜利,是胶东地区抗日战争战局发展的一个历史转折点。

水道战斗胜利后缴获的机枪

第二部分

解放战争初期

一

接受新的任务

(1945年9月)

1945年4至6月，中国共产党在延安召开了七大。毛泽东在会上说："东北是一个极其重要的区域，将来有可能在我们领导之下。如果能在我们领导之下，那对中国革命有什么意义呢？我看可以这样说，我们的胜利就有了基础，也就是说确定了我们的胜利。现在我们这样一点根据地，被敌人分割得相当分散，各个山头、各个根据地都是不巩固的，没有工业，有灭亡的危险。所以，我们要争城市，要争那么一个整块的地方。如果我们有了一大块整个的根据地，包括东北在内，就全国范围来说，中国革命的胜利就有了基础。"① "如果我们有了东北，大城市和根据地打成一片，那末，我们在全国的胜利，就有了巩固的基础了。"② 毛泽东在七大会议选举候补中央委员时还谈道："东北是很重要的，从我们党，从中国革命的最近将来的前途看，东北是特别重要的。如果我们把现有的一切根据地都丢了，只要我们有了东北，那末中国革命就有了巩固的基础。当然，其他根据没有丢，我们又有了东北，中国革命的基础就更巩固了。"③

七大会议决定和毛泽东讲话的精神实质，充分体现了中国共产党早期就有争取与掌握东北的战略思想。在这一战略思想的指导下，为保住中国人民取得的抗战胜利成果，求得今后更大的生存空间和发展，1945年9月，根据当时国际、国内形势，中共中央很快就制定出"向北发

---

① 中共中央文献研究室.毛泽东在七大的报告和讲话集[M].北京：中央文献出版社，1995：218-219.
② 同①219.
③ 同①232-233.

展,向南防御"的战略部署。

因为东北地域辽阔,资源十分丰富,交通便利,东北的东面、北面、西面与苏联、外蒙古接壤;南面陆路与冀、热、辽解放区相连,海路与胶东解放区相望,所以控制东北就可以改变中国革命长期受制于人的战略环境。只要将东北这个大后方保住,解放全中国也就指日可待了。

为了防止蒋介石发动反革命内战,保卫抗战胜利果实,1945年8月11日,中共中央山东分局、山东军区根据中共中央军委指示,将所属各军区主力部队与地方基干部队整编为山东解放军野战兵团,下辖5个军区、8个师、12个警备旅和1个海军支队。8月16日,山东军区部队全部整编完毕。胶东军区部队整编为第5、6师和警备第4、5旅。第5师师长为吴克华,政治委员为彭嘉庆,参谋长为萧镜海,政治部主任为刘浩天。第5师下辖13团(原胶东军区13团)、14团(原胶东军区16团,团长为江燮元、政治委员为田野)、15团(原胶东军区独立团)。第6师师长为聂凤智,政治委员为李丙令,副师长兼参谋长为蔡正国。第6师下辖第16团(原胶东军区14团)、17团(原西海独立团)、18团(原中海独立团)。第4旅旅长为刘勇,政治委员为仲曦东;第5旅旅长为贾若瑜,政治委员为廖海光。

我在胶东军区老16团3营,部队整编后,我所在的部队番号改为5师14团3营。师长为吴克华,团长为江燮元,我是3营教导员。

随着大反攻作战的全面胜利,部队的扩编、整编任务也已完成。1945年9至12月,山东军区命令胶东部队在蓬莱、黄县一带出发,从海路和陆路奔赴东北。胶东部队根据上级指示,采取有力措施,迅速集中了大批船只。

我和我的战友们都希望能打到东北去,战士们个个摩拳擦掌,希望为全中国的彻底解放再上战场!当时,胶东军区为了留下骨干部队,分兵原则是走二留一,就是一个师走两个团留一个团,一个团走两个营留一个营。

在这段时间内,我们胶东部队的编制、番号、干部变动很大。当时，我所在的胶东军区老 16 团是胶东军区直属的三个主力团之一，而我所在的 16 团 3 营又是一支特别能战斗的队伍。抗战时期，这个营的 7、8、9 三个连队被胶东军区分别授予了"铁 7 连""钢 8 连""模范 9 连"的光荣称号。

我们老 3 营是留在胶东还是渡海去东北？对此，军区领导争论较大。留在山东的许世友司令员和 6 师师长聂凤智不想把战斗力强的队伍全部调走，执意要将我们这支能打善战的部队留下，作为整编后新 6 师的警卫营。当时，准备渡海的 16 团团长江燮元坚决不同意分散部队，就更别说把原 16 团的老 3 营留下了，便和聂凤智争执起来。最后，许世友司令员只好从中做工作，从地方部队给江燮元的老 16 团补充了一个营，这才把我们 3 营放走，把 1 营留了下来。

在接到立即准备过海的命令后，我们整编后的 14 团 3 营正在胶济路前线执行紧张的破路任务，营长王旭带着 1 营前来换防。我们交接完正在执行的任务，依依不舍地告别老部队、老首长，立即整队赶往龙口集结，准备和团里汇合，一起渡海北上。当时，准备渡海到东北的命令只传达到营这级干部，为了稳定指战员们的情绪，对下面还暂时保密，连队的干部、战士都不知道。

胶东军区派往东北的大部分主力部队已经过海，当我们 3 营赶到龙口时，团长江燮元、政治委员田野带着大部队已经在一个星期前就上船走了，我们 3 营只好按照上级要求做好渡海准备。

胶东军区原地留守的部队继续保留原来的全部建制番号，缺编、兵员不足就由胶东军区下属的各海区独立团地方武装升级，补充留在胶东的主力部队。所以，抗战时期的老战友解放后大部分随着各自的部队到了广州军区 41 军、福州军区 31 军和南京军区 27 军。

记得当时我们部队驻扎在南海，部队要在黄县龙口码头上船，中途经过莱阳水沟头时，因为时间允许，我回了一趟家。

我的老家就在山东莱西水集区张家庄村，我生在这里长在这里，又在这里参加了抗日战争。所以，部队经过这里时我真想回家看看娘和兄弟，真的是想他们了。抗战期间，虽然离家很近，但我算这次只回了两次家。上一次回家是执行任务路过，加起来时间不过一两个小时。

我记得第一次回家是抗战时期部队准备攻打莱西水沟头，我带着3营一个连夜间去水沟头侦察地形，返回时，顺路回家看望了父母亲。为了防止暴露，我让部队在张家村边的营盘（坟地）小树林里待命。我只带着通信员一个人，没敢走大路，沿着村边翻墙头回到了家，见到了母亲和大哥。母亲看着我长高的个子、晒黑了的脸，不知道说什么好了。她一会儿摸摸我的头发，一会儿摸摸我的脸，一会儿又拉拉我的手。我的目光在屋子寻找着父亲的身影，可是母亲说："别找了，他走了。"母亲说完就扭过脸去擦眼泪。父亲一生忠厚老实，如今，父子阴阳两隔。想到再也见不到父亲了，我的心里泛起一阵阵的酸楚。

战争年代，见面不易，离别、永别却常常发生。我正要把自己在部队的生活情况讲给母亲听时，突然窗外响起了枪声，我便一把拉起通信员冲出家门，一口气跑到了村外。

原来，这是一股夜间出来活动的土匪，在树林里和我带的部队撞上了，我们只打了几枪，土匪就吓得落荒而逃了。后来，我们也没有追击，只拦下了土匪从老百姓那里抢来的两匹骡马和被绑票的老百姓。在返回部队的路上，我的手在兜里摸到了一块很硬的饼子，这一定是母亲在慌乱之中装在我兜里的。

这次是第二次回家，我也有与母亲做生死告别的想法。母亲见到我时，一直拽着我的手不放。她也知道这次分别后还能不能再见是个未知数。分别时，母亲的眼泪一直在流。她再三地嘱咐我："别惦记家，带好自己的兵……"当我迈出门槛时，似乎听到母亲从嗓子眼里发出的微弱的声音："要活着回来！"我没有再回头，我在心里大声地喊着："娘，我一定回来！"

战争是残酷的，每一个站在正义战场上的战士从未考虑过生死问题，都认为战死疆场是光荣的。

1945年11月7日，天空明净高远，海上无风无浪，天海相连，一片辽阔。这一天正好是我们胶东老16团3营（整编后的5师14团3营）渡海去东北的日子。黄县龙口码头上聚集着我们3营的全体干部战士。他们一个个兴致勃勃，整装待发，都为自己又能踏上新的战场而兴奋不已。

胶东军区机关给我们渡海部队准备了干粮、淡水和一些药品，还给连队的干部配发了指北针。上船前，胶东军区对我们的要求是：部队的迫击炮、掷弹筒、重机枪等重武器及大部分轻武器装备、作战地图等都留在胶东，每艘船上只能留一挺轻机枪和渡海需用的自卫武器。因此，就连我心爱的战马都留在了岸上。这匹战马陪我驰骋疆场多年，它的习性，我的禀性，互相都了如指掌。它为我们的抗日战争也立下过许多战功，所以我抱着它的头久久不愿松开，它也好像知道这次分别就再无相见之日，它的头在我的怀里不停摩擦着。

我们营在1945年与日寇打过几场大仗，缴获了很多精良的武器。每次战斗下来就把原来自己的老旧武器替换下来上缴了。战士们把这些缴获来的新武器视为自己的生命，因为这都是他们用生命和鲜血换来的，怎么能舍得上缴呢！营长江雪山（中华人民共和国成立后曾任海南军区司令员、广州军区副参谋长）、副营长毕立山（曾任364团参谋长、空军长春预科总队大队长、空军普兰店场站站长）和连队干部们最后绞尽脑汁，把迫击炮、重机枪拆卸、分散携带，想尽一切办法躲过了上船时的船边检查，把缴获来的重武器都抬上了船。

渤海湾里风平浪静，许世友司令员亲自带着胶东军区机关干部在龙口码头为我们送行。临别时，许世友司令员拍着我的肩膀嘱咐我说："在海上一定要注意安全。你们3营在军区是能打善战的模范营，过海后，你一定要把部队带好。"看着司令员期待的目光，我的心里感到责任重大。之后，他又和我们一起在岸边组织部队登船，把我们最后一批奔赴东北战场的胶东子弟兵送上了船。

船是在战士们雄壮豪迈的歌声中远航的："我们是挺进的先遣队，我们是胜利的曙光，要把胜利的红旗插在鸭绿江畔，插在长白山上……"

站在船尾看着岸边部队首长频频地招手和渐渐远去的胶东大地，我思绪万千。这里是我的家乡，我在这片生我养我的土地上与侵略者浴血奋战了8年，日寇的炮弹炸伤了我的腰，子弹打穿了我的腿，现在真的是要离开家乡了。离别之际，最让我放不下的是我的通信员刘志谦——他牺牲在海阳一个村子里。记得有一次，我带领部队执行任务，行军至一个村庄时已是半夜，我就想让部队在村子里休息一下。但没想到的是，日本兵与我们同时从不同方向进村，还有顽军赵宝元的队伍，都想在这个村子里宿营休息。三伙部队碰在一起，没等弄清情况就打起来了。敌人的枪是没有目标的，到处乱飞。通讯员刘志谦一直在我身边掩护我，一颗子弹飞来打在了通信员刘志谦的头上，他一头栽倒在我的怀里，只说了一句："指导员，我不行了！"然后，他就永远地闭上了眼睛。看着刚刚还在挥枪战斗的鲜活的生命就这样离开了我们，我的心揪在了一起。直至今日，他的音容笑貌仍在我的脑海中挥之不去。1942年，日本兵进行大"扫荡"，我们16团在马石山突围时，团政委张襄旭、参谋长陈志英、组织股长牛尉文（大家习惯叫他"小牛子"）、作战参谋周文彬、卫生所长、特务连长魏光浩等人都牺牲了。16团团部、特务连、随团转移的胶东军区政治部干部仅生还几人。另外，我们3营8连牺牲多人，团部成员基本都被打没了。但是，我们3个营带出了上千老百姓突出重围。在胶东水道战中，我们16团3营教导员胡丙乙与副营长张超、8连指导员吕俊、战士于文铭等24人牺牲，负伤81人。在抗战期间的每一场战斗中，都有许许多多的战友离开了我们。

　　现在，我们就要告别在一起生死与共、长眠于地下的战友去闯关东，去一个陌生的地方。那个地方，也许又是硝烟四起、烽火连天的战场。

二

渡海挺进东北
（1945年11月7日）

我带着5师14团3营7连的战士坐着一艘能容纳二百人的有动力的小火轮离开了家乡，家乡渐渐地变得模糊不清了。当陆地隐藏在天海连接的后面时，我们的船已被波涛汹涌的海浪裹挟着，扔进了大海里。但是，大海完全不是在岸边看到的那样温顺。俗话说："无风三尺浪，有风浪滔天。"船在风浪里摇晃着。一波海浪过去，我看见船的两边有成群的大鱼在游来游去，好像在护送我们。

海上的风浪越来越大了，美国的侦察机在渤海湾的上空飞来飞去，寻找着打击目标。为了避免暴露，我们只允许少数干部、警卫人员穿便衣守在船舱外面值班，战士们都待在船舱里。我们坐的船动力还算比较大，但船舱隔间窄小，里面空气浑浊，气味难闻。大浪来时，小火轮摇摆得厉害，船上所有的人都被摇得昏昏沉沉，分不清东南西北。紧接着，晕船、呕吐在船舱里蔓延开来，大部分人吐得一塌糊涂，真的是把苦胆水都吐出来了。为预防呕吐，上船之前军区首长让工作人员为我们每个人都准备了一个小瓦罐，当时有的人还调侃说："晕船呕吐就往大海里吐呗，带着个小瓦罐多麻烦。"到了这个时候才知道，吐的时候想往船边儿跑都来不及，小瓦罐在这个时候真的是派上了大用场。

我们这艘船有动力，跑得很快，一直行驶在其他船的前面。途中，最惊险的一幕还是过老铁山水道。

我们的船已经在海上航行了一个大白天加上半宿。午夜时分，船快行驶到老铁山水道了。船老大虽然在海上行船多年，但一说到老铁山水道时脸上还是现出一副恐惧之态。他说老铁山水道是渤海和黄海的分界线，水流湍急凶险，遇上风浪天更是无法控制航线，很多船只会被大浪掀翻或是被礁石撞碎。船老大讲述时声音有些颤抖，俨然一副劫后余生的恐惧表情。

船老大一想起他第一次过老铁山水道时的经历，心里就害怕。那时候，他才二十多岁，家里穷又无手艺，就拜了走海的师傅。他从小虽然生在海边，水性好，但从来没有出过海。师傅第一次带他出海，他还以为是一件新奇的事儿，一心想着快点到老铁山水道。但是，没想到老铁山水道比人们形容的还要凶险。他们的船还没等到老铁山水道时风浪就来了，木船摇晃得厉害，师傅紧紧地把住舵，船上的乘客都吐得晕头转向。当船行至老铁山水道最深的地方时，风浪已经将船抛得让人找不到方向了，师傅高喊着让船上的人抓紧船上能抓住的东西，船老大则死死地抓住船沿儿。突然，木船像被空中的一双大手抓住摔了出去，船在空中翻了一个身，船身朝下落进了海里……船老大不知道被巨浪抛到哪里去了，等他清醒过来的时候怀里正抱着一块船板漂在海上，而那里距离老铁山水道已经很远很远了。他朝着家的方向游去，在濒临死亡时被渔船上的渔民救起，算是捡回了自己的一条命，而船上其他的人都无影无踪了。

风浪越来越大，船开始大幅度摇晃起来。海浪被漆黑的夜丛恿着肆无忌惮地咆哮着，浪花向我们的船拍来。此时，我们坐的小火轮好像是动力不足了，又是逆着海流行驶，小火轮就像一片小树叶一样，海浪一会儿把它抛向浪尖，一会儿把它卷进浪里，一会儿又把它吞进海里。船舱被外力挤压得咔嚓咔嚓地响，疯狂的海浪像要把小船碾碎。当时，四周漆黑一片，到处都是可怕的海浪咆哮的声音。船老大看着前后左右一艘船也没有，误以为其他的船都躲进避风港了，所以他的心里也没有底了，面露难色。他就跟我们商量要返航。听到船老大的话，大家不约而同地说："这哪能回去啊！现在我们在海上已经走了一天半了，航程已过大半，绝不能回去，前面就是刀山火海也得闯过去！"船老大看我们着急的样子，虽然不作声，但行动明显地迟缓了。

怎么办？大家都很焦急。船上没有电台，联系不到上级和一同出发的船只。出发时，港湾里到处都是战士们乘坐的船，船与船之间的人互相还能招手致意，而领导也要求我们尽量两三艘船为一个编队相互照应。但是，船行驶起来后完全不以人的意志为转移，一个大浪打来再现出水面后就谁也看不见谁了，根本就做不到编队同行。我们在上船前就听说前面的很多船都遇上了风浪。有个分区司令员带着30个人在海上遇到风浪，船翻了，船上的人都牺牲了。在龙口码头登船时，我们还看到有些前面部队的船被风浪刮回来，船在海上漂了很长时间，上岸时战士们都是被抬下来的。在海上航行的时候，我们有时就能看到一块块被撞碎的船板。

我们怎么办？船的四周除了海浪就是海浪，就是现在回去，恐怕也很危险。这时候，我们几个干部态度都非常坚定，不能回去！接着，我们就试着做船老大的思想工作。在我们的努力下，船老大转变了态度，他拼尽了全身的力气，与风浪搏斗着。船一直向前行驶，终于闯过了老铁山水道。

也真怪了，过了老铁山水道，风浪就渐渐小了，船也平稳了。船老大高兴地说："你们八路军的威力真大！我这艘船真是有福气呀！"听到船老大的话，船上的战士们都长长地松了一口气，脸上都露出了笑容。

突然，船的前面隐隐约约出现了一条灰色的带子，将海天相接处分隔开。船上的战士们跳跃起来了。那淡淡的灰色给我们带来了希望，船就驶向那里——庄河。

船舱里恢复了平静，忽然，船舱里传来一阵嬉笑打闹的声音。我们3营7连里有一个青年班（应该叫少年班），都是十五六岁就来当兵的小孩子。这些年轻人聪明活泼，好动调皮。他们身体好，呕吐之后很快就恢复了体力，在船舱里跑来跑去照顾着晕船的同志。没事儿的时候他们会唱一些鼓舞士气的歌曲，再来几句笑话，逗得船舱里的人发出一阵阵笑声。这些娃娃兵正是长身体的时候，出发时他们带的干粮没多长时间就都吃没了，于是他们就想出鬼点子选出两个小家伙，装成乞丐在船里到处乞讨。大家哈哈大笑过后，把剩下的干粮都分给了这些娃娃兵。船舱里气氛非常活跃，晕船的同志也都渐渐地恢复了常态。

走水路到东北真是命悬一线啊,让我切实感受到了当年山东人闯关东的艰辛。

船在海上行驶到第二天中午,海面上趋于平静,远处那些灰色的影子渐渐地清晰了,房屋、炊烟、远山、树木映入了我们的眼帘。此时,大家的心情一下子就都开朗起来,疲惫消失得无影无踪。

3营去东北,一部分人坐动力小火轮船,速度快;一部分人坐木帆船,需三天两夜才能到达庄河。出发的时候,我带领3营7连200多名战士坐的是动力小火轮船,只用了一天一夜就到了目的地。

船在离岸边还有一里多地时就抛了锚,又赶上了退潮,所以战士们就扛着、顶着行李和装备涉水上岸。说来也怪,船在海上航行时,战士们死气沉沉的,但脚一踏上陆地立刻就都有了精神。

我从上船到下船,有一天多时间没有吃东西了,我带的干粮也全都分给了那些娃娃兵。也就是说,我是饿着肚子闯到了关东。

从10月初开始,在罗荣桓同志的带领下,山东部队有6万余人分3批从海路和陆路浩浩荡荡地开进了东北。

在中国共产党的领导下,山东的八路军、苏北的新四军等部队从各个方向向东北挺进。很快,十万大军就被部署在了沈阳、长春、哈尔滨等大城市及交通要道上。

三

初到关东

（1945 年 11 月 10 日）

部队到达东北后，根据党中央 10 月 19 日的指示，主力集中于锦州、营口、沈阳一线，部分兵力布署于庄河、安东一线，阻止国民党军队登陆及歼灭一切可能的进攻。

我们的部队闯过了惊涛骇浪，终于在庄河下了船。

在庄河集结完毕后，上级领导马上传达命令，要求我们 5 师 14 团 3 营驻防南满安东市。

南满在哪儿？"满"即"满洲"。"九一八"事变后，日本侵略者利用清废帝爱新觉罗·溥仪在东北建立了一个傀儡政权，妄图以此来统治东北，使东北同胞沦为亡国奴隶。这个傀儡政权的所谓"领土"包括辽宁、吉林和黑龙江三省全境及内蒙古东部、河北北部。此政权称"满洲国"，首都设在新京（现在的长春），元首是爱新觉罗·溥仪。

伪满洲国以沈阳为划分基点，分东满、西满、南满、北满。"东满"是指本溪以东、东南、东北地区；"西满"是指辽西走廊；"北满"是指四平以北的广大地区；"南满"指辽东半岛，就是中长路沈阳至大连以东的安东、临江、通化、清原、庄河及沈阳西南的辽中等地区。因为南满地区在政治、经济、军事上的特殊性，党中央决定在此创建东北地区的革命根据地。安东是南满地区的一个重要地域，又是民国时期中国东北地区的一个省会。1947 年，国民党政府将伪满洲国的安东、通化二省合并为安东省。

安东省地处东北地区的东南部，东临朝鲜，南靠当时苏军控制的大连，隔黄海与山东解放区相望。安东与沈阳之间的铁路纵贯南北，与沈阳、抚顺、本溪等大城市相接。它的省会安东市是辽东的政治、经济、文化中心，战略地位十分重要。因此，在东北解放战争中，安东地区为中国共产党与国民党争夺的重点地区。

从庄河到安东，途中的大孤山、大东港是必经之路。大孤山在辽南是战略要道。抗战时期，苏联出兵对日作战到达东北后，一些重要的城市、港口、车站、道路、桥梁等一直由他们把守。因此，大孤山主道边上就有一个驻有几十个人的苏军哨所。我们的部队行至这里就被苏联军队拦住了，他们向我们一边打着手势一边嘴里喊着什么。幸亏出发时上级为我们在庄河找了一个做苏联生意的老板，为我们做俄语翻译。部队被截住后，我通过翻译告诉他们："我们是中国共产党领导的八路军，是中国的红军，是中国共产党的队伍，路过此地是要到安东去。"可是，翻译与苏军说了好长时间，苏联士兵好像根本就听不懂，我就听他们嘴里嘟囔着："聂特，聂特！"执意不让通过，队伍被堵在了大路上。

这时候，苏联军队的干部出来了。他们这些人都经历过卫国战争，知道中国也有布尔什维克，有红军和毛泽东。通过翻译的介绍，苏联军官知道我就是这支队伍的党代表，显得特别热情，先是和我热烈地握手，后来又来了个紧紧拥抱。我们的战士是有生以来第一次看到这些外国人，都感到非常稀奇，又看到苏联军官与我拥抱，大家都止不住地乐了起来，气氛总算缓和了。我们的部队排着整齐的队伍顺利地通过了大孤山，经大东港进入安东市区。

安东市区在火车站附近有两条主要街道，苏军给这两条街道取了个响亮的名字，一条街道叫斯大林大街，一条街道叫毛泽东大街。我们部队驻扎在安东市内斯大林大街上，和苏军警备司令部仅一街之隔。我们对苏联人有一个统一的称谓"苏联老大哥"，两军的官兵相处得很友好。

苏联军队的武器装备很好，服装很差，老粗布军装加上粗呢子大衣，看着很单薄也抵御不了严寒。有时，看到他们的士兵把从老百姓那里得来的衣服穿在里面，鼓鼓的不成样子，也挺可怜。部队在安东安顿下来之后，我们的首要任务是尽快地把部队装备起来，做好随时打仗的准备。上级的通知很快就传达下来了,任务就是到附近山里的军火仓库搬运武器、弹药。行动是秘密进行的。

当年的苏联红军司令部

那一天的晚饭是提前开的,饭后,我们全体指战员背着雨衣打着出操演习的幌子,把部队拉到了郊外一个由苏联军队看管的军火仓库。日本投降后,苏军收缴的武器和日本关东军的军火仓库都由苏联军队看管。为了能从苏军的仓库里多搬一些武器出来,我们还给苏军警卫部队准备了很多啤酒、香肠、酱肉、水果等好吃的东西。苏军见到这些好东西后对我们非常亲热。

通往仓库的道路两旁都是成堆的炸药。进到仓库里面,战士们目不暇接。这里到处都是日本关东军为对付苏军而储存的武器、弹药。

看到这些全新装备,我的心里涌起一种说不出来的滋味。打日军那些年,我们用大刀、土枪、土炮与敌人在战场上拼杀。那时,战士们的"三八大盖儿"都是在一次次战斗中用鲜血和生命从敌人手里夺过来的。

在军火仓库里,兴奋的战士们真想再生出几双手,恨不能将整个军火库都搬回去。当天晚上,部队的干部、战士们看到自己弄回来这么多新武器都乐得睡不着觉。

第二天早上，部队通知不出操了，白天的任务就是组织各个连队给弄回来的武器除油、擦拭，然后睡觉，保证充足睡眠，晚上再去仓库搬运武器、弹药。

第二天晚上，我们把部队再次拉出去往回背枪支、弹药。出发前，原来在东北抗联的老同志悄悄地告诉我们："你们再去仓库时不要光拿'三八大盖儿'，因为东北寒冷，这种枪在零下三十多度的时候，撞针冷缩，有时候打不响，即使打响了杀伤力也小，而日本的九九步枪就解决了这个问题。据说，九九步枪是日本关东军为了在冬季的东北与苏联作战而专门研制的步枪。这种枪弹道稳定，杀伤力强，在零下五六十度也能打响。"知道这个消息后，我就叫部队战士们专挑九九步枪往回扛。

我们连续干了三天，全团的干部、战士都换上了新装备，而且无论是领导还是士兵，每人都配发了一顶钢盔，崭新的子弹袋都装得满满的。战士们扛着崭新的九九步枪和"三八大盖儿"，走在街上，威风凛凛，那个高兴的劲儿真是无法用语言表达！

那时，全团的战斗连队，班有轻机枪，连有重机枪，枪支弹药很多，自己部队根本用不完，多余的就都支援了兄弟部队。

我们由胶东过来的八路军武器、弹药奇缺，当时的子弹来源，除了作战缴获一部分外，每次战斗结束后，战士们必须要把打过的子弹壳捡回来上交，才能补发新的子弹。接着，胶东各部队将收集上来的子弹壳统一送到军区的兵工厂重新装火药、装弹头。所以，到了安东之后，干部、战士们看到苏军浪费子弹觉得非常可惜，于是一些老兵就捡苏联士兵打过的子弹壳，无意中发现了苏军的转盘枪和我们干部使用的驳壳枪口径是一致的，弹型也相似，他们就想方设法从苏军士兵那里要来几发子弹试试，结果竟试响了。当时，部队的基层干部使用的武器都是从山东带来的驳壳枪，子弹少，补充也不及时。当发现转盘枪的子弹在我们的驳壳枪上也可以使用的消息传开之后，基层干部就偷偷地用各种东西和苏军交换，苏联士兵那时也很慷慨，把转盘枪的子弹盘子卸下来，退下几十发子弹送给我们，连队的干部高兴死了。

可是，没过几天大家就觉得不对劲了。他们发现转盘枪的子弹在驳壳枪里可以打响，但是不能连续使用，因为转盘枪子弹装药多，后座力量太大，这种子弹用在驳壳枪里打不了几发就会把手震得受不了，也容易把枪打坏了。

在土地革命战争时期，我们军队的装备主要是靠缴获敌人的武器。到了抗日战争时期，我们虽然有了兵工厂，但也只是以修理为主，还有就是给旧弹壳重新装药，没有完全制造枪械的能力。所以，我们的干部、战士对武器、弹药视如生命。平时，他们想尽一切办法找武器、弹药，他们深深地知道：武器就是生命，弹药就是战斗力。

部队接收装备结束后，我们这个团原来战斗力是最强的，现在的装备又是最好的，在战场上，干部和战士们个个都能打善战，后来在辽沈战役解放东北的最后一战中被授予了"塔山英雄团"的光荣称号！

根据党中央指示，渡海抢占东北的胶东部队5师、6师的4个主力团和5个海区独立团又进行了重新整编。

我们从胶东进驻南满的部队改称为"东北人民自治军"，下设两个纵队，分别是第2纵队和第3纵队。第2纵队司令员为吴克华，政委为彭嘉庆，辖1、2支队、警卫团和直属队。第3纵队司令员为胡奇才，政委为欧阳文，辖4、5旅。从胶东过海前，我所在的胶东军区16团改编为5师14团，驻防安东后又改编为第3纵队4旅10团。

驻防安东后，我军进入南满的部队主要是调整、调动、布防。

1945年12月初，第2纵队和第3纵队又有了很大的调整。在这次调整中，我又从第3纵队4旅10团调到了第3纵队5旅13团。

这个团是过海前由地方部队刚刚组建起来的基干团，是反攻后由东海3个县独立营升级主力改编的。1营是荣成独立营，2营是文登独立营，3营是威海独立营。当时，我们13团的团长是刘剑秋，政委是张富华，参谋长是江海。我调到这个团后担任了主任并代理政委。记得当时纵队宣布命令后要求我马上到任，与原政委张富华交接完工作后，张富华就因病调离了这个团。过了一段时间，参谋长江海也被调走了。

江海同志原来是胶东东海区荣成独立营的老营长，能打仗，脑子灵活，做事认真，上级调他去了12旅。解放后，他和江雪山都曾任海南军区司令员。我们退休后取得了联系还通过电话，这才知道20世纪50年代他在总参军训部，而我在北京军区总医院工作，谁也没想到相邻一条小街道这么多年竟然谁也不知道，没有联系也没有见过面。

团长刘剑秋，我们一起战斗了两三个月，在胶东时他有个响亮的外号"刘彪子"。抗战时，他曾是文登独立营的老营长，文登人，能打仗，胆子也大，没有不敢干的事，东海区过来的干部都习惯叫他的绰号。有一次，我们在凤凰城开会，驻地停放着一辆摩托车，他几下就打着火了，他还说他早就会开车，叫我上来一块出去兜兜风。当时，好多干部在那儿看热闹。我上去还没坐稳，摩托车就驶出去了，而大门外就是一条下坡带拐弯儿的路，还不知道怎么回事呢，我俩就连车带人翻进了沟里。

1945年12月底，林彪在阜新召开东北军事会议，根据当时形势的变化及党中央指示，及时改变我军全部控制东北的战略方针。为了适应这一时期军事斗争的需要，"东北人民自治军"被改称为"东北民主联军"，总司令为林彪，政治委员为彭真，副政治委员为罗荣桓，副总司令为周保中、吕正操、萧劲光，参谋长为萧劲光（兼）、伍修权（3月接任），政治部主任为陈正人，政治部副主任为周桓，后勤部部长为叶季壮，政治委员为杨至诚，副部长为贺诚。

新的东北局实行了新老部队合编，重新调整了各省军区和军分区，先后成立东满、西满、南满、北满四大军区。1946年1月26日，彭真电示各战区负责人统一规定整编军区及纵队番号。

那个时候，部队的番号很复杂，我只记得南满原冀东16军分区组建的新部队与山东罗舜初、吴克华、胡奇才部合编组建了第3、4纵队。第3纵队是1946年1月份成立的，第4纵队是1946年2月初成立的。这两个纵队隶属于辽东（南满）军区。中央军委命令：辽东军区辖第3、第4纵队，旅的番号由第7旅至12旅、团的番号由第19团至第36团依次排列。

我们第 4 纵队由原来的第 2、第 3 纵队合编，司令员为吴克华，政委为彭嘉庆，副司令为胡奇才、韩先楚，副政委兼主任为欧阳文，参谋长为蔡正国，辖第 10、11、12 旅和一个警卫团。

第 10 旅是原来的第 2 纵队 1 旅，旅长为杜光华，政委为李冠元，副旅长为侯世奎。原 2 纵队 1 旅的 1、2、3 团依次改为第 28、29、30 团。

第 11 旅是原来的第 2 纵队 2 旅，旅长为李福泽，政委为李丙令，副旅长为周光。原 2 纵队 4 团改为 31 团，原 3 纵队 5 旅 13 团调归该旅后改番号为 32 团，原 2 纵队 2 旅 5、6 团合编为 33 团。

第 12 旅是原来的第 3 纵队（欠 13 团）合编的。旅长为江燮元，政委为潘寿才，副旅长为叶声。原第 3 纵队的第 10、15、16 团依次改为第 34、35、36 团。

强调一下，我以前的老部队 16 团改为第 4 纵队第 12 旅 34 团，我现在的部队第 3 纵队 5 旅 13 团改为第 4 纵队第 11 旅 32 团。

整编后，我们又有了新的部队番号，整个第 4 纵队有 38 609 人，步枪 16 257 支，轻机枪 302 挺，重机枪 112 挺，掷弹筒 83 具，迫击炮 8 门。

解放战争初期是部队番号变化最大的时期，简单地看，番号的变动，只是数字的变化，但是部队番号的数字从来不是冰冷的，它是一支部队的生命和象征。番号的更迭和改变，浓缩了一支部队的光荣历史。老番号的悄然隐退，虽然承载着无数军人的怀念和不舍，但是新的番号像号角重新吹响，引领我们踏上新的征程。

四

沙岭子战斗
（1946年2月16日—2月18日）

就在我们部队在安东进行装备、整编及政治军事整训期间，国共两党争夺东北的斗争一直没有停止。

1945年8月29日开始，中国共产党同国民党政府在重庆进行了和平谈判。

1945年9月1日，蒋介石任命熊式辉为军事委员会委员长东北行营主任，任命莫德惠等人为东北行营政治委员会委员，任命张嘉璈为东北行营经济委员会主任，任命蒋经国为外交部驻东北特派员，任命潘公弼为国民党中央宣传部特派员，并将东北三省分为了九省，任命了各省省长。

1945年9月，鉴于东北地区战略地位的重要性，中共中央给正在赶往山东赴任的林彪发了一份急电，要求林彪携萧劲光、江华、邓华、李天佑立即折返去东北。林彪接电后，立刻中途折返东北。

1945年10月16日，国共两党重庆谈判之后，蒋介石又任命杜聿明全权负责东北地区的作战。

林彪和杜聿明这两位黄埔军校的校友，即将在东北战场上进行一场和平与反和平、民主与独裁战争的较量，可谓棋逢对手。

1945年10月10日，中国共产党同国民党政府在重庆进行了43天的和平谈判结束。

1945年11月初，杜聿明率国民党两个精锐部队（13军、52军）在秦皇岛登陆，15日向驻扎在山海关的东北人民自治军阵地发起了猛烈进攻。我们的军队在林彪还未到来之时，部队人员力量不足，从关内来的部队又无武器，战斗力不强，指挥不统一，因此未能抵挡住国民党军队的疯狂进攻，被迫放弃了山海关。国民党军队一路占领了辽宁绥中地区的兴城、锦西、葫芦岛。

1945年11月19日，林彪到达了辽西前线，针对当时我东北人民自治军武器差、通信不畅、无根据地、无法与装备精良的国民党军队较量的实际情况，请示了党中央，要求转变策略——撤退。党中央同意了他的请求。

撤退后，林彪利用这段时间对进入东北战场的部队进行了整顿，研究敌情，制定出下一步的行动方案。

1946年1月10日，国共双方签署了停战协定。在停战协定下达前后，蒋介石一直在密令国民党军队抢占战略要点。国民党政府在国共和平谈判期间，一直在向东北增兵。

1946年2月春节后，毛泽东以中共中央的名义发电要求林彪率领的东北民主联军对敌人的疯狂进攻给予回击或消灭。

1946年2月9日，蒋介石电告杜聿明，东北的民主联军人数不多，战斗力不强，要抓住这个机会向东北民主联军发动军事进攻，并将其消灭，如不能消灭也要使其在东北不能立足。杜聿明接电后马上做出了作战方案。可是，这个作战方案很快被东北民主联军获悉。在有把握的情况下，东北民主联军在林彪的指挥下于秀水河与杜聿明进行了两天的激战，并取得了战斗的胜利。

我们的部队在安东一切准备就绪，上级传达了中共中央东北局对东北形势发展的三种估计：第一，我们提前独占了东北；第二，我们占绝对优势，国民党军队占劣势；第三，如果我们在战斗中输了，大不了再回到山沟里打游击。当时，我也是这样认为的，原因是：我们的部队抢先到了东北，东北有苏联红军的暗中援助，华北大片地区为我们所控制，国民党军队不易过到东北；国民党部队在海上运输困难很大，他们的大部队不可能很快集中起来，小股部队又不敢登陆。因此，在一些人的头脑中产生了麻痹思想，认为东北不会有大规模的战争了，特别是刚刚打赢了秀水河战斗，我们认为国民党政府会乖乖地与我们合作，不敢再挑起战争。

谁知，秀水河一战后，国民党军队继续用武力强力抢占东北各地区。国民党当局在"接收"沈阳时，在沙岭子与我们进行了一场殊死战斗。

国民党"接收"沈阳，为了锦沈间的交通安全，就必须先"接收"盘山、台安、辽中之线。1946年2月8日拂晓，以国民党新6军第22师66团（这是一支远征印、缅的精良部队）为右纵队的国民党军队从沟帮子向盘山出发，并很快地"接收"了盘山。9日，盘山被国民党军队"接收"，我们的部队撤进沙岭子。10日，国民党军队一个连加一个排携电台占领了富家庄，掩护台安右侧及沙岭子，其余5个步兵排做进占、"接收"沙岭子的准备。11日早上，国民党军队的5个排经圈河摸索着向沙岭子方向前进，想占领沙岭子，但途中遭遇我军射击。为了打赢沙岭子之战，我们的部队在11日中午暂时撤离了沙岭子，只留下了一些换上了便衣的侦察员潜伏在那里。国民党军队于当日下午两点进入沙岭子，乘机"接收"了此地。

海城当时是我军指挥机构所在地，所以我们只有守住沙岭子，才能保护住海城。如果国民党军队占领了沙岭子，就可以直捣海城，而海城一旦被国民党军队"接收"，那么他们就可以顺利地"接收"东北了。

所以，对沙岭子的争夺战是敌我双方的必要一战。

那时，我任第4纵队11旅32团政治处主任，当时32团政委不在，我又代理政委一职。

上级把攻打沙岭子的任务交给了我们第4纵队第10旅的第29团以及第11旅的第31团、第32团、第33团，还有第12旅的第34团、第35团、第36团。

沙岭子是盘山县东面的一个村镇，距县城约60华里，是西通盘山、南至营口、东至牛庄海城、北至台安大虎山的一个交通要点。它四周的地形开阔平坦，村庄南北长东西短，千余人口。

战前，南满军区司令员兼政委萧华同志向我们介绍了国民党军队的情况。我们的对手是国民党新6军第22师66团。他们自占据沙岭子后便马上修筑工事，以交通沟联络土木地堡，并设置多层鹿寨、铁丝网等障碍物。他们驻扎在沙岭子村后便控制了沙岭子村外的制高点，并派出一个连进至七台子，还有一个师教导营驻扎于沙岭子附近的马家店。我们第4纵第11师、第12师的全体指战员对此战充满信心，萧华司令员亲自来到我们第4纵队，号召全纵队指战员说："我们一定要坚决贯彻上级指示精神，争取在和平前的最后一战中立战功！"会后，萧华司令员对我们32团团长和我调侃道："听说国民党新6军是全副美式装备，你们要给我弄几支卡宾枪呀！"战前，我在32团召开了各级党支部会议，各连、排、班的干部动员大会及英模、军人各种会议，干部和战士们的战斗热情高涨！

我们第4纵队的战斗部署是：以第11旅第31团为主攻，首先夺取沙岭子村东北高地，控制制高点，然后由村南突破，向村内发起进攻，消灭南街之敌；第10旅第29团（团长杨中基）围歼马家店之敌；第11旅32团（团长刘剑秋，我在此团）进至九台子、窝家口子以北准备打援和堵击沙岭子逃窜之敌；第11旅33团进至张家口子，为纵队预备队；第12旅34团（团长李洪茂）由大东沟赶往牛庄待命；第35团（团长鞠文化）、第36团（团长卢仕胜）仍守备大孤山、庄河一线。辽东军区（即南满军区）配属炮兵营及第4纵队机炮营，计野炮4门、山炮13门于四方台东北及河堤一线占领发射阵地。另外，第4纵队指挥所设于四方台。

2月11日，在沙岭子被敌人接收的当天晚上，我军以两个团的兵力对他们进行了夜袭。夜袭是11日晚上9点开始的，天上无月，我部队趁天黑从四面八方偷袭过去。顿时，敌人的阵地上枪声、炮声、手榴弹声、杀声响成了一片。同时，我们留在沙岭子的便衣战士在阵地上与敌人厮杀着。这时，敌人的迫击炮响了，过了不到一刻钟，一声爆炸，敌人的一挺轻机枪被我们炸毁。接着，敌我双方展开了一场肉搏战，战斗一直持续到12日清晨。这次偷袭，我方损失很大，牺牲了很多指战员，但是也给了敌人重挫。

2月13、14、15日，敌人每天派兵分别向沙岭子四周进行"扫荡"。

我们第11旅32团的任务已经明确，在九台子、窝家口子以北一线构筑简易工事待命，准备打援和堵击从沙岭子逃窜的敌人。另外，我们团又命令1营、3营进入阵地，2营在团指挥所后面作为预备队。

2月16日下午4点，沙岭子的敌人正在召集老百姓开会，突然，我4纵队31团的炮声、枪声由沙岭子东南方向传来，并连续不断地响了很长时间。这时，敌人也很快地进入了阵地。接着，敌我双方大战开始，沙岭子四面八方都响起了震耳欲聋的机枪、火炮、手榴弹的爆炸声和冲锋的喊杀声。最激烈的是深夜我部队结队连续冲锋，后来，沙岭子陷入一片火海之中，把黑夜照得如同白昼一般。激战一直到17日天亮才结束，中间没有停止过。

后来，沙岭子方向传来了总攻的枪声、炮声。听着沙岭子方向猛烈的枪炮声就知道兄弟部队正打得热火朝天，而我们第4纵队32团依然在原地待命。

后半夜，在我指挥所后方的第32团2营预备队集结地突然响起了激烈的枪声和手榴弹的爆炸声。怎么回事？沙岭子那边打了大半夜，是不是敌人从沙岭子突围跑了出来？也不对！沙岭子的位置在我南面，从那里跑出来的敌人怎么会一下子从我们的北边冒了出来呢？指挥所里的指挥员们一下子紧张起来，立即派人前去查明情况。

很快，2营营长孙华南急匆匆跑到指挥所报告，从北边下来一股国民党兵，人数不详，闯进了我们团预备队2营的集结地域，现在已被2营包围，双方打了起来。

真是怪事，这股敌人是从什么地方冒出来的呢？我们一边指挥战斗，一边分析敌人的来历。同时，我们立即将这一突发情况报告了上级，并将1营调来参加战斗。

这是一场夜间突发的遭遇战，也是敌我双方始料未及的。

原来，这些国民党兵是敌人为沙岭子派出的担任外围的警戒分队，约一个连的兵力。该部敌人是国民党第66团1营2连，他们在行军途中遭到我军的围攻，从北边往沙岭子撤退，不料在九台子被我们32团及时发现并包围。他们万万没有想到我们32团已经占据了九台子和窝家口子一线，所以当时丝毫没有戒备，大摇大摆地钻进了我们的防区。

其实，我们也是仓促应战，但大战在即，指战员们的警惕性还是很高的。当时，2营有人发现夜幕中有一支队伍从后面（北面）闯了过来，近处一看全是国民党兵。于是，他们先向敌人开枪示警，就这样，2营就先和敌人接触上了。枪声就是命令，哪里有敌人，哪里就是战场！2营的其他三个连队立刻围了上去，把敌人堵在了路上。

2营在过海前是胶东文登独立营（营长孙华南），是一支抗战时期的老部队。

战斗开始时，2营4连最先迎敌。4连连长萧永华临危不惧，身先士卒，猛打猛冲。在担任反冲击任务的4连1排受阻且人员伤亡严重的情况下，他亲自带领身旁5班的战士直插敌侧翼，在其五六十米处向敌人猛冲过去。他一手拿起两枚手榴弹朝敌人掷去，把敌人的火力吸引到自己这边来。这时，敌人也搞不清楚是怎么回事儿，便开始收缩部队，拼命向我们反击。由于萧永华把敌人的火力引开，保证了1排顺利反击。为了掩护5班负伤的同志安全转移，萧永华又冒着敌人的炮火，孤身冲入敌阵，把所有的手榴弹投向了敌人。后来，一颗子弹击中了萧永华的头部，顿时鲜血直流。但是，他不愧为英雄连长，虽然身负重伤，但依然忍着疼痛带领战士们与敌人厮杀，直到流尽最后一滴血，牺牲在战场上。4连的战士们听到连长牺牲的噩耗后，悲痛万分，都上好刺刀、掏出手榴弹，在排长李玉敏的带领下高喊着"为连长报仇"向敌人猛冲过去。

经过一个多小时的拼杀，战斗结束了，除了趁黑夜跑了几个敌人外，敌人基本上被我们歼灭了，还抓了1名敌营副和60多名俘虏，缴获了一些美式机枪、步枪、卡宾枪。

我们审问这些俘虏后得知，这股国民党部队是新6军第22师第66团1营2连，他们执行任务后在返回沙岭子村时误入了我们32团的阵地，属于自投罗网。幸亏我们的指战员警惕性高，2营动作快，又有1营的配合，一举歼灭了这支王牌军的一整个连。这场遭遇战的结果是我们32团以很小的代价取得了沙岭子战役第一天初战的胜利。

下面是40军编写的第三次国内革命战争的沙岭子战役史的记载（略有改动）：

"拂晓军区决定：为便于发挥我夜战之特长，避免昼间遭敌炮火杀伤，部队全部撤出休息。

"纵队率警卫团进至上、下夹信子，10旅率28团进至韭菜台、平台子、小河套，29团进至中央窝棚、高家台、三台子。2月17日晚，纵队又重新调整部署，并使用三个团攻击沙岭子。10旅28团由沙岭子村东南突击，29团由沙岭子村西突击，11旅32团接替原担任主攻部队的31团担任主突击任务，仍由沙岭子村东北角突施突击，31团接替32团担任打援任务，33团接替29团围攻马家店之任务。

"11旅32团战斗经过：2月17日22时，再次开始进攻。主攻方向之我32团以3营为主攻，1营为助攻，2营为预备队。因为敌人已经撤退，3营的第7、8连很顺利地占领了沙岭子村北高地，并继续向村北街发展。进至北大街之后，营干部不看地形，不侦察判断敌情，不选择突出方向和组织火力协同，即令两个连盲目地发起进攻，结果被阻止于铁丝网、鹿寨之下，伤亡10余人。后组织爆破炸开了鹿寨，却又被敌人的火力压制在鹿寨之外，伤亡达百余人。此际，该营干部犹豫不决，使部队暴露于敌人炮火之下1个小时。7、8连只剩下40余人，干部大部分伤亡。3营基本上失去了战斗力。之后，我们32团令2营加入攻击，经过顽强冲击，终于突破前沿并有所进展。

"这一夜的攻击，除了主攻部队32团2营实现了突破并向村内发展、29团一度突破前沿以外，其他方向仍无进展。"

下面是我亲身经历的沙岭子战斗经过：

1946年2月16日，沙岭子战役除了我们32团在等待打援时意外地与敌新6军第22师第66团1营2连遭遇并被我团全歼外，主战场由于各种原因导致战斗不利而撤出阵地。

2月17日，第4纵队指挥所根据第一天的战斗情况又重新调整了部署，具体到我团的方案是我32团进至七台子接替31团由北向南担任主攻。临战前，我再次对部队全体指战员进行了战斗动员。同时，团长刘建秋宣布团里作战命令：3营为主攻，1营为助攻，2营依然作为团预备队。

当夜 10 点，战斗再次打响。我方全线第二次向沙岭子村敌新 6 军守敌发起了进攻。

为配合 32 团打主攻，我方用多于敌人的兵力对马家店一个连的敌人进行了多次冲锋，我方还利用复杂的起伏地形对沙岭子北外围据点实行了六七次波浪式冲击。

我 32 团 1 营在左、3 营在右、2 营预备队随团部在中间行动。

32 团 3 营 7、8 两个连很快就占领了沙岭子村北面的小高地（根据战后总结得知，当时的实际敌情已发生变化，敌第 66 团已主动放弃了村北面的小高地，全部提前收缩到沙岭子村内），并顺利进入沙岭子村内，未遇任何抵抗。但是，进入村北大街后，营干部不看地形，不侦察敌情，不选择突击方向和组织火力协同，命令两个连盲目地发起进攻，结果伤亡 10 余人。后来，又组织爆破炸开了鹿寨，但是敌人的火力太猛，把两个连的指战员压制在鹿寨之外，伤亡达百余人。在这紧要关头，3 营指挥员犹豫不决，使部队暴露于敌火之下近 1 个小时，使 7、8 两个连只剩下 40 多人，而 3 营也基本上失去了战斗力。

左侧担任西北方助攻的 1 营动作迟缓，进到攻击出发地后，近 1 个小时还没有选好突击方向，没有积极地协同主攻营的攻击。后来，1 营向敌人发起两次攻击，但均受挫。此时，部队组织混乱，营干部全部伤亡。

1 营教导员陈树福同志，他就是在这次战斗中胸部中弹负了重伤。

我团第 1 营、第 3 营进攻受阻失利，我们马上命令 2 营预备队上。这次是我亲自带 2 营从中间打进沙岭子村里。

第 2 营营长孙华南（后任广州军区后勤部副部长），他平时作战积极勇敢，2 营在他的指挥下敢打敢拼。在冲进村子后，他带领战士们立即向敌人展开了猛烈的进攻。

当我带领 2 营的三个连队一路打进村子之后，我才明白为什么我们在此次战斗中一再失利。原来，一律美式装备、受美国人训练的国民党新 6 军确实是一支训练有素的部队，他们的第 66 团在一进驻沙岭子村后就开始根据村子的地形、地物构筑了大量的工事，而且工事修得非常坚固、隐蔽。另外，他们还挖了四通八达的交通壕，在村子里民房的边边角角上都修筑了暗堡和简易掩体，并且在我军进攻的必经道路上都安放了铁丝网和鹿寨，设置了交叉火力网。

我带着部队刚刚冲到村子里面就感到不对劲儿，村子里街道的路面上到处都是障碍物，根本就摸不清敌人的藏身之处，而且无论我们走到哪里都在敌人的交叉火力控制之下。敌人的迫击炮打得实在是太准了，部队无法躲避，只能向前突击，伤亡非常大。

这时，我立刻命令2营暂停进攻，就地隐蔽待命。

我把营长孙华南及几个营、连干部找到一起商量了一下，决定将三个连队迅速分散隐蔽，就地抢占周边的一些房屋和工事，先稳住阵脚，然后以班、排为单位展开攻击。

后半夜的战斗进行得比较顺利，我们也利用地形、地物在黑暗中接近敌人，使敌人看不见我们也打不着我们。我们基本上是和敌人胶着地进行着一房一地的争夺，解决一处前进一步，并利用房屋等与敌人进行巷战。敌人这时兵力完全用出，弹药也都用完，他们一面请求增援，一面也在增强战力，将团部所有的人分编成队，人各一枪，在团部的四周和街道巷口严密布防。在巷战中，敌我双方打得十分激烈，敌人仗着他们坚固的工事拼命抵抗。由于我们根据战场的实际情况及时改变了战术，伤亡相对减少了，并一步一步向村子的纵深处推进。

我带着2营在村子里与敌人整整打了一宿，战斗也取得了一定的成效。

2月18日，我第4纵队为尽快消灭敌人，决定白天继续攻击，用4个团发起进攻。

下午，28团的两个连在我军炮火的掩护下攻进沙岭子村，与敌军展开逐屋争夺。敌军死战不退，他们发现距阵地约400米的西南角上的民房中有我们的人员时进时出，即投掷燃烧弹和用重迫击炮射击，致使房舍着火倒塌，我400余人无一幸免。28团苦战两小时，伤亡惨重，最后不得不撤退。

接着，赶来增援的第4纵12师34团没有侦察地形就仓促投入战斗，两次受阻于敌军的火力，死伤180余人。

黄昏过后，沙岭子的敌军停止射击，我第4纵队的指战员以为敌人已经撤走，就急于带队向沙岭子村内冲去。但是，刚刚靠近鹿寨，敌军的子弹就冰雹般地向我们砸来，部队死伤惨重。

19日清晨，国民党军有两个营从盘山赶往沙岭子增援，结果我第4纵队情报有误，误以为敌援军是两个团，所以匆匆撤出战斗。

我们第4纵队经过四天三夜的连续进攻，共歼敌674人，俘敌100余人。我们第4纵队的伤亡人数虽然超过敌人两倍，其中大多数是干部和战斗骨干，但是我们队伍不怕死、敢打敢拼、英勇顽强的精神给敌新6军来了个下马威。此后，守在沙岭子的敌新22师不敢留在此地，撤回盘山。

沙岭子战斗结束后有人说，2月18日天明后，守敌66团集中兵力、火力将攻进村内的32团部队反击出村外，夺回阵地，这一说法与实际情况有不符之处。

首先，我32团没有被敌人反击赶出村外，更没有丢失夺取的阵地。32团1营和3营在战斗开始时，由于受到敌人的顽强抵抗，加上领导者指挥不当，组织不严密，遭到了敌人的重创，造成了很大损失。但是，当我带领预备队2营冲进沙岭子村后，改变了战略战术，很快扭转了被动的局面。尽管敌人疯狂反扑，但我们稳住了阵脚，利用敌人修筑的工事打击敌人。此后，本应继续扩大战果，但是，上级由于接到误传敌人增援两个团的情报而命令我们全部撤出战斗。

沙岭子这一战，是我们第4纵队失利的一战，也是我在东北参与的解放战争中打得最为惨烈的一次战斗，给我留下了深刻的教训：

教训一，整个部队轻敌思想严重，认为日本侵略者都被我们打败了，国民党军队没有什么了不起。但是，仗一打起来才感到国民党新6军确实是一支美式装备、美国训练、经过入缅长期对日作战的部队。敌新6军第22师是被称为"虎师"的作战部队。他们的作战方式、兵力部署、工事的修筑、火力配备、步炮协同作战等都是我们没有预料到的，也是从来没有遇到过的。

教训二，我们的部队刚刚从胶东来到东北，一些刚组建的团队还没有打过大仗，战术水平低，没有正规作战经验。

教训三，部队的一些基层干部，包括一些领导干部指挥能力差，还是习惯于采用打日本兵时的游击战法，加上部队武器装备差，等等，诸多因素影响了部队的战斗力。

据当时辽东军区第4纵队宣传科科长姜克回忆说："我们部队牺牲的战士被陆续抬下来了，其中一个是崔营长，是38年的老战士。1939年初我在莱阳举办旗语训练班时，他是一个文盲，学习拉丁文字却学得很好。1939年，我在牙山办警卫营随营学校，他在学习马克思主义理论时感到有些困难，但是他学习很认真。此次过海后，他在营口战斗中负伤，在医院养伤时表现很好。他的事迹被刊登在部队的《战斗》报上。在为烈士抬棺时，我为他抬棺。"

在组织掩埋烈士的时候，我们先为烈士洗脸，登记每个人的相貌特征。因为多是不认识的，也查不出姓名来，只能将相貌特征等进行登记、编号，列出所葬墓穴，以便以后查找。我们在里家窝棚与牛庄真武庙建了两处烈士墓地，各葬三四十名烈士。掩埋完毕后，群众进行了祭奠。读祭文时，许多人声泪俱下。

烈士们永垂不朽！安息吧！

我们部队在沙岭子战斗之后就转移到了鞍山、辽阳、营口一带。辽阳城是纵队司令部所在地。这时，韩先楚调到我第4纵队任副司令员，李福泽调任第4纵队任参谋长，蔡正国调到11旅任旅长。

五

本溪保卫战

（1946年3月20日—5月2日）

1946年3月13日，蒋介石的军队自沙岭子战斗之后侵占了沈阳，对沈阳南、北地区发动了全面进攻。敌人的新6军、52军及94军第5师，向沈阳以南进犯。为阻敌南犯，我第4纵队10旅于鞍山辽阳间布防，其中，30团于营口、田庄台一带布防，11旅于牛庄、海城一带布防，我所在的32团于辽阳西南首山堡布防，12旅34团于辽南八里庄集结，35团于鞍山市布防，36团于首山堡南樱桃园布防。

本溪是东北的煤钢之都，是南满的工业中心之一，是连接南满路和安（东）沈（阳）路的交通要点，既是沈阳的门户，又是安东的重要屏障。敌人如果不能控制住本溪，沈阳便会受到直接威胁，在大举进犯东北时也会受到很大限制，更不便于向安东进攻。敌人为了保障沈阳和侧后的安全，在进攻四平的同时，于1946年4、5月集中兵力，连续向本溪发动进攻。

我第4纵队从1946年3月20日至5月2日与敌人新6军22师、14师（欠40团）、52军25师及71军88师在本溪开展了三次本溪保卫战。

3月20日，我第4纵队11旅阻击了新6军第64、65、66三个团对我辽阳的进犯。

3月31日，敌新6军14师及22师、95军5师、71军88师分路向我鞍山、海城、营口、大石桥等地发起全面进攻。敌左路14师、22师于3月31日由辽阳南下鞍山，敌14师进入首山一带。我们11旅32团杀死打伤敌人400余人。激战两日后，敌人撤退。

在配合兄弟部队一保本溪战斗中，我第4纵队共毙敌人1 500余名，俘敌7名。完成了消耗敌人的任务之后，除留11旅33团于海城东南析木镇地区担负警戒任务之外，第4纵队全部转移至辽阳东部大安平地区。

4月6日，敌人再次进犯本溪。在大英守屯附近被第4纵10旅（欠30团）击退，并在次日16时将敌全部击溃，毙伤俘敌副师长以下1 380余名，残敌逃窜至苏家屯。我10旅（欠30团）当即转至大安平一带。至此，敌人第二次进攻本溪的企图再告失败。我纵队首次在敌兵力优势的情况下取得了击溃敌人一个师的胜利。

敌人两次进攻本溪都以失败告终。但是，敌人为巩固在南满已经占领的地区，为减少后顾之忧，以便集中兵力夺取四平，于4月下旬又纠集了几个师（52军195师以及新6军207师、71师、88师）对本溪发动了第三次进攻。

4月29日，辽东军区为粉碎敌人的进攻企图，保卫本溪，派第3纵队于本溪正面打击左路进攻之敌。我们第4纵队奉命进至本溪以西上平州、虎头崖、响山子、林家崴子、三会厂地一带组织防御。具体部署是：第10旅于大安平集结待命，其第30团于松树岭组织防御，11旅31团毗邻30团于大河沿组织防御，32团于辽阳南响子山、望宝寨地区组织防御，33团仍于海城东南析木镇牵制海城之敌184师，并阻击该敌可能向岫岩之进攻，12旅34团于大安平北游击沟集结待命，35、36团在辽阳东（16公里）之石咀子东北高地及石咀子西虎头崖地区组织防御，纵队警卫团与第35团右翼在大洼山、上平州、吊水楼一线组织防御。

4月29日，敌人的先头部队新6军14师与我警卫团在上平州接触。

4月30日拂晓，敌人以一个团的兵力，向我守备上平州、吊水楼的第4纵队警卫团进攻。经过一天的战斗，敌人原地未有进展。我方为加强大洼山一线阵地守备，于当天夜里派第34团接替警卫团防务。

5月1日，我第4纵队11旅31团与敌人在大河沿、上下虎激战一日。夜间，左路之敌突进本溪市内，与我第3纵队展开巷战。当日20时许，接辽东军区命令，急调第4纵队12旅34团阻敌南犯，第34团的防务由第35团接替。

5月2日，我第4纵队12旅35团与敌人在大洼山激战一昼夜之后，节节阻击前进之敌。

5月3日，敌第22师各路继续进攻，当日进占本溪。因对本溪已无再守之意，在本溪正面打击左路进攻之敌的第3纵队在黄昏前主动转移。

5月4日，敌人占领了大安平。

4月29日，我所在的第4纵队11师32团在第三次攻打本溪的战斗中与由鞍山东面进犯的右路敌第88师在响山子一带接火：

敌88师在4月29日占领了响山子的望宝寨，为了保证第4纵队12旅侧翼的安全，我们第4纵队11旅32团与第4纵队10旅（欠30团）接受了消灭进入望宝寨之敌、击退88师的任务。

4月30日15时，10旅由大安平向望宝寨出发，与我32团于5月1日5时准时向望宝寨守敌发起攻击。望宝寨西南、南一线阵地很顺利地被我们占领。当10旅29团一部接近村沿200米时，敌人的火力非常凶猛，部队无法前行，第一次攻击未成。当日9时，我们又组织了第二次攻击，但敌人的炮火比第一次更加疯狂，所以第二次攻击也未能成功。这个时候，我32团和10旅伤亡很大，敌人又从响山子调兵增援。为阻击来援之敌，我们又调动兵力去望宝寨西。5月2日，敌人的后续部队已经赶到。我第4纵队31团东上本溪，致使兵力不足，便放弃进攻望宝寨之敌，由进攻转为防御，最后撤出战斗。5月4日，部队先后转至安沈路南坟、连山关、草河口一带，担任保卫安沈路之任务。

三保本溪之后，我们第4纵队指挥机关驻扎在连山关，12旅负责南坟、摩天岭的守备任务，我们11旅驻扎在隆昌、吉洞岭一带，10旅驻扎草河口。

1946年5月，吴克华司令员调往辽东军区任参谋长，任命胡奇才为第4纵队司令员。随后，胡奇才司令员向辽东军区司令员兼政委萧华同志建议，李福泽同志调任纵队参谋长，蔡正国同志调任11旅旅长。

六

鞍海战役
（1946年5月19日—6月3日）

5月2日，敌人占领本溪后，就将主要战场放在了四平。他们企图迅速攻占四平，继续增强北进势力。杜聿明从南满抽调新6军（欠第207师）、第71军88师北上，给处于北满的我军带来了极大的压力。当时，敌人与我们争夺四平的野心就是继而占领长春、吉林，并想渡过松花江夺取哈尔滨。为遏制敌人的进攻，配合北满作战，毛泽东从延安发来一份急电，要求南满部队集中兵力在中长铁路南端，乘敌南满空虚，选择有战略意义的一两个大中城市展开进攻，将北满敌军拉回南满。

军区司令萧华带着毛泽东的电文来到我们第4纵队，与纵队领导分析了东北战场的形势，把鞍山作为攻打目标，并制定了作战部署。首先，敌人在南满只有3个师分散守备在中长铁路沈阳至营口沿线的主要城镇。其中，60军184师驻守鞍山。这个师相比其他两个师来说战斗力薄弱，兵力分散。同时，全师3个团分别守备海城、鞍山、大石桥、营口4座城市，营口只有1个营的兵力。其次，184师原系云南地方实力派龙云的部队，由于蒋介石一贯排斥异己，该部队在政治上遭歧视，在装备上、生活上劣于蒋军嫡系，部队官兵对蒋介石的不平等待遇非常不满。我们第4纵队的首长根据这些情况制定了战斗方案：先集中优势兵力，消灭鞍山守敌，再向南——歼灭海城、大石桥、营口守敌，并在思想上对敌军适时开展瓦解工作。具体部署为两步：先肃清鞍山唐家房申、石桥子、七岭子几个外围据点，再集中兵力向鞍山市区进攻。

战斗部署下达后，我们第4纵队11旅在副司令员韩先楚同志统一指挥下，与辽南第1军分区保安2、3团接受了任务：向中长路鞍海一线守敌发动进攻，相机占领鞍山，断敌交通，钳制敌人，打乱敌人的部署，调动北上增援之敌。

5月19、20日，一场歼灭国民党军的战斗即将打响，我们第4纵队（欠12旅）10旅、11旅、新组建的纵队炮兵团的全体指战员在韩先楚副司令员、欧阳文副政委、李福泽参谋长率领下向鞍山挺进。

5月21日，我第4纵队进驻鞍山东南隆昌州，10旅进入隆昌州、邱家堡子一带，11旅进入隆昌州东北金厂一带，保安2团、3团已经在5月20日分别进驻隆昌州北八盘岭与邱家堡子、西什司县一带，隐蔽集结，进行战斗准备。

因为敌人在南满占领的地方很多，而占领一个地方就要留下一部分部队把守，所以敌人的兵力较为分散。鞍山市是一座比较大的城市，敌人只有184师第551团驻守在这里。因兵力不足，敌人只在市外郊区加强对外围据点的控制，以伪市公署为中心，以神社山、对臼山、对炉山、炼钢厂、女中为防务重点。另外，敌人的外围工事构筑较强，市内设防较差。

我们第4纵队11旅32团与配属11旅的炮连接受了攻打七岑子外围据点的任务，任务完成后支援10旅29团攻打鞍山，时间定于5月24日0时。

5月23日黄昏，正当部队由驻地分别出发时，天上下起了大雨，道路十分泥泞，各攻击部队行动非常困难，使攻击时间延误至5月24日4时。

我们32团迅速占领了七岑子村东半部。王德文是我们团"萧永华连"4连2排的副排长。他平时作战机智、勇敢，是我们师的战斗英雄。他带领12名战士先消灭了途中发现的敌人，又缴获了一辆满载货物的军车，然后直接冲进了七岑子村。村内，敌人听见枪声后乱作一团，蜂拥着往村外跑。顿时，村子里敌我双方的枪声混成一片。这时，天上下着毛毛雨，战士们的衣服都湿透了。他们踩着泥泞的路往前走着，突然，前面出现了一片有敌人火力封锁的开阔地。王德文带领战士们迅速地通过开阔地，并越过铁丝网。在接近敌人阵地时，他激励战士们说："共产党员要起带头作用！是英雄好汉跟我来！给萧永华连长报仇的机会到了！"战士们群情激奋。机枪手单书本把歪把子机枪当步枪使了，朝着敌人一顿机枪扫射，敌人的火力点被打了下去。王德文拾起敌人留在壕沟里的二三十枚手榴弹投向了敌人。村中有个大院子，院子四周建了4个碉堡，和壕沟连接组成了环形工事，但碉堡里的敌人都被吓得不敢露头。王德文又命令潘启真班迂回到敌人的后面，出其不意地将敌人包围了。接着，战士们接连不断地将手榴弹扔进敌人的防御工事里。战士张春和的手榴弹直接投进了碉堡的射击孔里，里面的人一下子炸了锅，纷纷出逃。战士们堵住敌人又展开了白刃战。此时，这里的敌连长不敢再打了，带着二十几个兵跪地投降。这个碉堡被端后，敌人失去了一处支撑点，但另外三处碉堡仍然疯狂地向外射击。

忽然，王德文想起战前指导员毕可荣讲课时曾讲道："战时瓦解敌军可以利用俘虏喊话。"此时，他灵机一动叫来刚俘虏的敌连长，向他交代了喊话的内容。那个敌连长对着敌人碉堡扯着嗓子喊道："不要打了！解放军宽待放下武器的弟兄们！"敌人听后果然停止了射击，一个个举着枪走出碉堡投降了。王德文带领十几名战士一举俘虏了60多名敌人。

我们32团圆满完成了肃清鞍山外围敌人的任务。

随后，其他兄弟团也都顺利完成任务，鞍山外围据点均被我方捣毁，敌人的第551团2营已不复存在。

鞍山的外围据点被我方毁掉，夺取鞍山城的战斗即将打响。

第4纵队的首长对进攻鞍山市区的战斗部署是：10旅29团及保安2团负责主攻，先夺取神社山、对臼山、对炉山等战略要点，并以此为依托，直插市中心，分割包围敌人，再各个歼灭敌人。

5月25日5点30分，猛烈的炮火将鞍山市震得天摇地动，敌人阵地上的火光聚集成火团，炸飞的泥土中散发着刺鼻的腥味，前沿的铁丝网、鹿寨等都在炮声中失去了原来的样子。

第4纵队10旅29团3营7连的全体指战员利用炮火烟雾的掩护从正面向神社山勇猛地发起了进攻，但途中遭到山上敌人的火力扫射，部队伤亡很大，一时无法前行。在这紧急关头，3营长果断决定：7连继续进攻，8连配合行动。8连3排排长张德福带领全排接受了任务。他们炸掉铁丝网，冒着敌人的机枪扫射破除一道道障碍，冲过敌人设置的三道铁丝网，神速地登上山顶，与敌人展开了白刃战。顿时，神社山上充满了厮杀声、敌人的求饶声。不到30分钟，神社山顶上的敌人就被我10旅29团3营7连、8连打得死伤一片。神社山被我方占领。

与此同时，29团指挥所率领1营攻打对臼山。攻打对臼山的战斗更加激烈，担任主攻的是第1营第1连。战斗打响后，战士们像猛虎一般利用炮火烟雾做掩护向对臼山冲去。第一次夺取对臼山后，3连担任控制对臼山的任务，1连、2连接受了攻打对炉山的任务。在3连赶往对臼山的时候，敌机开始对对臼山进行轰炸。不久，对臼山变成了火海，敌人的步兵在敌机的掩护下重新占领了对臼山。对臼山是鞍山市区守敌的重要屏障，必须夺过来。3连的指战员在炮兵支援下向敌人发起了猛攻，很快又拿下了对臼山阵地。此时，1、2连也攻下了对炉山。我保安2团分两部分兵力，一部肃清了鞍山铁西区守地，一部向东压缩，顺利攻战了炼钢厂。

3营7连攻打完神社山后迅速杀进鞍山市区。他们一路前进，一路杀敌，敌人被打得抱头鼠窜。7连连长薛亚山带领战士们钻过铁丝网，翻过敌保安司令部的院墙，冲进保安司令部大楼前的地堡，俘虏了里面的敌人，控制了敌保安司令部。7连8班在班长的带领下，穿过大街，转到市公署大楼侧面，搭起人梯，爬上楼房，从窗户往里扔手榴弹，打得敌人晕头转向。8班在与敌人近距离的搏斗后占领了鞍山市公署。

在鞍山的战斗中，我们第4纵队11旅32团攻打完鞍山七岺子外围据点后，立即支援10旅29团攻打鞍山，并击退了辽阳守敌第52军第2师的对鞍山实施增援的一个营。第4纵队10旅30团和保安3团击溃了海城敌人184师对鞍山实施增援的一个营。

这时，鞍山市内的战斗仍在激烈地进行着，各路部队按计划对敌人进行加紧进攻。在我们强大的攻势下，敌人的551团除团长带走少数随从逃跑外，大部分敌人放下武器投降了。

此时，我们第4纵队全体指战员士气高涨，这是我们第4纵队从胶东来到东北以来打得最漂亮的一仗，取得了歼灭敌人一个团的胜利。

鞍山被我们攻克后，我们第4纵队10旅30团、保安第2团南下海城外围教军场一带，10旅主力和炮团在鞍山及以南地区集结，我们11旅32团和保安第2团北上沙河大乐屯与12旅主力会合，做南攻北守准备。

接着，鞍山被中国共产党鞍山市原城市工作委员会接收，开始了城市管理工作。

鞍山之战结束后，海城已在我军攻击的势力范围之内。此时，杜聿明正在接受蒋介石视察，对海城的形势十分恼火。蒋介石急令远在公主岭、四平的新1军（欠第50师）及四平以南的第182师（欠一个团）前往海城，以解辽南之危急。

5月26日，敌援军182师到沙河一带后就被我们11旅阻击，无法前行。11旅31团于当日拂晓对敌人进行了攻击，歼灭敌人一个连，致使敌人停止援助，在沙河以北向阳寺等待救援。

5月27日，我们第4纵队10旅28、29团及纵队炮兵团会合了第30团之后，于28日傍晚对海城守敌184师发起进攻。炮兵团先占领了榆树团子以北高地作为发射阵地，海城内的玉皇山、城东北的双山子都遭到我军的破坏性炮击。10旅主攻部队在炮火的掩护下，30团攻占了双山子，28团3营夺取了玉皇山下的师道学校，2营攻占了玉皇山的一个山头。29日拂晓，玉皇山顶峰的敌人仗着地势优越，加之城里炮火的支援，继续顽抗。28团2营的全体指战员冒着敌人的炮火向玉皇山顶峰的敌人发起一次次攻击，但由于没有炮火掩护，被敌人打下数次，伤亡惨重。下午4时，我军集中炮火向玉皇山顶发起了摧毁性的炮轰，山上的碉堡被炸塌，2营乘机向玉皇山顶冲去。晚上6时，玉皇山被我们占领。

当天上午11时，主力团攻占了教军场，29团接替30团攻下的双山子阵地，30团向海城城北攻击。晚上6点，29、30团攻到了城边。

对海城敌人第184师，我军一面实施军事打击，一面将在鞍山被俘的投诚人员派往海城、大石桥宣传中国共产党的政治主张、宽大政策及东北民主联军对投诚人员的真诚态度。第4纵队副司令员韩先楚还写信给敌人第184师师长，给他指明与人民为敌的下场是自掘坟墓，希望他认清形势，回到人民之中，选择一条光明之路。

海城敌人第184师师长潘朔端、副师长郑祖志、参谋长马逸飞以及敌人第552团团长魏英此时的处境是兵临城下但无力抵抗，被迫决定战场起义。4人联名给我第4纵队写信，派机枪连连长高如松和运输连连长送往我第4纵队前线指挥所。得此信息，我第4纵队立即停止了对敌进攻，并很快与敌方派来的师级参谋长马逸飞详细面谈了起义之事。

5月29日，敌第184师师长潘朔端率第184师师部及第552团2 712人起义。这是国民党军在解放战争时期起义的首支部队，给蒋介石欲独占东北的计划以重挫。

5月30日，我10旅28团于海城集结待命。当日17时，10旅30团、保安3团及炮团1部南下，准备与大石桥守敌第184师第550团进行谈判，劝其投降。

5月31日，大石桥守敌第184师第550团团长杨朝纶接到东北保安司令长官司令部的密电，令他代理第184师潘朔端师长一职，并告知他要坚守城池，等待援军的到来。连升两级的杨朝纶正得意忘形之时，拒绝了我军的谈判要求。

6月1日，2架敌机从西北方向飞来，在大石桥上空进行低空侦察。我纵队炮兵团2连炮手吴富贵立即将高射机关炮整理好准备射击。当敌机从我火炮上空300米高度低空掠过时，吴富贵对准敌机连续发射，敌机腹部被打中起火，冒着黑黑的浓烟在海城北面掉了下来。

当日，我部队谈判代表带着原该师师长潘朔端的亲笔劝降信再一次与敌人交涉，至6月2日上午时杨朝纶态度依旧猖狂，一直无谈判诚意，我第4纵队首长当机立断，用战斗方式打击该敌。

6月2日傍晚，攻打大石桥的战斗打响了。我保安3团先占领了大石桥东北的岳州北山，第4纵队10旅30团攻打盘龙山。由于山上敌人的防御工事坚固，我部队不熟悉地形和敌人的火力配置，敌人阵地前面的堑壕和交通壕连接的道路复杂，攻打了一夜，我军部队依然处于盘龙山下。6月3日，我第30团及时地调整了部署，担任主攻的1营和助攻的2营分别向盘龙山敌人的左翼和右翼进攻，突击1连冒着敌人的机枪扫射冲向敌人阵地。在铁丝网前，1连1排排长毫不犹豫地趴在铁丝网上面，让战友们踩着他的身体越过铁丝网。铁丝网上的铁刺扎进他的肉里，鲜血染红了地上的泥土，他身上的衣服被汗水、血水浸染成黑红色。冲在前面的2排终于杀出一条血路，向敌人在半山腰的防御阵地冲去。1营营长组织了5个爆破组，炸毁了敌人的火力点。这时，2营从右翼攻上来了，担任二梯队的3营替下1营向山上冲去。3营在山上与敌人展开了一场殊死肉搏，2营从右翼冲上山顶与3营共同消灭了这股顽敌。

盘龙山被我们占领了。大石桥的敌人在轰炸机的掩护下向营口方向逃去，但在大石桥西面北甸子、石灰窑子、小桥子被保安3团堵住。接着，敌我双方激烈交锋。敌第550团团部及第2、第3营全部被我们歼灭，团长杨朝纶被俘。此时，敌人的增援部队第93军暂编第20师到达营口，新1军主力及第60军第182师即将进入海城。我第4纵队完成了上级规定的战役目标，停止攻打营口，命令10旅29团撤出析木镇北阻援阵地，12旅36团撤出连山关、汤岗子阻援阵地，鞍海战役结束。

我们第4纵队在鞍海战役中取得了很大的胜利：鞍山和大石桥战斗歼灭敌人第551团、第550团（欠一个营），海城战斗促使敌人第184师师长率师部及第552团起义。战斗总计毙伤敌人1 200人，俘团长以下官兵2 104人，起义官兵2 712人；缴获山炮5门，迫击炮15门，六〇炮22门，轻重机枪84挺，步马枪1 021支，击落飞机1架。同时，鞍海战役达到了我牵制和调动国民党主力的战役目的，打击了国民党军向西满、北满、东满的进攻之势。

七

敌我部队进入整补阶段

（1946年6月7日—10月初）

国民党军队在本溪战役中连遭我军三次打击，在中长路的鞍海战役中又被我军攻克，迫使一个整师起义。至此，敌人的战略部署彻底被我们打乱了，顾此失彼，南北难顾，加之兵力匮乏，兵员不足，如不调整部署将难以再战。同时，全国人民一致反对内战的呼声如汹涌的海浪撞击着逆水的行舟，国民党政府为缓解局势，于6月7日向我方提出停战15天的要求，接着又提出继续停战。直到10月初，东北战场一直是停战局面。

国民党东北保安司令长官司令部在整补期间将已占领的地区划分为5个绥靖战斗区域，建立了绥靖委员会，各绥靖区除正规军外，又配置了保安团队，负责清乡、治安等各项工作。

在整补期间，国民党军以一部分主力在松花江岸监视我军动向，将大部军队集中在沈阳以东地区，随时准备进攻南满重要边境城市安东及通化。从1946年6月底至7月初，国民党方面又向东北增调一个军（第53军）的兵力。7月，国民党在东北的正规部队人数达35.77万余人，8月增至36.26万人，9月增至36.50万人。同时，从6月至10月，收编地方武装37 617人，5月之前改编地主武装12万人。一直到国民党向我南满重新发起进攻时，他们的兵力总计为48.6万人。

在此之前，我第4纵队一直活动在敌人的第3绥靖区的营口、盘山、北镇、安东等地，与敌人的第52军、新6军交战。

为了统一东北解放区行政、军事领导，我东北党、政、军首先在工作上和机构上做了调整，并重新组建了野战兵团。

在行政区域划分上，东北建立了吉林省、辽东省、吉黑地区、辽热地区。

我们第4纵队自从来到东北后一直活动在辽东省内。辽东省委的主要负责人是：萧华任省委政法委书记兼财政委员会书记和党报委员会书记，江华任第二书记兼组织部部长和除奸委员会书记。另外，程世才任军区司令员，萧华任政委，江华任第二政委，曾克林任副司令员，罗舜初、沙克任参谋长。辽东省的管辖范围是辽宁、辽南、旅大。

鞍海战役结束之后，我们第4纵队第12旅进驻了安沈路南坟至连山关，第10旅进驻草河口，第11旅驻赛马集，纵队直属机关驻通远堡一带。同时，又命第12旅两个团、第11旅的一部修筑野战阵地，防敌人进犯于浪子山至小市一带。

停战期间，我们第4纵队根据当地形势和东北局的"七七"决议，全力加强根据地建设和部队整补工作，积极备战，为迎接国民党军的大规模进攻做好准备。

通过政治思想的整顿，部队得到了系统的整训，使一些思想混乱、心存和平幻想的人看清了蒋介石独裁卖国的嘴脸，明白了假和平谈判是为了拖延时间准备内战，懂得了这是一场摆脱美帝国主义的奴役的斗争！部队全体指战员在整训中提高了思想，明确了斗争的目的，纷纷表示为全中国人民的彻底解放要坚决与国民党反人民的非正义战争斗争到底！

在政治教育期间，我们还进行了军人鉴定等工作，清除了部队里混入的坏分子。同时，有许多人加入了中国共产党，成为部队的中流砥柱。

与此同时，通过军事训练提高了指战员的战术和技术水平，明确了如何对付目前在实力上强于我们的敌人。首先，必须采取运动战的战略方式；其次，要集中优势兵力、火力，以歼灭敌人的有生力量为主；最后，做到每场战役、战斗都能速战速决，以各个击破的方式消灭敌人。另外，一定要把运动战与游击战区别开，克服游击主义、不执行命令、不严守时间等不良作风，要有不怕困难的精神，要有统一的思想。同时，各级领导干部要特别重视部队训练和炮兵建设。

在整训期间，我第 4 纵队根据毛主席关于"建立巩固东北根据地"的指示，在安沈路两侧深入农村，带领群众开展清算汉奸、恶霸，减租减息、剿匪安民的工作，还在安沈路两侧剿匪 200 余人，使根据地建设取得了很大的成绩。

1946 年 7 月，我第 4 纵队在这次整编、整训期间奉命改番号为"东北民主联军第 4 纵队"，将所辖的第 10、第 11、第 12 旅依次改称为第 10、第 11、第 12 师。其中，第 10 师辖第 28、第 29、第 30 团，第 11 师辖第 31、第 32、第 33 团，第 12 师辖第 34、第 35、第 36 团。全纵队共有 20 965 人，长短枪 11 595 支，轻重机枪 679 挺，冲锋枪 91 支，掷弹筒 207 具，各种火炮 103 门，军马 1 680 匹。

我第 4 纵队政治委员彭嘉庆同志去安东疗养，欧阳文同志任纵队副政治委员兼政治部主任，纵队政治部组织部长葛燕章调任第 4 纵队第 10 师任政治委员，崔次丰由 12 师政治部主任调往第 4 纵队任政治部组织部长。

整训期间接到上级调令，任命我为第 4 纵队 11 师组织科长。我离开了 11 师 32 团，随师部转战于各战场。

八

新开岭战役

（1946年10月30日—11月2日）

1946年10月，我有幸参加了新开岭战役。这是我自参军以来经历的一场最激烈的战役。凡是经历过这场战役的人都非常自豪，因为这是在解放战争的东北战场上，我们打的一场最大的胜仗！战场上一幕幕惊心动魄的场面萦绕在我的脑海中：枪声中倒下的战友、炮声中掀起的带血的泥土以及那些逝去的鲜活生命……

1946年6月上旬至10月上旬，国民党政府一直在和中共进行着拉锯式的停战谈判。经过4个月的停战，蒋介石认为他们军队内部已经休整完毕，有能力重新燃起战火，便不顾全中国人民一致反对内战的呼声，撕毁停战协定，在东北调集了7个正规军，连同地方保安部队共计40万人，准备向我南满解放区发起进攻。

但由于国民党在东北的战线拉得太长，兵力不足的困境一时无法得到改变，想同时占领南满、北满还是力不从心。于是，他们改变了作战部署，采取"先南后北"的方针。作战计划是先进攻我南满解放区，掐断南满、北满解放区的联系，再将我军南满主力"一网打尽"。然后，他们就可以顺利地攻下北满，实现占领东北的"美梦"。

1946年10月，国民党东北保安司令长官司令部为了实现他们的"南攻北守，先南后北"的战略计划，制定出以下作战方案：命令新1军（欠新第30师）、第71军（欠第91师）及地方保安团队在松花江岸监视我东满、北满民主联军的动向。接着，又命令第新22师、第195师、第新30师同时从开原、营盘、梅河口、海龙出动，会合第91师进攻吉（林）沈（阳）路，欲打通吉（林）沈（阳）路后再纠集第52军、第新6军、第21军第91师、第新1军第30师及第60军第184师残部，共计8个师，10万余人分成三路向我辽东解放区大举进犯。

敌人的进攻部署是：第一路为左路兵力，由第新1军第30师、第71军第91师、第52军第195师三个师组成。这路敌人从抚顺出发，沿沈（阳）吉（林）线向东进攻通化、桓仁，继而拿下临江、辑安，从东面包围南满，企图切断我南满、北满解放区的战略联系，阻止我东北民主联军第3纵队和第4纵队主力会合，将我战略部署打乱。第二路为右路兵力，由敌人第新6军第14师、新22师和60军第184师残部（重建）三个师组成。这路敌人从海城、大石桥向岫岩、庄河、大孤山进犯，企图截断我大连与安东的联系及辽南与安（东）沈（阳）路的联系，从侧翼配合中路敌人占领我辽东军区所在地安东。敌人的中路兵力，由52军两个师组成，又分成两股：以52军第2师、第25师75团为右股从本溪出发，沿安（东）沈（阳）铁路向安东推进；以第25师（欠75团）主力附属装甲车5辆为左股兵力由本溪出发，占领小市后向碱厂、赛马集、宽甸进犯，在我辽东军区侧后迂回，目的是切断我辽东军区领导机关转移路线，捣毁我后方机关、工厂、仓库、医院，企图将南满我军主力部队消灭于凤城、安东地区，然后侵占我辽东军区所在地安东。

敌人的新6军、新1军在军事上都经过美军训练，一律美械装备，且在抗日战争末期又与美军配合于印、缅战场，部队战斗力很强；第52军是半美械装备，部队战斗力强。另外，第52军第25师有蒋家"千里驹"之称。所以，他们对即将到来的战争胜券在握。

面对来势凶猛的敌人，我们东北民主联军总部根据敌人各方面的情况已预测到东北解放战争将进入极其艰苦的阶段，而且面临的是敌强我弱的局面。按照坚持南满、巩固北满和东满的原则，总部指示我辽东军区要按照毛主席以歼灭敌人有生力量为主，而不以保守或夺取城市和地方为主的方针，采取诱敌深入的方法，迫敌分散，集中优势兵力打运动战。在国民党军的进攻下，为了保持南满与北满的联系，决定撤离安东，坚持东部山区，集中兵力寻机在运动战中歼敌一路或一部。辽东军区很快就做出了战略部署：由第3纵队在吉（林）、沈（阳）、通

（化）、梅（河口）线牵制、破坏敌人的进攻计划，我们第 4 纵队主力在安（东）、沈（阳）路两侧机动作战，寻机歼灭敌人，掩护安东机关、伤员和大批物资向通化、临江地区及朝鲜转移。

此时，我第 4 纵队主力呈分散态势：

1946 年 10 月上旬，敌人第 195 师奉命出动，向新宾、永陵、通化进犯，林彪电令辽东军区应战。辽东军区将此战斗任务交给我第 3 纵队和第 4 纵队第 10 师三个团及军区野炮两个连、第 4 纵队山炮连及第 4 纵队 11 师 32 团。作战指挥为第 3 纵队的程世才、罗舜初。10 月 11 日，我与韩先楚副司令员率领第 4 纵队第 10 师、第 11 师 32 团从草河口经过 4 天的急行军于 10 月 15 日到达永陵、新宾地区，配合第 3 纵队歼灭向永陵、新宾、通化进犯的敌人——敌第 195 师。我第 10 师到达永陵后马上就在到达永陵的当日 5 时与敌人第 195 师的 583 团进行了交锋，下午 1 时占领了永陵南北高地。后来，因为打援不利，敌人援敌威胁到我第 10 师第 29 团侧后，如果硬打下去，部队必遭伤亡，所以我部队在下午 5 时撤出战斗。此时，敌人被毙伤 500 余人，我们部队也伤亡 425 人。此时，我一直与韩先楚副司令员战斗在第 32 团。

10 月 17 日下午 4 时，胡奇才率领我第 4 纵队 11 师（欠 32 团）和纵队直属炮兵团及辽东军区警卫团一部向占领了本溪地区小市的敌人第 25 师第 74 团发起进攻，至 24 时结束战斗，歼、俘敌 360 人。

当时，第 4 纵队 12 师正在安沈铁路线上的连山关、摩天岭以北地区设防。

（一）赛马集、双岭子进攻战

1946 年 10 月 19 日，敌人向安沈铁路线及两侧地区开始了大举进攻。敌人来势凶猛，企图消灭我第 3、4 纵队主力，达到夺取安东的目的。

这时，正在小市作战的我第 4 纵队司令员胡奇才发现敌人已经开始进攻安东，立即率领第 4 纵队第 11 师（欠 32 团）与辽东军区警卫团一部连夜急行军 90 华里赶回赛马集，并命令第 4 纵队第 31 团于赛马集东北15公里处设防，掩护翼侧安全及宽甸、新开岭工厂、医院和军区后方仓库的物资。同时，命令第4纵队第12师掩护安东市，第36团在牛蹄崖阵地设防，第35团在南坎阵地设防，第34团在摩天岭阵地设防。此外，辽南独1师在海城、大石桥以东及以南地区阻滞敌人。

敌人的重兵像山雨欲来一样，铺天盖地地向我南满根据地压过来。1946年10月18日，中共中央和中央军委、东北局和东北民主联军总部对南满斗争极为重视和关切，电示辽东军区："在军事上要求尽可能地集中兵力，各个击破敌人。反对分兵把口、分散兵力、打击溃战的方针策略。"东北民主联军总部在给辽东军区的电文中又说："如我不采取集中兵力、对敌各个击破的方针，而采取分兵把口、单纯防御的方针，则不仅不能对敌人有计划地大进攻，且不能打击敌之蚕食政策，则我兵源、粮区及战场将日渐缩小，其前途是危险的。"

敌人来势凶猛，分两路向我南满根据地大举进攻。此时，4纵队政委彭嘉庆去军区办事，遇见了在军区开会的辽东军区副政委江华。他们在军区司令部作战室就当前的敌我情况商讨对策。江华想听听彭嘉庆的意见，并直接提出关键问题："有什么办法打退敌人的进攻？安东是守还是放弃？"彭嘉庆心里早就有谱了，于是就明确地说了他对当前敌我形势的意见。他直言当前的形势是敌强我弱，如不吸取过去的经验教训，南满地区就会失去。但是，敌人占据的地方越多，兵力就越分散，对我们也就越有利，我们的主动权就越大。彭嘉庆向辽东军区副政委江华建议放弃安东，尽快掩护驻安东市的军区、省委机关以及群众转移，然后集中兵力，各个歼灭敌人。彭嘉庆还提出了对付敌人进攻的战略，即以少数部队在正面牵制敌人，主力撤到安沈线以东地区集结，因为我们在这一带群众基础好，而且地形适合我部队迂回运动作战。

江华对彭嘉庆的想法非常赞同，彭嘉庆随即将他的想法电话汇报给了刚从小市赶到通远堡的胡奇才司令员。

10月20日傍晚，在通远堡的我第4纵队领导根据中共中央和中央军委、东北局和东北民主联军总部的电文及辽东军区下达的命令紧急商榷作战计划。当时，司令员胡奇才刚刚从前线赶回来，到会的还有副政

委欧阳文、参谋长李福泽等。（纵队政委彭嘉庆在军区开会，故缺席）

此时，我第4纵队3个师相距100多公里。我部兵力分散，人员数量少，武器与敌人的美械配置相比有天壤之别。面对敌人的强大力量，我第4纵队司令员胡奇才果断做出决定：以少数兵力实行机动防御，多处阻击敌人，分散敌人兵力，使敌人摸不清我军作战动机。我军在敌人身疲力乏倦怠之时，逐步集中兵力，选择有利地形和有利时机，一点一点吃掉敌人，不断地消耗敌人的有生力量。同时，命令第12师除留下的第35团采取运动防御阻击右路敌人之外，主力部队向第11师靠拢，这样有利于纵队集中兵力，有利于选择有利地形，全力打击对我威胁最大的敌第25师。

辽东军区很快批准了第4纵队的这一作战方案。

我第4纵队面对的是敌人中路第52军第2师和第25师。

10月19日，中路右股敌人第2师第4、6团向我牛蹄崖、河栏沟阵地发起攻击，目的是夺取摩天岭阵地。下午3时，敌人又以一个营的兵力向我阵地发起数次进攻，被我第36团击退。

同时，我12师第35团在南坟阵地与敌第2师第5团及75团交锋。

黄昏，中路左股敌人25师主力重占小市。

10月20日早，中路右股敌人用一个团的兵力向我牛蹄崖阵地发起猛攻，我军守阵地的第12师36团多次打退敌人，杀伤敌人300余人。中午时分，牛蹄崖阵地被敌人攻破，敌人向摩天岭进攻。我第36团边打边撤，撤至摩天岭一线与我第34团会合。第34团位于公路右侧，第36团位于公路左侧扼守摩天岭主阵地。

中路左股敌人第25师主力占领了碱厂。我第3军分区警卫连和本溪保安团与敌人展开了阻击战，田师傅发电厂和铁路、桥梁、公路要道均被我军破坏。

10月21日拂晓，敌人对我第34团守备阵地发起进攻，遭到坚守部队第2营的顽强阻击。这场阻击战打得非常惨烈，指战员打光了弹药，就用石头抗击敌人，最后与敌人展开了肉搏。34团的参谋长张延川、5连连长李振兴、连指导员王殿和等在战斗中牺牲。后因力不抵敌，至

22点时，敌人攻上了摩天岭主峰。深夜，第4纵12师35团接防摩天岭阵地。

我12师主力撤离摩天岭阵地，向赛马集集中，纵队直属机关由通远堡向赛马集转移。

政治委员彭嘉庆在军区开会结束后从安东赶往赛马集。

牛蹄崖、摩天岭2天的战斗共消灭敌人800余人。

接着，中路左股敌人第25师主力也转向赛马集，在分水岭、城门沟一带。我第4纵队首长抓住敌人急于寻找我主力的心理，给敌人造成错觉，命令我11师第31团连续急行军于20日到达分水岭地区。这时，东北已进入寒冷季节，31团的全体指战员冒着风雪，身穿单衣，在寒风呼啸的山头上抢筑工事。21日，我军以两个营的兵力将敌人25师主力阻击于分水岭，战斗进行至23日，两个昼夜歼敌300余人，完成了掩护我纵队主力集中的任务后撤出阵地。

10月23日晚7时许，中路左股敌人第25师主力占领赛马集，敌第2师占领草河口、通远堡。第二天，继续进攻雪里站。

同时，我12师主力从摩天岭向新开岭地区转移，在赛马集东北地区与11师主力会合。

我军有意放弃赛马集，目的是诱敌南下，阻敌前进。敌人第52军主力第25师分别进占赛马集、通远堡之后，在安（东）沈（阳）路遭到我12师35团节节阻击，被歼500余人。敌人误以为我军有依凤城、凤凰山设阵地，坚强抵抗国民党军进攻安东市的计划，遂命令第25师归军建制，加强对凤城、凤凰山的攻击。

于是，敌人第25师留下74团（欠一个营），由团长梁济民率领防守赛马集。

10月24日，敌人第25师主力以急行军的方式赶往凤城。这一行动极大地威胁到我安东、宽甸后方人员及物资的转移，必须坚决予以打击。为打破敌人的部署，为安东争取时间，我第4纵队首长决定趁敌南下，赛马集守敌数量少又立足未稳之际，集中兵力反击赛马集，给敌人以毁灭性打击。

10月24日，纵队司令部在顾家堡子做出了作战计划，具体作战部署是第4纵队11师主动向敌侧后出击，首先夺取东甸子、下家堡子阵地，得手后继续向赛马集进击。同时，第33团一部监视碱厂西南分水岭之敌；第32团1营进至小孤山子、南孤山子一带活动，切断敌人交通运输线；第4纵队12师主力在11师后面跟进，扩大战果。军区警卫团两个营和11师33团一个营统归11师副师长周光指挥，控制分水岭、新开岭一带。待主力进抵赛马集附近时，该部即迅速逼近赛马集以南之洋马林子、车家堡子。攻击时间拟于24日15时开始，争取在25日拂晓前结束战斗。

战斗已经打响，敌人第74团团长梁济民发现我军炮火猛烈，兵力压境，估计是我军反攻赛马集，立即急电敌人第25师师长李正谊迅速返回赛马集。李正谊斥责了梁济民，率部队继续向凤城急进。15时，我第4纵队全体各师、团冒着敌人的炮火冲向战场。战斗打了整整一夜，于25日上午8时，在我9门野炮的助攻下，终将赛马集守敌击溃，歼敌200余人，残敌逃往小市。

赛马集的战斗使敌人损失了两个营的兵力，敌人第25师主力被我牵回赛马集，扰乱了敌人迫我在安、凤决战的部署。

10月25日，活动在安（东）沈（阳）路的敌人第2师等部24日占领了凤城，25日再占安东。

李正谊的第25师主力在离凤城30公里处得知赛马集守军第74团已抵抗不住我军的进攻，才回援赛马集。

此时，敌驻草河口的第75团奉命归建于三家子。

10月27日，李正谊第25师主力经过两天的行军才赶到赛马集西南双岭子、河南堡子、马房子地带。

午后，我第4纵队为了扩大战果，继续穷追猛打，又迅速集合第4纵队第11师（第32团已归建）、第12师（欠35团），共计5个团的兵力，向双岭子的敌人发起了进攻。我第31团在河南堡子击溃5个连，第34团在岔路子击溃3个连。至28日早，共歼敌800余人。

这时，敌第75团已与其师主力会合，敌人兵力已由两个团5 000人增至 3 个团 8 000 余人，所以我第 4 纵队 5 个团一万多人想要全歼敌人在力量上实显不足。第 4 纵队司令部果断地做出撤出双岭子战斗的决定，留下我们第 11 师与敌人周旋，保持接触，其余部队迅速转移到赛马集以东新开岭地区隐蔽集结，准备新的战斗。

赛马集被我收复后，部队士兵的战斗情绪高涨。

我们第 4 纵队自从与敌军第 25 师交战以来，经历了数次战斗，歼敌 2 600 人，战绩颇佳。敌人第 25 师主力虽受到攻击，伤亡很大，但并没有受到致命的打击。

我第 4 纵队已经完成了掩护各方机关转移的任务，配属第 3 纵队阻击左路国民党军的第 4 纵队 10 师也已归建。这时，我们第 4 纵队集中全纵兵力等待上级新的作战命令。

当时，对我军威胁最大的敌人就是三路攻击部队中的第 52 军第 25 师。

根据中共中央军委的电示，我第 4 纵队司令员胡奇才与纵队几位领导决心尽快消灭这支队伍。接着，战斗命令很快就下达了，准备利用敌人第 25 师恃强骄横、孤军冒进的弱点将其诱至新开岭进行围歼。

（二）新开岭围歼战

新开岭地区的特点就是堡子多，这里的老百姓世世代代生活在按姓氏命名的堡子里。这里虽然四周都是高山大岭，却是兵家最理想的战场，既利于兵力隐蔽、集结，也利于在进攻中实施迂回包围。所以，新开岭地区总有战争发生。这不，日本侵略者刚刚被中国人民撵走，蒋介石就又在这里架起了机枪大炮，一场惊心动魄的战役将在这里打响。

新开岭位于宽甸以西大约 35 公里处，地势是东西走向的袋形谷地。新开岭境内，与这次战役有关的地点有爱阳边门、韩家堡子、丛家堡子、姚家堡子、潘家堡子、王家堡子、黄家堡子、于家堡子及南荒地带。宽（甸）赛（马）公路从这里穿过，爱阳河从这里流过。新开岭的北面有 746 高地和老爷岭（山上有日军修筑的碉堡），黄家堡子南山上有 404 高地，西有潘家堡子北山 570、587、693、605 各高地。在这些山岭阵地中，数老爷岭阵地在军事上价值最大。可以说，只要控制住老爷岭，此战必胜！

10 月 30 日，我第 4 纵队各师、团开始进入阵地。

此时，我与韩先楚副司令员带领第 4 纵队 11 师 32 团及第 4 纵队 10 师一直在永陵、新宾方向配合第 3 纵队作战。接到命令后，韩先楚副司令带领我们自碱厂地区分路以急行军的速度向新开岭阵地前进。至 21 时前（除炮兵外），部队分途到达暧阳边门东北各团阵地集结。第 30 团进至柏林川阵地，29 团进至近家堡子阵地，28 团进至高丽墓子阵地。

第 4 纵队 11 师在黄家堡子地带阻滞敌人。

第 4 纵队 12 师主力在邵家堡子原地待命，第 35 团转进凤城以西的石头城、三股流一带阻击由凤城出援的敌人。

这样，第 4 纵队已集中了 8 个团（每个团约 1 300 人）加之又提前占领了有利地形，所以我第 4 纵队有信心将敌人第 25 师消灭在新开岭以东地区。

敌人第 25 师方面的情况：

自从我第 4 纵队攻下赛马集又主动撤出赛马集后，敌人第 25 师重占赛马集。这时，敌人第 25 师师长李正谊感到我军实力较强，部队又连续遭我军打击，伤亡很大，士气低落，所以暂时不想再向宽甸独立行动。李正谊致电给敌第 52 军军长赵公武说明我第 4 纵队 3 个师都已撤退。赵公武复电李正谊说："共军的兵力已减少，后路受到威胁，已后撤。你师应该以一部对左（侧）掩护，主力将新开岭共军击溃，向灌水、宽甸进军。"李正谊接电后仍不愿应战，再次致电赵公武，强调他部官兵经过数次昼夜激战，体力疲惫，急需休整，另已运来的 6 车弹药需要时间分配，数量不够，还需从草河口大量运补。

就在敌第 25 师师长李正谊与 52 军军长赵公武往返电商的时候，杜聿明电话告之赵公武，命其第 25 师立即跟踪追击我军，向东压迫，妄图消灭我军。赵公武立即将消息告知李正谊，李正谊接到命令后，只好请求他的上司赵公武派空军主力协助。他们准备在 30 日晨 5 时，对奈马岭、新开岭共军主力发起攻击。30日上午8时，敌第25师兵分两路向宽甸东挺进。南路为75团，经李家堡子抵达新开岭后再分成三路前进：一路为团主力，沿新开岭沟、韩家堡子迂回新开站；一路由太平岭、獾子背进至新开站；一路经由鹊雀岭，到达庞家堡子。这三路会合于新开站富家堡子一带，然后一并东进黄家堡子。北路为师主力，经奈马岭、顾家堡子，当晚抵达宽甸以西、新开岭以东瑷阳边门、黄家堡子、张家堡子、王家堡子、韩家堡子一带，与南路部队会合，进入我第4纵队预设战场。

10月30日，东北地区已经进入寒冷季节，大雪已覆盖了山顶，我们第4纵队的将士们都是单衣单裤，且装备极其简陋。但是，他们怀揣着解放全中国的大志，积极地在阵地上修筑工事，做战前准备工作。

我第4纵队除了第10师外都已进入阵地待命。第10师因为刚归建，30日才从新宾地区赶到新开岭以东地区与纵队会合，驻地分散，所以接到的作战命令较迟。另外，从驻地到阵地的途中又下起了雪，山路十分难走。因此，第10师没能按时到位，致使总攻时间推迟到31日上午10时。

10月31日，敌第25师的先头部队利用我延迟进攻的间隙，于31日早5点就连人带车浩浩荡荡地向我阵地扑来。他们刚刚进入瑷阳边门，就被我第4纵队炮兵团发现。因我前沿没有大部队警戒，该炮团见敌人已经攻进来，未经请示就向敌人迎头一阵炮击。炮弹在空中成串地向敌人呼啸而去，在敌人的队列中爆炸，使敌人大乱，抱头向公路两侧散去。第25师师长李正谊原以为他们的正面只有一个师的兵力，而他一听到重炮声就判断出我军主力在此。李正谊正要向杜聿明请示，但我第4纵队对其已形成了包围之势。李正谊感到形势不妙，立即组织反击，他知道只要夺取山谷两侧的制高点就能转危为安。于是，李正谊以一个团的兵力向东老爷岭攻去，并在正面攻击的同时从侧翼迂回。我坚守老爷岭的部队是第4纵队11师警卫营和33团两个连。我部与敌人无论是兵力还是武器装备上相差都很悬殊。战斗持续到上午8时，我军伤亡很大，被迫撤离老爷岭，敌人占领老爷岭。

老爷岭在战前一失，整个战场的态势就发生了变化。敌人占领老爷岭后继续向内沟门子东山挺进。

上午10时，新开岭战役全面打响。我守卫在叆阳边门的第10师30团1营在东山及东北山将敌人迎头拦住；第10师28团2营从高丽墓子向黄家堡子北山进攻，在运动中遭到侧面敌人射击，没能攻下黄家堡子北山。此时，第10师28团侧翼和第10师指挥所受到了威胁。为了保障他们的安全，第29团奉命投入战斗。第29团从近家堡子向黄家堡子西北、正北两高地进攻。但是，战斗打得非常艰难。此时，内门沟子战斗打得非常激烈，第10师30团3营在从老爷岭撤下的第11师33团的配合下，快速反击，歼灭敌人1个连，巩固了内门沟子阵地。

战斗进行到了黄昏时分，我第10师28团主力从正面向老爷岭发起猛烈攻击。战士们打得非常顽强，老爷岭山上有抗日战争时期日本人修筑的碉堡，敌人利用了这些防御工事。碉堡里的美式机枪喷着密集的火舌，我3名战士扛起炸药包向山上冲去。敌人的火力异常凶猛，因我军战术指挥不灵活，又没有炮火支援，此次28团攻击老爷岭失败。

第11师在一整天内的攻击都没有进展，敌人以一股优势兵力攻击黄家堡子404高地。担任守备的第11师32团2营无力抵抗敌人的火力进攻，被迫撤离下山，敌人占领了404高地。

我第4纵队12师主动由邵家堡子向敌人侧后出击，战斗打得非常顽强，连续占领了605、693高地，完成了第一步作战任务。

战斗进行到此时，敌第25师师长李正谊才发现他们掉进了我军设计的合击圈内，便给敌52军军长赵公武发去急电，表示战况紧急，弹药即将告罄，望派队增援。杜聿明遂急调在海城的预备队第新22师进发草河口，同时命令安东第2师派一个团火速向宽甸进攻，以牵制我军攻势。

11月1日，我第10师29团从黄家堡子西北、正北高地撤出阵地后，进行了兵力、火器的调整，由正面攻击改为由敌侧后迂回攻击，并与敌人进行了多次较量，终于将黄家堡子西北、正北两高地夺回，使老爷岭守敌受到威胁。

抢占404高地的敌人进至大甸子东山一线，我11师一部撤至二道岭子、泡子沿、马圈子沟一线。纵队趁敌人从404高地前往大甸子时，向11师第32团3营下达了收复404高地的命令。下午2时，3营攻下了大甸子东山；下午4时，占领大甸子；晚上8时，占大甸子西山一线。之后，3营直插404高地。战斗一直打到次日零时30分，但无结果。就在战斗进行到最紧张的时候，第11师师部派出第31团2营从正面侧翼迂回攻击，断了敌人后路。只用了20分钟，敌人的一个连就被我军歼灭，404高地彻底被我军收复。此时，我第11师占领了瑷河两岸，堵住了敌人向宽甸突围的道路。

我12师占领了潘家堡子北山571、586高地，堵住了敌人向赛马集逃跑的退路。

新开岭战役已经到了最关键的时刻。此时，敌第25师已被包围在了我第4纵队的口袋阵区内。李正谊面对眼前的恶劣境况，一筹莫展，已无计可施了，只好致电赵公武，请求增援。

11月2日，小边沟指挥所里，我第4纵队司令员胡奇才正在与几位指挥员连夜召开紧急会议，首先分析了敌情：

安东、宽甸相继被敌第2师占领，敌第195师进占桓仁、通化，敌第14师在10月23、26日就已经占领了岫岩、庄河、大孤山。敌人的第新22师已由草河口出援到了双岭子，抵近战区——这是一支凶悍的王牌师。现在，敌人虽被我8个团包围，但敌人的三路援军正向新开岭逼近，空军的火力支援很快就到。

我方情况是：战场上大部分制高点被我控制，总的形势对我有利。但是经过两天的战斗，我第4纵队的人员伤亡较大。敌人援军虽需10小时以后才到，但敌人完全可以凭借日军遗留下的工事坚守待援。敌援军一到，我第4纵队就会被援军包围。这样，敌人就可以里应外合地攻打我们，后果不堪设想。如果我们现在就撤下来，不但前功尽弃，而且摆脱不掉目前的困境。在这紧要关头，第4纵队司令员胡奇才与几位指挥员果断决定，赶在敌援军未到之前拿下老爷岭，全歼敌第25师。

集中兵力，争取时间，是迅速攻下老爷岭的关键。胡奇才和政委彭嘉庆立即召开党委会，会议决定："在此关键时刻，预备队和全纵队所有人员都加入战斗；加强炮火支援，掩护10师强攻老爷岭；11师、12师从侧后全力攻击，积极配合。为不给敌人喘息机会，总围歼时间定于2日拂晓，争取12时之前结束战斗。"① 胡奇才又限令10师必须于11月2日8时前攻下老爷岭。他坚定地说："只要我们部队官兵发扬坚持最后5分钟的精神，集中炮兵，加强火力对主攻部队的支援，老爷岭一定可以攻下。攻下老爷岭，就可以全歼敌人。"② "彭嘉庆政委以坚定的口气说：'这一仗必须打胜，只有胜利才能挫败敌人的锐气，打乱敌人的计划。'他要求大家，'为了南满大局，为了正在鸭绿江沿岸转移的辽东党政军后方机关的安全，宁肯牺牲自己，也要把这一仗打胜'。"③ 会后，由参谋长李福泽用电话将会议研究的情况向各师领导干部做了传达，同时要求大家认清形势，团结一致，再接再厉，坚持到最后！

很快，我第4纵队指挥员全部前往一线督战。司令胡奇才、政委彭嘉庆到第10师阵地指挥战斗，副司令员韩先楚去炮团、纵直警卫营组织炮火支援，参谋长李福泽坐镇第4纵队指挥所，掌控全局的战斗情况。

这是最后一搏了，为了争取时间，第4纵队调动了预备队10师30团、11师33团主力投入战斗，以炮兵支援、掩护我第10师强攻老爷岭。

拂晓，第4纵队全线向老爷岭发起进攻。

我第11师31团、32团从404高地渡过瑷河，进至河北岸，来到老爷岭守敌侧后；第12师36团晚8时攻下丛家堡子东南小高地，第34

---

① 胡奇才. 冒死智歼"千里驹"[M]//新开岭战役60周年纪念委员会. 新开岭战役纪念文集. 北京：中国文史出版社，2007：86.
② 同①86-87.
③ 同①87.

团在炮兵的掩护下夺取了大庙，使老爷岭守敌侧翼彻底暴露，黄家堡子受到直接威胁；第10师28团从早上6时起就在团长胡润生和政委张继璜的率领下，正面向老爷岭发起数次冲锋，团参谋长李书轩下到尖兵排指挥突击；第30团从老爷岭正北、西北加入战斗，副司令员韩先楚亲赴阵地前沿，组织炮兵抵近直瞄射击；第10师炮兵连在连长岳洪池、指导员辛明祥的指挥下，将92步兵炮分解搬上山头，在距老爷岭敌碉堡200米处做直线射击。霎时，炮弹像雨点一样落在老爷岭敌人阵地上。我第10师的作战科副科长段然带领着战士们在炮火的掩护下向老爷岭山上冲去，副连长王喜芹带领4名战士冲上山抢占了敌人的碉堡，政委亲自带领战士在战场上猛打猛冲。同时，预备队全部投入战斗。不久，敌人全线瘫痪，失去阵地的敌人东逃西窜。敌人有一个团正在准备反冲击，被我炮兵准确无误地射击打散了。该敌急向404高地突围，被我11师截住，又向西潘家堡子方向逃跑，又被我12师堵回。敌人像一群群无头苍蝇一样失去了方向，在一片"缴枪不杀"的呐喊声里扔下枪支举手投降。

就在老爷岭残敌溃退之时，老爷岭山后的谷地内突然有2 000多敌兵列队端着刺刀往老爷岭山上攀爬，想反击我们刚刚占岭山头的部队，但被我炮团的野榴炮三下五除二地炸飞了。

终于，我们将攻打了3天，反复冲击了9次的老爷岭拿下了。我第4纵队为了扩大战果，乘胜追击敌人，将敌第25师围困在黄家堡子狭长的袋形河套内。敌人在公路上人车相挤，车马相撞，一片狼藉。师长李正谊看到自己的部队四处乱逃，师部附近的汽车都被炸成了碎片，他歇斯底里地命令他的副官王凤鸣前去督战，自己却换上一套伙夫服装，剃了光头坐上吉普车逃跑了。但是，他的车没开出多远，司机就被我阻击部队打死。情急之下，李正谊躲到了砖窑里。战斗结束在一个大河套内，李正谊就在河套边的一个砖窑里被我们捉住。当时，我就在李正谊被捉的地方，亲眼看到了他被擒时的狼狈之相。

新开岭战役中被俘的国民党 25 师师长李正谊（左一）

新开岭战役胜利结束了。

新开岭战役是东北民主联军第一次以一个纵队的兵力在东北战场上歼敌一个整师的战役。我第 4 纵队全歼"千里驹"的战绩受到了中共中央军委、东北民主联军总司令部、辽东军区的致电嘉奖，上级给予了我们第 4 纵队全体将士高度赞扬。

11 月 3 日，毛泽东为中央军委拟稿，致电辽东军区司令员兼政委萧华，写道："（一）庆祝你们歼灭敌人 1 个师的大胜利。望对有功将士传令嘉奖。（二）这一胜仗后南满局势开始好转，望集结兵力，争取新的歼灭战胜利。"[1]

我们第 4 纵队全体官兵在首长们的嘉奖鼓舞下，一扫连续半个月苦战的疲惫心理，士气高涨，精神抖擞，准备迎接更艰苦的战斗。

下面是新开岭战役第 4 纵队 11 师编制序列：

师长蔡正国，政委李丙令，副师长周光，参谋长杜彪，政治部主任吴保山，宣传科科长不详，组织科长张在田，司令部作战科长杨连堂，作战参谋姜玉莲，警卫营营长尹化雨、教导员付亨通、副营长王文路。

第 4 纵队 11 师 31 团团长张东林、王祥，政委马杰，副团长王登

---

[1] 胡奇才. 冒死智歼"千里驹"[M] //新开岭战役 60 周年纪念委员会. 新开岭战役纪念文集. 北京：中国文史出版社，2007：97.

高，参谋长张宗善，政治处主任王淳。1营营长宋太和，教导员丛德滋；2营营长魏福连，教导员李万永；3营营长姓毛（名字不详），教导员刘更生。

第4纵队32团团长曾志林，政委倪绍九，副团长罗永清，参谋长熊明，政治处主任吴春藻；32团直属炮兵连连长鞠厚庆；1营营长于春彦、董化亭，教导员藏明义；2营营长孙化南，副营长赵斌，教导员（姓名不详）；3营营长杨杰，教导员李昌平。

33团团长康念详，副团长朱永山，政委王永普，副政委潘德表（1946年9月任职），参谋长邓乃觉，政治处主任任玉山。

第三部分

我在"四保临江"战役中

一

进入临江

（1946年11月10日—12月初）

新开岭战役取得了伟大的胜利，我们第4纵队全体官兵沉浸在胜利的喜悦之中。训练的间隙，我们在饭前饭后谈论的话题都是这仗打得真痛快！新战士锻炼了胆量，老战士树立了克服困难、战胜敌人的信心，指挥作战的各级干部都充分体会到毛主席提出的运动战的威力！在各级的总结会上大家都表示，对待敌人要敢打敢拼，敌人凶，我们更凶，从气势上压倒敌人，来弥补我们装备上的不足。

新开岭战役的胜利，打乱了敌人进攻南满解放区核心区域的时间表。敌人损失了一个整师，也削减了敌人进攻临江的兵力，给辽东党、政、军、群众、机关和大批战略物资向临江地区转移争取了44天的时间，使后方机关人员及新开岭战役的伤员都转移到了安全可靠的地方。

国民党军首次大规模进攻南满解放区的作战行动，被我第4纵队以运动战与防御战相结合的战术击败了！

新开岭战役结束之后，敌人占领了安东、宽甸、桓仁、通化等我南满解放区城市。他们在所到之处的交通要道、集镇、大村驻扎了军队，修筑了工事碉堡，设立了据点，并且迅速地建立伪政权，把随国民党反攻回来的地方特务、当地的日伪汉奸、山里的惯匪都勾结起来，成立了反动的保安大团、自卫队等地主武装，建立保甲制度，实行并屯。同时，乘机夺回老百姓反霸的胜利果实，使解放区的人民重陷黑暗之中。当时，部队内部的困难很多，一是天气寒冷，我们第4纵队的干部战士都没有换上冬装；二是伤员多，担架少，俘虏多，无法安置；三是车辆少，一些作战物资无法运输；四是部队无宿营之地。面对着敌人的重重压力和部队内部的种种困难，第4纵队司令部决定先将部队撤到双山子、大高坎子一带休整 5 天。途中，我们组织机关干部及俘虏官兵抬运伤员和战略物资等。

11 月 10 日，新开岭战役刚刚结束 7 天，国民党又调集了 8 个师 10 万余人的兵力向我以临江为中心的南满军区进行报复性的全面进攻。辽东军区命令我第 4 纵队除一部分散在宽甸进行游击活动外，主力向北转移。在转移的途中，我们边行军边整理内部，先妥善消化了俘虏，又给伤员们疗伤。对行动不方便的伤员，我们就用担架抬着，用人轮流背着走。一路上，我们遭到国民党几个师的围追堵截，但更主要的是越往北走越冷，山上山下白雪皑皑，温度已经降到零下 30 多摄氏度。山里的雪有的地方没膝深，腿陷在里面很难拔出来，每走一步都很艰难。另外，呼呼的北风刺骨的凉，刮在脸上像刀割一样疼。入夜，寒气更是逼人。休息的时候，部队首长都一再强调不要停止活动，脚一停下来就容易冻僵冻坏，走不了路，整个人很快就会被风雪吞噬。我们第 4 纵队 11 师 32 团的大部分干部战士都是从胶东过来的，从来没经历过这样恶劣的天气，加上部队没有高寒地区的御寒物资，衣食住行上出现了很多的问题。记得在行军途中我带领的第 32 团发生了这样一件事情：

在连续长途跋涉的风雪路上，我们身无御寒棉衣，所有军被、军毯都披在了身上，但身上连一点吃的东西都没有，渴了就在路边抓一把雪塞进嘴里。当队伍行至宽甸境内的一个小山村时，已经几天没吃上一顿饱饭的战士们饥肠辘辘。这时，一阵发糕的香味从老乡家里飘出来，我第 32 团某连的一个班的战士停住了脚步，在发糕的诱惑下再也走不动了。班长李武就敲响了老乡家的门，跟老乡商量是否能匀出几个发糕卖给我们民主联军的战士们吃。李武让战士们把各自的军贴费都掏了出来凑在一起，估计足够一锅发糕钱。老乡看到战士们饿得走不动路的样子，心里非常难过，说什么也不肯收钱，把一锅热腾腾的发糕送到了战士的面前。就在李武与老乡推脱钱的事情时，饿急眼的战士们已经狼吞虎咽地吃起来了。正在这时，我骑马路过这里，见此情景，以为李武班的战士严重违反了三大纪律八项注意，掏出手枪就要对班长李武执行纪律处分。经过李武解释和老乡的作证，我才平心静气。看到老乡收下钱，又谢过老乡，我才离去。接着，老乡拿了一块发糕追出门外给我，让我十分感动。李武看到我也饿得连上马的劲儿都没有时，非让我把发糕吃了。我没有吃，我想让战士们吃饱，好有劲儿打仗！

后来，李武一直与我在第 32 团转战东北大地，结下了深厚的友情。在第二次解放安东战斗后，他升为排长。后来，我受伤离开第 32 团，李武在平津战役中以一个班的兵力俘敌一个营，受到林彪和罗荣桓亲手授予的英雄奖章。南下剿匪后，李武转为海军，任新中国第一支潜艇部队的艇长。1955 年，他被授予海军上尉军衔。离休后，他到处寻找我。在分别 60 年后，我们重逢了。

下面是丹东（安东于 1965 年改名丹东）广电报社 2007 年 8 月 10 日与驻丹陆、海、空武警官兵共庆建军 80 周年庆典时李武与张在田重逢的资料：

本报搭平台　战友"意外"重逢

60 年前，他们同在东野 4 纵 32 团，一起参加了解放丹东的战斗，是解放丹东的功臣。入关后，一个身为野战军排长随大军南下，一个身为团级首长因伤留待后方筹组炮训基地。

音讯阻隔，使南下的战友误以为身负重伤的首长已经"光荣"。

戏剧性的是，在失去联系长达 60 年后，本报一篇报道使两位老战友重逢在即。当年驰骋疆场，生死度外，如今战友重逢，悲喜交集。有生之年，还有什么比战友情更弥足珍贵！

《老将军难以割舍的乡怀》一文圆了老兵思念的情怀

7 月 27 日本报《老将军难以割舍的乡怀》一文见诸报端后，引起了一位来丹避暑、名叫李武的老军人的注意。8 月 4 日，李武夫人致电本报，询问"乡怀"一文中张在田老人的近况，并邀记者面叙，以求尽快与张在田将军联系。

本报带来"意外惊喜"

8月3日，年届80岁的李武从本报《老将军难以割舍的乡怀》一文中，看到一幅老照片和所附的题字，但令他难以置信的是，照片上的人和所附的题字是那么熟悉。在详细阅读了这篇报道后，李武不禁大喜过望——文中的老将军正是他经常思念、已失去联系长达60年的老首长张在田。而且，他们就住在同一个城市：北京。

李武立即与记者取得了联系，当天便和老首长张在田通了电话。两位老战友悲喜交集，李武在电话里喜极而泣。当年，他们一起参加了解放丹东的战斗，此后张在田因被炮弹炸断了一条胳膊，留在北京筹组炮训基地，而李武则在南下后转入海军，两位出生入死的战友自此失去联系。由于军种不同，以后虽多方打听，但始终未能如愿。李武渐渐死心，以为张在田当年被炸断胳膊后可能因失血过多已经"光荣"，没想到本报的报道给他送来了好消息，他连连感谢本报是传递佳音的"信使"，圆了他的夙愿。

正如张在田老将军在给本报题字中所说的那样，丹东是他的第二故乡，他对丹东有一种难以割舍的乡怀。因此，借助本报，张老将军表达了他祝福丹东的乡怀。李武从山东闯关东后，在丹东参加革命，在丹东入伍，又随军解放了丹东，离休后更是年年夏天来丹东避暑长住。两位老战友对丹东都怀有一种特殊的感情。如今，在失去联系60年后，又是在丹东，也是通过本报的一篇报道，两位老人"意外"地找到了互相思念的战友，不承想在有生之年还能喜获重逢。丹东，对于这两位老兵来说，既是一种割舍不断的缘分，也是一个魂牵梦萦的难忘之地。

难忘老首长

提起丹东，提起张在田，李武印象最深的是当年撤出丹东时的一件往事。

1946年6月，在"让开大路，占领两厢"的战略方针下，我军为避敌锋芒，主动撤出丹东。李武时为东北民主联军第4纵队11师32团某连班长，而张在田则是32团副政委。但是，他竟险些被张在田"军法从事"。

在连续长途跋涉、队伍行至宽甸境内的一个山村时，从老乡家里飘来阵阵棒子面发糕的香味。已几天没吃上一顿饱饭、饥肠辘辘的战士们顿时停下了脚步，在发糕的诱惑下似乎再也走不动了。李武班的战士们也焦急地围拢在一起，眼睛齐刷刷地盯着李武，要他赶快拿主意，跟老乡商量商量能否匀出几个发糕卖给民主联军的战士们吃。李武让战士们拿出各自的津贴往一起凑了凑，估计足够一锅发糕的价钱，便与老乡商量要买一锅。但老乡死活不肯要钱，说民主联军是为老百姓打仗流血，怎么好收子弟兵的钱。李武坚持给钱，老乡坚决不要，饿急眼的战士们却不管这些，立即狼吞虎咽吃了起来。正在这时，张在田骑马赶到，见此情景几乎要下令枪毙李武，认为他已经严重违反了三大纪律八项注意。经过李武解释和老乡作证，并亲眼看到老乡收下了钱，张在田满意地表扬了李武。当李武和战士们请饿得已直不起腰的首长也吃几口发糕时，连上马的力气都没有的张在田却对李武说："我饿点儿没关系，一定要让战士们吃饱，好有劲儿打仗！"

李武对记者说："每当想起这段往事，我就怀念老首长。那时的官儿真叫人佩服啊！"

丹东是我家

参加丹东二次解放的战斗后，李武升为排长，张在田鼓励他多杀敌，多立功，并要求那时还是文盲的李武努力学文化，为建设新中国继续进步。

在攻打辽阳时，李武听说张在田被炸断了一只胳膊，从此再也没有任何有关老首长的消息。随后，李武进关参加平津战役，并以一个班的兵力俘敌一个营，得到林彪和罗荣桓亲手授予的英雄奖章。南下剿匪结束后，他转入海军，曾任新中国第一支潜艇部队的艇长。

1955年，李武被授予海军上尉军衔。离休后，他在北京居住，晚年经组织安排与一位来自丹东的女士喜结良缘。李武说他与丹东有缘，因此离休后年年来丹东避暑，到丹东就是回家。

我们的部队继续往临江方向行进，国民党军队在后面追。听说部队要撤到长白山打游击，一部分干部战士的情绪有些消极、低沉。面对这些问题，第4纵队的领导和师以下的干部首先端正自己的思想，再根据自己部队内部的问题进行思想教育。各级干部在行军途中除做好自己的本职工作外，还对那些思想上有困惑或问题的人进行鼓励，并在生活上给予照顾。12月初，我们第4纵队主力终于转移到了通化以东的铁厂、四道江、六道江一带，与第3纵队会师，驻扎待命。

我们的部队还没稳定下来，就接到了准备大绳、斧头、锯子等工具，为进长白山打游击做好准备的命令。

二

七道江会议

（1946年12月11日—12月14日）

南满地区的局势已岌岌可危，国民党军依靠他们的优势兵力，将我辽东军区部队压缩在临江、长白、濛江、抚松四个县内。转移过来的机关、后勤、学校、工厂、医院以及从各地撤下来的地方干部、县区武装，共计4万多人都拥挤在这4个县及辑安（现在的集安）这个狭小地区内。其他大片地区都变成了敌占区或游击区。随着根据地的缩小，主力部队又刚刚进驻立足未稳，而且新开岭战役后部队减员很多，当地的广大群众没有发动起来，地方武装万余人相继哗变，土匪、特务、地主武装等活动猖獗，加上零下数十度的严寒侵袭，所以战士们十分疲惫，情绪十分低落。为了更好地坚持东北南满斗争，粉碎敌人"先南后北"的野心，中共中央派陈云前来担任辽东分局书记兼军区政委，萧劲光担任辽东军区司令员。

1946年12月11日，浑江附近七道江村原通明炭矿办公室召开了部队师以上指挥员和辽宁、安东军区负责人参加的军事会议，决定南满我军下一步的行动方案。

参加会议的人员有军区司令员萧劲光，副司令员兼政委萧华，副司令员程世才，参谋长罗舜初、吴克华，政治部主任莫文骅、唐凯。参加会议的还有各纵队首长及各师主要领导。

我们第4纵队政委彭嘉庆、副司令员韩先楚、11师政委李丙令参加了会议。

刚刚接任辽东分局书记兼军区政委的陈云未到会，留在临江进行调查研究工作。

会议由萧劲光主持召开，萧华（时任辽东军区副司令员兼副政委）

具体协调组织。会议的主题是南满所面临的严峻形势及今后的作战方针。会议上，大家就坚持保住南满还是放弃南满最后根据地的问题争论得很激烈。

萧劲光在会上做了重要报告，对东北的全部形势和南满实际情况做了分析。萧劲光在分析了敌我形势后认为："从目前来看，南满的严重情况已经到来，而且可能发展。但这决不能改变我们坚持南满的决心。我们要有克服困难长期打算的思想。在任何情况下，应坚持南满。"① 萧劲光提出了今后的军事行动方针，"以军事反清剿为主，以有力的游击兵团深入敌后，广泛开展游击战争"，"主力集中于适当位置，准备在敌人的进攻中，消灭其一部，配合游击战争"②。

萧劲光的报告引起了到会人员的激烈争论，出现了三种意见：一是把第3、4纵队拉到临江正面并肩与敌作战；二是留第3纵队在临江正面打，第4纵队分散到敌后打；三是两个纵队留在南满力量小，不好打，要开到北满与其他兄弟部队相配合，打几个大仗，一块一块地吃掉敌人。

经过反复争论，最后形成了两种意见：一种意见是原辽东军区领导和第3纵队主要领导认为敌人大兵压境，我军处于劣势，现在的根据地太小，供给极度缺乏，加之天气寒冷，生存都很艰难，南满的主力应该撤到北满和东北民主联军会合，"留得青山在，不怕没柴烧"。另一种意见是罗舜初、韩先楚、唐凯及第4纵队的主要领导同意萧劲光的意见：做长期打算，把敌军主力拖在南满，保住长白山根据地，与北满主力部队相互策应，坚持南满斗争，粉碎国民党军"南攻北守"的计划。

就在会议进行的第二天晚上，大家还在激烈争论时，突然接到敌情报告：敌第2师在宽甸集结，企图进攻辑安，第91师集结通化，新22师返回梅河口，国民党东北保安司令长官司令部前方指挥所已进至通化。看来，敌人即将向临江开始大规模进攻了！

在这紧要关头，军区司令员立即决定第4纵队的副司令员韩先楚和

---

① 中共中央文献研究室. 陈云传［M］. 北京：中央文献出版社，2005：480.
② 同①480.

参加会议的各师长马上返回部队，准备防御作战。

接下来的会议还是无法统一关于南满的各种意见。萧劲光在这紧迫的形势面前，立即打电话给在临江紧张工作的陈云，请他参加会议做最后决断。陈云接到电话后冒着大雪连夜乘火车从临江赶到七道江会场。陈云到了之后提议先休会，他又连夜向萧劲光等几位军区领导了解情况。14日，陈云主持会议，在会上阐述了坚持南满可以与北满形成掎角之势，对我们很有利的道理。"他形象地说：'东北的敌人好比是一头牛，牛头牛身子是向北满去的，在南满留了一条牛尾巴。如果我们松开这条牛尾巴，那就不得了，这头牛就要横冲直撞，南满保不住，北满也危险；如果抓住了牛尾巴，那就了不得，敌人就进退两难；因此，抓牛尾巴是个关键。'"① 陈云晚年回忆说："如果我们留下来坚持南满，部队可能损失四分之三，甚至五分之四，但只要守住南满，就不会失去掎角之势，就可以牵制敌人大批部队，使他们不能集中力量去打北满。两相比较，还是坚持南满比撤离南满损失小。"②

七道江会议从12月11日一直开到14日，会议最后民主表决通过坚持南满斗争，巩固长白地区，坚持敌后三大块（辽南一分区、辽宁二分区、辽东三分区）的战略思想，实行正面与敌后两大战场密切配合、内线与外线作战相结合、运动战与游击战相结合的军事指导方针。

七道江会议决定，我们第4纵队率3个师深入敌后牵制敌人，消灭敌人地方武装及分散之敌，破坏敌人的交通线，彻底打乱敌人的部署。第3纵队在内线作战，集中优势兵力顶住敌人，打掉敌人王牌部队，挫其锋芒，巩固现有根据地。

12月16日，七道江会议结束后，陈云、萧劲光在临江又召开了辽东分局会议。会上统一了辽东全党全军的思想认识，下定决心继续坚持南满斗争。会后，由陈云代表萧劲光、萧华、程世才将七道江会议和临江会议的决策、军事部署及当前敌情电告林彪、东北局和中共中央。

根据上级的指示，我们第4纵队接受任务后迅速地做出了如下战斗

---

① 中共中央文献研究室. 陈云传：上［M］. 北京：中央文献出版社，2005：481-482.
② 陈云关于七道江会议的谈话记录，1984年1月11日。

部署：

1. 第 4 纵队 12 师为先头部队，率第 34 团及已在敌后的第 35 团直插安沈路以西之青沟子一带，如情况恶化，即转战于辽南，并力求与独一师会合。

2. 第 4 纵队第 11 师随纵队于 12 月 18 日出发向桓仁以西之牛毛坞及宽甸以南地区推进，求得与 4 分区联系。

3. 第 4 纵队第 10 师于 12 月 18 日出发，首插平顶山地区。

1946 年 12 月 14 日，东北解放战争"四保临江"战役正式打响。

三

第4纵队11师32团"四保临江"作战大事记

（1946年12月18日—1947年3月16日）

我们第4纵队第32团在"四保临江"期间插入敌后作战的经过在中共吉林省委党史工作委员会1987年整理编撰的《四保临江》一书中有详细记录，大事记如下：

1946年12月18日，辽东军区第4纵队第11师为挺进敌后左路纵队，在师长蔡正国、副师长周光、政委李丙令率领下，由第4纵队政委彭嘉庆、副司令员韩先楚、副政委刘澜波及欧阳文亲自指挥，从临江县（现在的白山市）六道江出发，越过梅（河）辑（安）铁路、通（化）永（陵）公路西进，插入敌后。

（注：此时安东军区并入第4纵队，安东省委书记、安东军区政委刘澜波兼任第4纵队副政治委员随军行动）

1946年12月22日，辽东军区第4纵队第11师32团攻克怀仁县钓鱼台国民党军守备据点。

1946年12月25日，辽东军区第4纵队第11师32团攻克宽甸县双山子国民党军守备据点。

1946年12月31日，这是1946年的最后一天，辽东军区第4纵队第11师33团（应该有32团）攻克国民党军守备的据点宽甸牛毛坞，歼灭其守军大团武装警察一百余人。

1947年1月1日，辽东军区第4纵队第11师31团攻克宽甸县太平哨国民党军守备据点，将第52军2师1部击溃并开辟了牛毛坞地区之新局面。

辽东军区第4纵队第11师向宽甸以南活动，预计与宽甸县永甸一带活动的安东4分区取得联系，然后进入凤（城）灌（水）路以东地区。

1947年1月4日，辽东军区第4纵队第11师32团向宽甸县至永甸国民党守军52军26团1个连及警察大团三百余人发起攻击，并将其全部消灭，之后转兵东进，途中与宽甸来援之国民党第52军第2师第6团一个营遭遇于宽甸县蒿子沟，当即将其击溃。

1947年1月12日，辽东军区第4纵队第10师、11师奉辽东军区命令东进。第11师渡过浑江再克桓仁县沙尖子抵辑安县霸王朝。

1947年1月18日，辽东军区命令第4纵队配合第3纵队于辑安县大蚊子沟伏击南逃的国民党第2师两个步兵营及炮兵营。第4纵队派11师32、33团就地埋伏。当我部接敌时，敌不战即逃，我各部立即追击，并增派10师29团参战，追击敌人30公里返回。

1947年1月25日，辽东军区第4纵队直属机关及第10师奉命移防临江县六道江。第11师留驻辑安县青沟子一带，做再插敌后准备。

1947年1月30日，辽东军区第4纵队第11师奉命由通（化）辑（安）公路上之青沟子一带防地出发，再次插入敌后，向宽（甸）、桓（仁）、辑（安）三角地区挺进。

1947年1月31日，辽东军区第4纵队第11师于桓仁县关门砬子伏击国民党军52军25团1营向辑安运送武器弹药的车队，歼敌100余人，缴获迫击炮2门，轻重机枪5挺，步枪60余支，汽车9辆，炮弹1 000发，子弹20万发，东北流通券4 500元。

辽东军区第4纵队11师主力31、32团向守备桓仁的国民党新6军新22师66团3营发起进攻，占领该城之东南关，并毙、伤、俘国民党军132人。

1947年2月中旬，辽东军区第4纵队第11师于桓仁县沙尖子地区奉命将第33团拆编，补充加强了第31、第32团。

1947年2月16日，辽东军区第4纵队第11师连续与国民党第25师1部遭遇于宽甸县黄花甸子、五道岭子，我第11师均将敌击溃。

1947年2月19日，辽东军区第4纵队第11师进入本溪县碱厂以东红土甸子，做歼灭碱厂镇国民党守军的准备。

第三部分 我在"四保临江"战役中

1947年2月20日，15时，辽东军区第4纵队第11师开始攻击本溪县碱厂镇国民党守军207师620团1个加强营及保安团1个营，次日全歼敌军。

1947年2月23日，辽东军区第4纵队第11师为配合正面战场三保临江作战，昼夜兼程向安沈线突击，一路力排国民党地方武装的阻拦，摆脱敌新6军14师主力之合击，出其不意地袭击了安沈线上、下马塘车站之敌，歼灭国民党保安团100余人，破坏下马塘南芬段铁路及桥梁、隧道，并迅速越过安沈线，进至辽阳县河沿、甜水站。

1947年2月24日，辽东军区第4纵队11师越过安沈铁路后，被敌第新6军14师跟踪追击。为摆脱合围，部队被分成两路重返安沈线以东，由政治部主任吴宝山、参谋长杜彪二同志率第32团及部分机关人员于当日夜由本溪市南芬、本溪县下马塘两车站之间越过安沈线，向本溪县碱厂方向前进，吸引敌人第14师兵力，掩护主力行动。

1947年2月25日，辽东军区第4纵队第11师主力第31团和机关大部分人员及直属队，由师长蔡正国、政治委员李丙令率领，于凌晨由本溪市南芬出发，预计于凤城县通远堡以西越过安沈铁路东进。

1947年2月26日，国民党第新6军第14师主力、第52军25师（被歼后重建）一部与其保安第11支队向我第4纵队第11师第31团、机关及直属队合围。当日黄昏，我第11师主力行至凤城县七日地与敌第14师工兵营遭遇，一举将敌击溃。我第11师第31团前卫2营、3营连夜突过安沈线，师直属队、机关、31团1营则被阻拦未能通过。拂晓后，该部即转入山区隐蔽，突围后向凤城方向挺进。

1947年2月27日，辽东军区第4纵队直属队、机关及31团1营突破国民党合围，趁夜急进至凤城以西之雪里站，出其不意地越过安沈线向东兼程急进。

1947年3月1日，辽东军区第4纵队第11师直属队、机关及31团1营行至宽甸以南大小荒沟时，被国民党第52军25师一个团及保安第11支队合围，我11师师部即令第31团1营及师警卫营迅速抢占大荒沟北山夺路北进，冲破合围。突围中，我31团1营教导员——纵队著名战斗英雄丛德滋光荣牺牲。

1947年3月2日,辽东军区第4纵队第11师机关直属队及第31团1营进至宽甸县红石砬子再遭国民党军第25师1部及保安团合击。此时,我第11师机关、直属队及第31团1营因日夜行军作战,伤亡掉队的人很多,两个步兵营每营只剩下100余人。但是,他们仍与敌人奋战,冲破合围,脱离了险境。

1947年3月7日,辽东军区第4纵队直属队、机关及第31团1营进至宽甸太平哨以西青沟子地区与师部会师。该部自越过安沈线以来8个昼夜未眠未休,行程250公里,作战9次,8天只吃7顿饭,冲破国民党数次合围。辽东军区对该部致电嘉奖,决定给第11师全体参加第二次挺进敌后作战的指战员每人记一功。

1947年3月16日,辽东军区第4纵队第11师奉命向桓仁城国民党守军再次发起进攻。在第12师第36团的配合下,经一夜战斗,守敌第52军第2师4团一个营弃城向新宾县永陵方向逃跑。在追击中我军俘敌60余人,缴重机枪4挺、轻机枪6挺、长短枪30余支,收复了桓仁县城。我第11师第32团奉辽东军区命令驻守桓仁,其余部队东进四道江地区与纵队会师。

1947年3月28日,国民党第新6军第14师到桓仁县八河川一带后,经大清沟门向桓仁进攻,被我第4纵队第11师32团阻击于浑江两岸。

以上是中共吉林省委党史工作委员会整理编撰的有关我们第4纵队第11师在"四保临江"战役中发生的大事。

四

第一次临江保卫战

(1946年12月14日—1947年1月20日)

(一) 接受任务，第一次插入敌后

"四保临江"第一次保卫战发生的时间是1946年12月14日至1947年1月20日。

我们第4纵队11师的师长是蔡正国，政委为李丙令，副师长为周光，参谋长为杜彪，主任为吴宝山；第31团团长为张东林，政委为马杰；第33团团长为朱永山，政委为潘德表。

在部队准备出发行动前，为加强作战部队的干部力量，12月中旬，纵队命令我由11师政治部组织科调回第32团，任团副政委兼主任。当时的团长是曾志林，政委为倪韶九，副团长为朱玉山，参谋长为熊明。

1946年12月18日，我们第4纵队根据上级命令立即插回敌后。10师、11师、12师这三路大军已全部跳入外线，像三把利刃插向敌人的心脏，对国民党后方守备重点宽甸、桓仁、凤城、赛马集地区及安沈铁路两侧进行远程奔袭。

第4纵队第12师为先遣部队，师部率领34团从横路、台山经过7天的急行军，20日到达了八里甸子，歼灭敌人的地主武装300多人；28日转战通远堡以西隆昌州。1947年1月13日，歼灭三家子守敌独立9师一个运输连及大团一部30多人。我第12师在敌人心腹地区的出现使敌人感到心惊肉跳，又纠集了第14师、24师合击我第12师，并有敌独9师、10师配合跟踪了解我第12师的去向。我第12师避开后，南下至耐马峪，又招致敌第22师第66、65团的追击。我第12师摆脱敌人

后，在一面山与我独1师会合，后来一直活动在旅大苏军占领区占屯堡一带，真的就像大闹天宫的孙悟空一样，搅得敌人坐立不安，在敌后开辟了一块属于我们自己的根据地。

第4纵队第10师于12月18日从东升堡出发，一路向西，经过梅（河口）辑（安）铁路，在西进的途中迫退了东昌台守敌，后挺进本（溪）抚（顺）营（盘）三角地区。23日，攻克了平顶山。第10师第28团第1、3营于27日在攻克苇子峪守敌时，全歼敌保2团4连及我叛变的民兵70余人。第10师第28团在攻打苇子峪时伤亡很大，伤31名，亡11名，冻伤40余人。29日，第28团配合第29团歼灭碱厂守敌保2团第1、2营。31日，我第10师第29团向敌保2团、保11团进行攻击，敌人溃逃，我第29团在追击中俘敌92人，毙、伤敌30余人。在此期间，我第4纵队第10师完成了上级交给的任务，使抚（顺）本（溪）地区的敌人受到威胁。

我所在的第4纵队11师在师长蔡正国、副师长周光、政委李丙令率领下，由第4纵队政委彭嘉庆、副司令员韩先楚、副政治委员刘澜波及欧阳文亲自指挥，于12月18日由临江县六道江一带防地出发，越过梅（河）辑（安）铁路、通（化）永（陵）公路向敌后开进。

下面是我第4纵队11师与32团所经历的敌后作战经过：

我们第4纵队32团为了能尽快插入敌后，每天行军数十里，甚至百里。战士们冒着严寒，艰难地爬过了鬼门关、滚马岭、擦屁股岭等大大小小的山脉。由于战士们穿着单薄，每天都有很多人冻坏手脚。当时，部队不懂御寒的保暖知识和措施，干部、战士基本上人人都有冻伤，手上、脸上、耳朵上都有，脚上尤为严重。冻伤初期红肿麻木，然后奇痒无比，但这是轻的，严重时皮肤会溃烂坏死。因此，很多指战员冻坏了手脚，落下了终身残疾，有的甚至献出了生命。由于连续在冰天雪地里作战，部队的战斗减员非常多。我们做过统计，那个时期部队减员的原因中冻伤超过战伤。

更可怕的是由于严寒，与敌人展开战斗时，我们的轻重机枪打不连响、步枪手枪打不响。那时，我们的指战员本身就没有充足的御寒衣物，但他们宁可自己受冻也要把御寒的棉衣脱下给重机枪包上，或把被褥剪了包在武器上。因为这些武器在气温太低时是打不响的。

这是我们第4纵队深入敌后作战经历的最寒冷的冬天，对于我们从胶东过来的32团全体指战员来说是从未经历过的严寒。那段时间，我们每天就是行军—打仗—行军，没有时间休整。对付严寒最好、最有效的办法就是别停止活动，在野外行军休息时也要走走跳跳，不停地跺脚，不然，一会儿工夫，鞋袜就会与脚板冻在一起，脚先痛后麻，时间长了就没有知觉了，走起路脚就像两个冰坨撞击在冰雪路面上。我们的领导干部根本就不能长久地骑在马上，因为在马上不活动，一会儿就会冻僵。另外，到了宿营地后还不能直接用火烤身体，要先用凉水或雪搓洗，把手脚搓热后才能到火边取暖。在敌后，我们宿营的地方条件很艰苦，经常露宿在荒郊野外，天当被雪当床。如果宿营地有老百姓就会好一些，可以向老百姓讨一点儿酸菜水泡一泡手和脚，而且连队的炊事班会把炼好的猪油分发给大家抹在冻伤处。别说，这些土办法有时还真挺管用。部队每到一个大点的地方就会到处找当地的老百姓想办法买些猪肥肉炼油，给战士们治疗冻伤。

当时，部队一直在零下三四十摄氏度的严寒天气里行军打仗。过雪山的时候，我们走的都是羊肠小道，积雪覆盖着蜿蜒崎岖的山路，眼前白茫茫一片，分不清哪里是路，哪里是陡坡，一不小心就会掉进深深的沟壑里去。有一次部队紧急转移，军马拉着装满炮弹的车艰难地在山上走着。在过一个胳膊肘弯时，军马一下子踩到路边的雪沟里，一只蹄子刚滑下去，连马带炮弹驮子一块翻到山涧里了，牵马的战士差一点儿被带下去。炮弹被半山腰的两棵树挡住，我们却无法把炮弹弄上来，军马连影子都不见了。我们很心疼那匹军马，因为它与我们一同征战，一同行走在这冰天雪地里，它立下的战功不比我们少，也是我们的战友！

我们行军的目的地在军用地图上一目了然，可是部队一旦钻进山林子里就分不清东南西北了。所以，我们在行军前一是靠熟悉这一带地形的抗联老战士、老侦察员和地方武装工作队的同志带路，二是找当地的住户当向导。那个时期，敌情、社情非常复杂，找来带路的向导也良莠不齐，有的故意带我们绕远路、走弯路，有的把我们带进林子里就跑掉了，还有的干脆拒绝为我们带路。因此，在紧急、错综复杂的情况下，部队里偶尔会出现抓向导、打骂向导的事儿。日后我在总结这一段工作情况时找出了根本原因，就是我们领导干部对部队违反纪律的现象（打骂向导等）未能及时发现、及时纠正，对部队的纪律教育抓得不紧，工作做得不够深入和细致，使部队个别违反纪律的现象在群众中造成了不良的影响。

就是在这样恶劣的环境下，我们32团指战员背负着重担和重任艰难地行走在冰天雪地里。在没膝盖的大雪中行军，有的战士没有棉衣，就裹着棉被、毯子挺进敌后作战，领导干部们都将自己的军毯剪成一块一块的，送给战士们包脚。我的棉被、军毯都送给了战士们。这样也好，晚上与战友合盖一床被子，互相还能取暖。

第4纵队宣传科科长姜克曾回忆说，由于任务的突然改变，要插入敌后，大家倒更觉高兴！但目前困难重重，首先要解决的仍然是防寒问题。北方的冬季真是奇寒呀，室外温度经常在零下40摄氏度左右，可是冬装还远没有补上，很多战士冻坏了手脚。

吃的问题更是困难，战士们兜里揣的都是冻得跟石头一样硬的玉米饼子，咬是咬不动，只能啃。但是，啃到嘴里的饼子都带冰碴儿，有些胃不好的人就将啃下来的冻饼子渣儿含在嘴里，在嘴里含热了再咽下去。炊事班在行军中更是艰难，平时给部队烧水做饭，战斗紧张时他们也要拿起枪与敌人作战。有一次，我们暂时甩掉了敌人的追击，正在一片树林里休息。我去周围几个伙食单位看看，了解了解伙食情况和勤杂人员的思想情况。到了一个连队的营地，我就看到炊事班在雪地里架起了几个铁皮做的炉子。几天行军下来，部队的战士们好几天都没吃到热乎的饭了，所以炊事班就想熬点粥给战士们就着冻饼子吃。当时，我就和他们一起捡树枝、干草点起了火。大锅里装满了雪。不一会儿，雪化了、热了，就把从老百姓那里买来的玉米面倒进锅里。可是，就在这时部队又接到了出发的命令，要求马上集合前进。炊事班里所有的人看着这两锅没做好的粥不舍得倒掉，他们就把平时做饭用的火炉用铁丝拴上两头，再用粗一点的木棒穿上，由两个人一前一后抬着，再用粗铁丝围在行军锅的边沿处，上面两边也穿上木棒，又由两个人一左一右抬着。但是，抬炉子的人和抬饭锅的人必须步调一致，饭锅才能保证在炉子上面。就这样，边走边做饭，有人负责往炉子里添柴，有人负责搅拌。那次的粥是做好了，因为是稀饭，做熟时也洒得没有多少了。后来，这个炊事班经常在途中做饭，但都是干饭。他们管它叫作"行走的饭锅"。

12月22日，我们32团全体指战员第一次在穿插敌后的战斗中攻克了桓仁县二胡来钓鱼台。

这次战斗是我们在向目的地奔袭的途中遇上的。对方是敌人的一股地方部队。在这次战斗中，我们抓了一些俘虏，但因为急于赶路，所以对俘虏进行了一番政治宣传教育后就释放了。没想到的是，这些俘虏回去以后马上给敌人通风报信，说我主力部队向他们的后方开去。敌驻沈阳的东北司令长官部接到此消息后如坐针毡。我们的这一小小动作给了敌人一个信号，让他们切实地感到我们这把利刃已向其心脏刺去。

12月25日，我们第4纵队11师32团攻克了宽甸县双山子守备据点。

12月30日，向我临江地区主战场进攻之敌因后方受到我第4纵队的威胁，不得不变更战斗部署，缓攻临江，抽调第91师、新22师1部回援抚顺、本溪、凤城，配合第14、整207师守备队寻找我第4纵队作战。

（二）牛毛坞战斗

1946年12月31日，我们第32团参加了牛毛坞战斗。这是一次让人难以忘却的战斗，过去了这么多年我依然记忆犹新。

记得那是1946年的最后一天，我们32团和33团一同接受了攻打牛毛坞的战斗任务。

牛毛坞当时是敌占区，敌人大举进攻临江后，原驻防的国民党军主力集中东进"围剿"南满我军主力，将牛毛坞这一据点的防务交给了国民党拼凑组建的地方武装大团。

牛毛坞是当时的战略要地，公路四通八达，是连接南满安东、灌水、辑安、桓仁、通化的交通要道的中心路口，又是国民党军的一个重要军事补给点。因此，如果占据了它就等于截断了安东通往通化的公路，就能把疯狂向我临江进攻的国民党军主力后方物资补给线给切断。

牛毛坞镇地处一个小山洼里，依东山坡而建，四面环山。镇子西侧有一条干涸的小河沟，南侧筑有一道土围子。土围子是用土堆起来的胸墙，里面建有一个两层楼高的寨门垛口，围子外面就是积雪覆盖的庄稼地，零星坐落着几间小土坯房。辽东的交通要道安东至通化公路就在镇子南边通过。

这里的国民党大团匪徒有二三百人。虽然人数不多，但大多数是这一带当地的地主恶霸、伪满洲兵、伪警察、山匪。这些兵痞反动气焰非常嚣张，他们躲在围墙内向我们挑衅、打冷枪，而且枪法非常准。这帮匪徒误以为跟他们作战的是我地方武装，万万没有想到我们是插入敌后的主力部队。

战斗打响后，我第33团从西北方向攻打牛毛坞。由于镇子不大，我们32团在东南边大路一线进攻。纵队韩先楚副司令员自从插入敌后以后一直跟随着我们32团作战，这次他又亲自带领我们32团包围了牛毛坞的土围子。在离围子只有三四百米远的时候，由于我们团领导战前准备工作不充足，战时组织指挥又不严密，加之正面地域小，又是开阔地，而部队人多，施展不开，队伍很难靠近敌人。

这时，我第33团在西北面已经和敌人接上火了，枪声、爆炸声响成一片。韩先楚副司令员看到我们32团还未展开攻击，火冒三丈，推开团指挥员，站在公路边的开阔地上直接指挥调动部队。

我一直跟韩先楚副司令员在一起，因为离围子太近了，所以敌人疯狂地朝我们射击。然而，韩先楚副司令员全然不顾危险，依然站在开阔地指挥战斗。我见状立即和参谋、警卫员把他拉进了临时指挥所的小土屋里。他进到屋里后，火暴脾气上来了，一把推开了指挥员，直接向部队下达命令，让在前沿的部队用轻重机枪向围墙上的匪徒进行猛烈射击，压制敌人的火力。接着，他又命令部队把一门山炮推上前去，要求推得离垛子越近越好。战士们立刻把山炮推到了离寨子垛口只有百十米的地方抵近平射，接着，只听到"咣咣"两声炮响，垛口就轰然坍塌了。瞬时，枪声骤然停了下来，围子上的敌人一个都不见了。当我们冲进据点里后，里面的敌人还在东躲西藏顽固不降，有一些敌人躲在镇子里的各个角落拼死抵抗。

韩先楚副司令员此刻急红了眼，他又给我们下了一道命令："这围子里面的匪徒一个不要留！全部消灭！"听到韩先楚副司令员的命令，全团的指战员勇猛地杀向了敌人。

当我们32团部队冲进镇子里时，从西北方向攻击敌人的33团的战斗还在激烈地进行着。镇子西头有个二层小炮楼挡在屯子边儿上，炮楼里有二三十个敌人据守，拒不投降。炮楼里面有一挺重机枪、两挺轻机枪，都在疯狂地向外扫射。土匪们用手榴弹、炸药包向外投掷，阻止我33团进行爆破。33团的战士们勇敢顽强，不怕牺牲，用炸药包轮番爆破，终于炸塌了碉堡，攻进了镇子里。

当我带着警卫员从打开的垛口进到镇子里时，战士们已经在追击四处逃窜的匪徒了。我和警卫员走在街上，警卫员姜子修突然发现岔路口坐着一个人，他便立即把我推向一边。这个人靠着墙坐在地上，腿上搁着枪，一只手还放在扳机上，看着我们老远就扯着嗓子喊："八路长官饶命！饶命啊！"原来是一个腿上受伤跑不动的老土匪。我对身边的警卫员小姜说一声："别让他叫唤了，送他回'老家'吧！"枪响处，土匪应声倒地。这个人要是真心想投降，那就应该立即扔掉手中的武器。

牛毛坞镇的国民党大团匪徒是由当地的地主恶霸、地痞、伪满汉奸和山里的惯匪组成的。他们因为有国民党正规军撑腰，所以无法无天、无恶不作。这帮匪徒在我军后撤北上时就占领了这里的交通要道，专门袭扰我们过往的小部队，枪杀我们的伤员和零散掉队人员，打劫我后方存储的物资。他们平时横行乡里，鱼肉百姓，在附近的屯子里夺地要粮，闹得这一带百姓民不聊生。另外，那些地主还乡团专门"围剿"我地方政权，杀害了我大批地方区干部、民兵、土改积极分子还有当地入伍战士的亲属。可以说，这些人不杀不足以平民愤。牛毛坞这一仗给这个地区的国民党地方势力大团、土匪、自卫队以沉重打击，扩大了我军的政治影响力，赢得了民心，对牵制国民党主力东进临江也起到了重大作用。

打下牛毛坞，我第33团在朱永山团长的带领下，抓住了一些俘虏。当时，纵队敌工部部长李显同志正带着武装小分队坚持在这一带打游击。他代表桓仁县政权、人民政府在牛毛坞召开了群众大会，公审枪毙了一些首恶分子，其中就有罪大恶极的敌保安团团长王永禄。

这次战斗中，第33团伤亡了十几名战士，我们32团基本没有损失。

牛毛坞战斗歼敌百余人，沉重地打击了这个地区的国民党地方势力，扩大了我军的政治影响力。

（三）伤病员誓死不离开部队

1947年1月4日，牛毛坞战斗之后，我们32团向宽甸县永甸国民党守军第52军26团一个连及警察大团三百余人发起了攻击，并全歼敌人。在转兵东进时，途中遭遇敌人援军国民党第52军第2师6团一个营的兵力的攻击，我们又将其击溃于宽甸县蒿子沟。

1月18日，我们第32团冒着零下四十多摄氏度的严寒在大蚊子沟配合第3纵队伏击南逃的国民党第2师两个步兵营及炮兵营的敌人。这些国民党兵抗不住天寒地冻不战即逃，我们追击30公里后返回。在这次伏击战中，我部战伤者近20余人，而冻伤者达到了400余人。

在"四保临江"第一次插入敌后时，我们遇到了许许多多的困难和问题。主力部队深入敌后打游击，整天行军作战，没有根据地，没有后方的支援，一旦有战士受伤，就只好把他们留在附近的老乡家里养伤，等到我们回来收容伤员时，才发现有的伤员被敌人保安大团自卫队的匪徒搜出来送到国民党军那里邀功请赏；有的伤员被土匪抓住后捆起来挂在屯子路边的大树上，这些伤员在山区零下三四十摄氏度的气温下活活被冻死。敌人的残暴行径真是令人发指！

后来，无论怎样困难，我们都要把受伤的战友带上。在条件稍好一点的情况下，我们就让征集来的民工和花钱雇请的当地的老百姓用担架把他们抬到后方医院治疗。当时，在战斗中负了重伤的指战员都被送到鸭绿江边一个叫白菜地的村子——那是我们后方的临时兵站，一部分视战况再转运到朝鲜。

我们32团的冻伤情况非常严重，每个人身上都有冻伤，只是轻重不等。大家的手脚都冻坏了，还有的战士脸冻出了泡，泡破了就流脓、流血水，脓和血水很快又被冻在了一起，整个脸就像戴了个冰罩，皮肤成了黑色，全无知觉。冻伤的战士不能走路，不得不离开部队，去后方医院治疗。这些重伤员临走时都是恋恋不舍地离开部队、离开战友，而留在部队的战友也是依依不舍。他们把放在怀里温着的冻饼子、在雪地里抠出的玉米粒、在敌人那里缴获的罐头等都拿出来送给重伤战友带着。我看着那些躺在担架上的战友，心里总有些酸楚的感觉，盼着他们早日归队。

第一次保卫临江战役结束后，我们认真地进行了经验教训的总结。这一时期，南满由于根据地缩小，部队回旋余地小，而且敌后广大地区伪满遗留的反动势力较强，主要交通干线多被国民党军控制，致使伤员送往后方存在许多困难。为此，东北民主联军总部于1947年1月5日发出关于南满敌后活动的八条指示，其中在第八条中特别提出，在作战地区要说服群众掩护我伤员安全，并注意隐蔽（找山林单独房子、窝棚或地主担保的山沟），凡能送往后方医院的，争取转运。同时指出，伤兵处理是目前部队政治工作中心任务之一，不要只委托少数医务人员去做。

在后来的插入敌占区作战中，我们把伤员安置工作当成首要的政治工作任务去完成，由团军政领导亲自来抓，制定了相应的稳妥措施，所以我们的伤病员都被照顾得很好。待我们的部队转回来收容伤员时，伤员们都很健康地归队了。

我南满民主联军各部经过了35天的艰苦奋战，第一次临江保卫战于 1947 年 1 月 20 日结束。

自从我们第 4 纵队分数路插入外线作战以来，全体指战员在冰天雪地里克服了零下 40 摄氏度的严寒，在缺少御寒物品，敌情侦察不易，伤员不好安置，遍地是地主武装的重重困难之下，与敌后方国民党军作战 50 余次，攻克据点 40 余处，累计歼敌 1 000 余人，缴获轻重机枪 20 余挺，使宽甸以北、碱厂以东、救兵台以南、桓仁以西 75 公里地区见不到敌人的踪影。

至此，国民党军第一次进犯临江的计划宣告破产。为此，辽东分局给予我们第 4 纵队嘉奖一次，并在嘉奖电报中指出："第 4 纵队在新开岭大捷不久，又奉命插入敌后，在冰天雪地中勇敢地向敌后出击，大量地歼灭敌军，攻克据点几十处，在广大地区内摧毁了敌人的统治，振奋了敌后人民对敌斗争精神，完成了任务，在坚持辽东斗争中起了重大作用。"

五

第二次临江保卫战

（1947年1月30日—2月8日）

（一）第二次插入敌后

第二次临江保卫战打响的时间是1947年1月30日至2月8日。1947年1月20日，"四保临江"战役初战告捷。陈云在中共辽东分局召开的扩大会议上说，敌人对我们的进攻现在是失败了，我们的任务是再接再厉地粉碎敌人新的进攻。

第一次保卫临江战役胜利结束后，我第3纵队和第4纵队、各独立师及省军区、军分区的部队抓紧了战略休整和补充，重整士气，部队的干部战士在艰苦中磨炼意志，在失败中总结教训，找出了在第一次战役中存在的问题。

记得我在当年总结了两点大的经验教训：

一是领导干部思想顾虑多，政治工作没有开展好。另外，害怕部队因作战多、伤亡太大而无法处置伤员，尤其是很多伤员在养伤期间死亡，使广大指战员有了心理阴影。

二是怕完不成上级交给的任务而受批评，因此在行动上过于谨慎，导致战斗中不够积极、大胆。特别是牛毛坞一战，本应全部消灭敌人，但因为战前准备工作不充分，组织不严密，所以任务完成得不好。经验和教训都是在血与火的战斗中、雪与冰的环境下，我军指战员用生命换来的。我们32团的全体指战员利用战役间隙又重温了七道江会议精神，统一了思想，进一步明确了坚持南满斗争，保卫长白山根据地的重大意义。同时，陈云在讲话中为我们分析了目前敌方的情况，为我们指明了方向。

1947年1月30日，南满国民党军在第52军军长赵公武的指示下，重新调整了部署，又集中第52军、第60军和新1军各一部5个番号3个师的兵力，为实现其进犯计划，打通通化与柳河之交通，保住通化这个向我根据地进犯的前锋基地，分成4路向我临江地区开始第二次进犯。

敌主力部队第195师的583、584及585团1月2日分别进至哈泥河、大龙爪沟、二密河口、小荒沟口、闹枝沟、高丽城子。1月3日，第583、584团主力继续进入高丽城子以东小荒沟口。第585团一个营进干沟子，一个营进柞木台子和碱厂沟，搜索连和运输连到达横道河子和闹枝沟一带，目的是扩大前进基地，并迁回八道江。

敌人的新22师第64、66团一部协助第195师作战。

敌第2师第4、5团策应第195师作战。

敌整207师1旅3团增援第195师。

敌暂21师第2团配合第195师作战。

针对国民党军的进犯部署，辽东军区首先命令我们当时留驻在青沟子一带的第4纵队11师于1947年1月30日再次插入敌后，向宽（甸）、桓（仁）、辑（安）三角地带挺进，以迷惑、牵制国民党军，同时命令坚持在敌后斗争的各部相继出击。

这也是我们11师第二次插入敌后作战的开始。

在我第3纵队与敌人第195师在主战场激战之时，第4纵队第10师主动采取积极动作，向通化外围小庙河、青沟子、二道口及三道口的敌人发起佯攻，钳制住敌新22师和敌第2师，阻止他们增援195师。1月6日，敌整207师第1旅第3团及保安团1部为策应第195师作战，由新宾抵三源浦。敌暂21师一部于柳河南下四道沟、五道沟。1月7日晚，敌第2师主力进到通化与新22师会合，但都被我第4纵队主力钳制，使他们无法增援第195师。

（二）桓仁县关门砬子战斗及通化小荒沟策应战

在第二次插入敌后期间，我们的活动开展得比较顺利。

32团随11师在插入敌后的日子里和上级的通信联系主要是依靠无线电台。团里配备有电台、机要人员，当部队每到一地休息时，电台人员最辛苦。他们首先要架起电台、天线，及时和上级、友邻电台联络。毛主席抗战时期就给我军通信战士题过词："你们是科学的千里眼、顺风耳。"在那个年代，我们团这一级的电台都是要求和总部、辽东军区、纵队直接联络。后来，中共中央党史资料出版社出版的《阵中日记》中还专门记载了第32团上报给东北民主联军总部的电文。

我们在敌后作战，从上级电台传来的敌情通报都非常准确、及时。那个时期，上级的情报工作做得非常好。每到一个地方，上级会立即确定我们的位置，并首先向我们通报敌情，如敌人在哪个方向，敌军的部署、什么番号、离我们的距离有多远，等等。由于情报准确，我们在敌后重兵围困之下，大多时候都能及时摆脱困境，战胜敌人。

1月31日是我们第4纵队11师第二次插入敌后作战的第二天，我们在桓仁县关门砬子与敌人第52军2师5团1营有一场伏击战。

原11师通信科曲克泮同志回忆："1947年1月下旬，我们师穿插到辑安西南方向。因天气寒冷，有线通信无法接通，我们利用了当地现有的架空明线。碰巧的是，我们从敌人的通信中得知国民党军有一批物资从宽甸运往辑安。我们甚是兴奋，将这一情况立即报告了蔡正国师长。经研究后，师长决定夺取这批物资。师长命令31团从正面截击，32团从后面围堵。我们在敌人的必经之地做好了埋伏，敌人毫无防备，只有约一个营的兵力押着物资车队缓缓开来。我们两个团突然出击，消灭了押运的敌人，轻而易举地夺取了敌人的这批物资——大部分是弹药、食品、药品，我们部队的物质生活着实得到了一次改善。"

这就像一首歌里唱的那样，"没有吃没有穿，自有那敌人送上前"。这是我们11师在桓仁县关门砬子打的一场漂亮的伏击战（又称通化蚊子沟伏击战），毙、伤、俘国民党军110人，缴获迫击炮2门，轻重机枪5挺，步枪60余支，汽车9辆，大车28台，各种炮弹1 000多发，子弹20多万发，东北流通券4 500多万元（送给了军区）。这次伏击战打得漂亮，人有了吃的，枪有了子弹，指战员们真的是心花怒放了好一阵子。那年春节，大家过了一个好年！

  2月6日，我军主力在通化小荒沟与敌人91师作战。为了取得胜利，我们必须将桓仁守敌拖住。我第4纵队第11师蔡正国师长率领我们第31团、32团于当日连夜由辑安一带向桓仁奔去。2月8日傍晚，趁桓仁原守敌第19军进驻通化小荒沟地区，新守敌第22师第66团3营刚刚进驻桓仁之机，我们就向桓仁守敌发起了进攻，很顺利地就占领了桓仁城东南关。经过一夜的激战，因为敌人援军赶到，我们才在2月9日拂晓撤出战斗。此次战斗，毙伤敌人100多人，俘敌32人，毁敌汽车3辆，配合我军主力在通化小荒沟歼敌取得了胜利。

（三）战虎斗熊

  在第二次插入敌后时，我们第4纵队第11师32团正是非常困难时期，无吃无穿无后方，每天都在寒冷的大山里急行军，经常遇到山里的野兽。记得有一次，我们在途中遇到了敌人的拦截。那次，我带着几个战士到山上侦察敌情，与一只老虎正面相遇。因为我们都是从山东平原地区来到东北的，老虎这个庞然大物都只在故事里听到过，哪见过真家伙呀！几个战士吓得不知往哪儿躲好了，既怕暴露目标，又不能开枪。我当时心里也很慌，不知道该怎么办。我压低声音向几个战士说道："不要动，像白桦树那样站直。如果老虎过来，我和老虎拼，你们几个迅速散开，继续侦察，就是剩下一个人也要把情报送回部队。记住，一定不要开枪。如果敌人听到枪声，我们的部队就会全军覆没。"老虎离我们不到10米远，我一声令下，几个战士一齐向后倒下，就势滚进低洼的雪窝里。我的个子很高，又瘦，身边正好有一棵和我差不多高的白桦树，我就笔直地站着，身上落满了白雪。我用眼睛盯着老虎，8米，

6米，3米……当我正要捡起地上的树棍时，老虎突然向右走了。这时，我提到嗓子眼儿的心一下子放进肚子里。事后我分析了老虎为什么向右转了，一是我像极了一棵白桦树，二是右面可能有更好的猎物，三是老虎吃饱了。这次侦察任务我们完成得很好。

部队在深山老林里行军，战士们经常几天都吃不上饭。有一次，我们在离桓仁不远的一座大山上宿营。那时，正是冬天里最冷的时候。那天，战士们在山上休息烤火，突然从一个枯树洞里窜出了一只大狗熊。估计也是饿急眼了，它"呼"地就朝篝火边烤火的战士们猛扑过来。幸亏负责警戒的炮团战士警惕性高，发现得早，几枪就把它撂倒了。就这样，五六百斤的狗熊肉被抬回部队，部队战士们实实在在地饱餐了一顿。熊胆很宝贵，上交了；4个熊掌送给了陈云和萧劲光，他们又把两个熊掌送给了电台机要人员，把剩下的两个熊掌送给了炊事班。炊事班用这两个熊掌给大家做了一顿熊掌炖白菜粉条，大家吃得像过年一样！现在回想起来觉得挺好笑的，在那么艰苦的战争年月，还能吃上熊掌炖白菜，真是奇迹呀！

这就是我们32团在第二次临江保卫战期间第二次穿插敌后参加过的比较大的战斗。

我们第4纵队与辽东军区主力部队利用内外线相互配合，经过9个昼夜的连续作战，打赢了这次保卫战。此战歼敌5 200多人，缴获大批枪械弹药，改善了我们东北民主联军的装备，粉碎了国民党军第二次进犯临江的计划，重新控制了通化到柳河之间的大片地区，再次保卫和巩固了长白山根据地，迫使敌人不得不从北满将第91师调回南满。

第二次临江保卫战的胜利，对我们所有参战的指战员都是一个极大的鼓舞，振奋了人心，激励了斗志。

六

第三次临江保卫战

（1947年2月13日—2月24日）

（一）第三次插入敌后

国民党东北保安司令长官司令部两次进犯临江均以失败告终，但他们对临江野心不死，仍在策划新的进攻计划。

两次临江保卫战的胜利，大大地鼓舞了战士们的士气，部队装备也得到了充分的补充，并在通化开辟了战场。同时，老百姓们看清了国民党的阴谋，向共产党靠拢。国民党遭到连续失败后，机动兵力所剩无几，杜聿明感到末路已到。受形势所迫，杜聿明认为目前还是实行"先南后北"的方针。于是，杜聿明趁我北满一下江南结束之际，又纠集了几个师，对临江发起进攻。

随即，国民党东北保安司令长官司令部调动4个师的兵力分成3路向临江及长白地区发动了更大规模的进犯。敌人由能征善战的国民党东北保安司令长官司令部长官杜聿明亲自坐镇指挥，指挥所设在通化。

敌人的4个师兵力和具体进犯情况是：敌中路第71军第91师是进攻临江的主攻部队。敌左路第60军暂编第21师加强第2团（附山炮营）配合中路主攻部队作战。敌右路第60军第21师第4、第6团配合主力第71军第91师向八道江突击。新22师（欠第65团）策应主力第91师，保证主力右翼安全。第195师残部仍防守通化，做预备队。第14师一部配合辑安第2师第5团防堵我军西进。

根据敌人的进攻部署，我辽东军区决定集中第3纵队主力先打敌人第60军的暂编第21师加强2团。同时，我们第4纵队政委彭嘉庆、副司令员韩先楚统一指挥第 4 纵队第 10 师、第 12 师 36 团及第 3 纵队的第 8 师计 7 个团的兵力，正面防御大荒沟、小荒沟、四道江、六道江沟门一线，堵击通化之敌第 2 师及第 195 师北援，并相机阻击敌人第 91 师南犯，配合我第 3 纵队歼灭进犯之敌。再同时，我们第 4 纵队 11 师继续向安（东）沈（阳）两侧扩张，拖住敌人第 14 师。我们第 4 纵队第 12 师及辽南独一师主动向北面出击，寻歼弱敌。我辽宁独 2 师进围辉南，扫除外围之敌。我辽宁第 2 军分区部队破坏朝阳、磐石路，安东第 3 军分区部队破坏宽甸、桓仁、永陵地区公路及永陵、新宾公路，我第 4 军分区部队破坏凤城、本溪、抚顺地区公路。

敌人第三次进攻临江攻势比前两次更加凶猛。但是，我东北民主联军全体将士英勇抗击，又一次将进犯临江之敌击败。

在第三次保卫临江的战役中，我第 3 纵队与第 4 纵队的第 10 师在主战场上战风雪抗严寒，攀悬崖过陡壁，与敌人展开了殊死的战斗，一次次夺取敌人阵地。在此次战役中，我第 4 纵队第 10 师师长杜光华在腹背受敌的情况下，不畏艰险，亲临前线指挥部队打退敌军几次猛扑。2 月 22 日黄昏，杜光华在通化小荒沟指挥 571 高地战斗时被敌人的炮弹击中，壮烈牺牲，年仅 32 岁。我与杜师长同在第 4 纵队工作。他是四川阆中人，1931 年参加革命，1945 年抗战胜利后随军进入东北。他牺牲后，1947 年 8 月 6 日，通化县、市政府为纪念他，将他牺牲的所在地通化县新安村改名为光华村。1948 年 1 月，又将他牺牲的地区命名为光华区。我第 3 纵队第 8 师第 22 团 4 连 2 班班长周恒农在国民党军溃逃时将敌人第 52 军第 195 师少校副师长何世雄击毙，被辽东军区授予"无敌英雄"称号。我第 3 纵队第 9 师第 25 团 1 连班长高英富英勇机智，追歼国民党军 100 多人，被师部授予"独胆英雄"称号！

在第三次保卫临江的战役中，北满民主联军为配合南满作战，越过松花江，向吉长地区的国民党军发动进攻，使国民党军北线告急，从南满战场调新 6 军新 22 师火速北援。我西满军区为配合南满作战，主动向国民党军出击，先后收复开鲁、库伦、长岭等地，歼灭国民党军 1 600 余人。

在第三次保卫临江作战的同时，我们第4纵队为配合正面部队作战，奉命派出11师由桓仁以南的沙尖子再次向敌后的抚顺、本溪中间地带挺进，第三次插入敌后。我们的任务是破袭安东到沈阳及凤城到灌水的铁路交通线。

桓仁战斗后，我第11师的处境越来越艰难，部队得不到休整，一直在敌后作战，冻伤减员很大，主要战斗连队仅剩50余人，一般连队只剩20至30人。为了适应作战需要，充实连队战斗力，上级决定对第33团进行解散拆编，人员补充到第31团和我所在的第32团。此时，我第4纵队11师仅有这缺编又不满员的两个团。打仗没有人怎么打？兵力不足是摆在我们面前的最大问题。那时我们都非常清楚，多一个人就多一份战斗力，所以我们给纵队和师里连续发电报要求补充兵员，我为此还专门去了趟师里找蔡正国师长、李丙令政委要兵补充我们的战斗连队。

这次作战是深入敌人大后方，也是我们第11师大纵深独立作战，任务十分艰巨。出发前，纵队政委彭嘉庆向蔡正国、李丙令问道："你们有没有决心打胜这一仗？"李丙令坚决地回答道："我们无论损失多少人都要坚决完成任务！"

在挥师向抚顺、本溪挺进的途中，我们第11师31团、32团经历了多次大小战斗。

（二）碱厂战斗

1947年2月16日，我们第4纵队11师32团在宽甸东北黄花甸子、五道岭子与敌第25师一部遭遇数次。我们一次次突破敌人的封锁，直至2月19日，我们第11师才进至碱厂以东的红土甸子地区。为了清除西进道路的障碍，完成牵制敌人的任务，我们准备在碱厂打一场歼敌大仗！

碱厂镇位于抚（顺）、本（溪）、宽（甸）、桓（仁）的中心，是国民党军的重要守备据点和联络点。这里驻扎着敌整207师第62团3

营（加强营）及保安团 1 个营和警察大队，共 1 000 余人。另外，敌人在东元宝山一线高地修筑了防御工事。由于战前我军侦察敌情有误，只报碱厂有一个连的守敌。我 11 师几位首长在一起制定了一套作战部署：第 11 师第 31 团为主攻部队，负责夺取元宝山一线敌人阵地，后进入街内开展进攻；我团（第 32 团）在碱厂以西的九龙口一线分两路，第 2 营攻击碱厂西北山，协同第 31 团歼灭碱厂守敌；我团（第 32 团）主力负责截击向清河城方向逃窜之敌。

2 月 20 日下午，战斗打响了。我第 11 师 31 团按照上级的命令向元宝山挺进。但是，部队刚刚到达元宝山以东的东坊营一线就被敌人发现了，敌人立即向我第 31 团发起猛烈进攻。这时，我第 32 团 1 营迅速向敌人阵地逼近，与敌人展开了战斗。几个小时过去，元宝山以东的 538、536 两高地被我占领。随即，第 1 营 1 连向元宝山攻去，但由于地形不熟，几次冲击都被敌人打了回来，伤亡很大。这时，我第 32 团 2 营迅速接替 1 营 1 连，继续发动攻击，但还是未能成功。我第 32 团 2 营攻打碱厂失利，只有第 31 团 3 营于碱厂东南攻击成功。这时，已查明进攻不利的原因是碱厂守敌不是一个连而是 1 000 多人。在这紧要关头，我们第 11 师全体指战员并没有被敌人多吓倒，师里的几位领导决心不惜一切代价把碱厂守敌彻底歼灭。接下来，我们改变了战斗部署，重新调整了作战计划，将预备队第 3 营分成两队于敌人左右两侧迂回穿插，由里往外打。直到 21 日拂晓，第 3 营 2 连攻占了元宝山，街内也被我完全占领。阵地失守，敌人慌乱逃往碱厂北沟。接着，我第 31 团 1 营、3 营由元宝山向北进攻，2 营迂回至敌右后侧，第 32 团 2 营攻占了西北山，敌人阵营陷入一片混乱。晚上 7 时，碱厂守敌被我第 11 师全歼，毙伤敌人 131 名，俘敌 783 名，缴获迫击炮 2 门，六〇炮 15 门，轻重机枪 39 挺，各种枪支 100 余支，电台 1 部及其他军用物资一批。我第 11 师伤 208 人，阵亡 48 人。

碱厂一仗是我们第 11 师在远离后方、兵员不足、装备欠缺、守敌兵力强的情况下取得的胜利，更是我第 11 师全体干部战士英勇顽强抗击敌人而取得的胜利。这一胜利大大地震慑了敌后方部署的军队，使敌人的新 6 军第 14 师 40 团一部于桓仁县四平街一带急速南进，寻找我 11 师作战。

（三）破袭安沈路，立功受奖

碱厂战斗结束后，我 11 师当天就撤离了该地，避开敌人，甩掉了尾随我师的敌新 6 军第 14 师的两个团，于 21 日连夜向安沈线急进，执行破袭安沈路的命令。当夜，我们就攻占了安沈线的下马塘车站，歼灭敌保安团 100 余人，破坏了下马塘至南坟段的铁路、桥梁、隧道。之后，我第 11 师火速赶往甜水站河沿一带，准备破坏凤灌路。这时，尾随我第 11 师后面的敌新 6 军第 14 师已追至下马塘一带。在任务紧急和后有敌人追击的紧急时刻，我 11 师领导决定兵分两路返回安沈路东，一路由师政治部主任吴宝山同志、参谋长杜彪同志率我团（第 32 团）及师直部分人员于 24 日连夜由南坟、下马塘两车站之间越过安沈路，东返碱厂，掩护师主力行动。我团（第 32 团）在行进的途中避免与敌人发生战斗接触，顺利地回到了碱厂，并争取了一周的时间，让部队进行了休整。另一路是师长蔡正国同志和师政委李丙令同志率领第 11 师第 31 团于 25 日出发执行破袭凤灌路任务。途中，他们在摩天岭东南遇上了敌第 24 师工兵营，与之展开了一场战斗。敌工兵营被我第 31 团第 2 营击溃。由于战斗耽误了部队原计划的过路时间，只好在山上隐蔽一天，26 日夜才过路。前进的路非常难走，山上的积雪很深，部队每天要翻越三到五座山岭，行军速度慢。因此，师里只好决定将第 31 团再兵分两路：由第 31 团团长、政委率主力第 2、3 营及师直指挥机关先过凤灌路；由师长和师政委率第 31 团 1 营及师直警卫营在凤灌路以北山上隐蔽一天，于 27 日夜越过安沈路，连夜东进。这时，辽东军区司令部通报说：敌第 14 师部队距离我只有 15 公里，宽甸城还有敌人新组建的第 25 师及 11 支队。敌第 14 师主力和第 25 师在追击我第 31 团时多次扑空，判断出我部队动向，即命令凤城、宽甸驻军封锁各交通道路，对我进行堵截。在我部队前有堵截后有追兵的时候，师长蔡正国和政委李丙令共同商讨对策，下定决心与敌人血拼到底，并做好了发生意外的准备。部队继续前进，白天没发生意外情况，夜里，我们顺利破坏了凤灌路。部队在战士们疲劳至极之时来到了附近的一个小村子休息了一夜，吃上了一顿热饭。

3月1日，我第31团第2、3营及师直指挥机关在宽甸大、小荒沟被敌第25师一个团及保安第11支队合击，师部即令我第31团第1营及师部警卫营迅速抢占大荒沟西北山和北山，想尽一切办法使兄弟营及师直指挥机关冲出敌人的合击。我第31团1营奋勇冲在前面，将敌人一举击溃，并缴获了很多马匹，抓了一些俘虏，所以我们就用这些马匹和俘虏为我们运送伤员。1营教导员带领3连与追击我部队的敌第14师激战了一天，战斗打得非常艰难，大部分指战员在与敌人的拼杀中英勇牺牲！我第31团副团长王登高负伤，1营教导员丛德滋同志为了掩护师首长与部队安全转移，带领几个人与上百倍于己方的敌人激战，最后牺牲在永甸镇东北方向的无名高地上。

3月2日，我第31团师直等部日夜行军，极度疲劳，战亡、伤亡及掉队人员越来越多，两个步兵营各剩100人左右。这时，部队又在红石砬子遭遇敌第25师一部与保安团的合击。师政委李丙令在红石砬子山口令营长宋太和集合部队点名，这时1营已由300多人减少到只剩下迫击炮、六〇炮及轻重机枪射手60余人。宋太和同志当即以排长的身份向师首长报告人数，师政委李丙令也以指导员的身份接受报告，并向部队讲了丛德滋教导员牺牲的经过。李丙令政委的话音刚落，全体指战员群情激奋，"誓死为丛教导员报仇"成为战斗口号。面对凶恶的敌人，我31团全体指战员发挥英勇顽强的战斗精神和惊人的毅力，不怕牺牲，奋勇突围，下定决心与敌人拼杀到底！师政委李丙令命令宋营长用迫击炮向敌人猛轰！用重机枪向敌人猛射！师警卫营一连指导员张登芳同志带领一个班的战士不顾个人生死，像猛虎一样扑向敌人。敌人看到这种阵势，吓得狼狈逃窜。天黑的时候，蔡师长率领的部队赶到了红石砬子。3月7日，我们第11师在太平哨以西的清沟子会合。

我们第4纵队第11师自2月25日至3月3日第二次深入敌后战斗

8天，只在安宽公路的村子里休息了一宿，吃过7顿饭，仅一顿是热饭，行程250公里，作战9次，歼敌1 400余人。部队战胜了无数艰难险阻，突破敌第14师、25师、整207师及大批保安团队的数次合击，拖住了敌人，成功地配合了我军主力战斗，胜利地完成了任务。对此，辽东军区来电通令嘉奖，给我们第11师全体参加第二次挺进敌后作战的指战员每人记战功一次。后来，部队在休整时，师团为此还召开了总结英模大会，至今我还保留着当时部队指战员当选英模代表的一张合影。

人民功臣（拍摄于1947年5月10日）

在战争年代，评功授奖是一件大事，是振奋军心，提高部队士气的最有效的政治工作。

20世纪90年代，李丙令同志和我通信时还专门讲到这个问题。他问我"四保临江"插入敌后时，辽东军区给咱们每人立过一次战功是否还记得。说实在的，自当兵以来在档案里从来也没填写过立功这项，我也记不清楚了。抗战时期，八路军还没有评功，只有授奖、授光荣称号。解放战争时期，一般都在基层指战员中间评选，师团这级领导立功，就要纵队报到总部由林、罗首长亲自批。我在东北当过11师的组织科长、第4纵队的组织部副部长，曾主管过部队的立功事宜，非常清楚报功的组织程序。李丙令政委的电话、来信多次谈及我们三次插入敌后的艰难历程,我记起来了,辽东军区给"四保临江"插入敌后的部队指战员每人记功的电报转发到我团,好像还是我在全团大会上宣布的。当时,我觉得好像师团干部不应在内。不久后,我负伤离开了11师,以后再也没人提及过此事。我退休后,经常和老部队的领导、老战友见面聊天,谈及最多的就是"四保临江"时在敌后打游击的经历。部队经历过那样的血与火的考验,造就了一支能战胜一切困难、无坚不摧的铁军。现在看来,当年辽东军区给我们11师(31团32团)插入敌后的全体指战员每人记战功一次,这也是我军建军历史中绝无仅有的一次。

(四) 收复桓仁城

在第三次保卫临江战役接近尾声之时,我们第11师完成破袭辽沈路、凤灌路任务,在青沟子休整了一段时间。3月上旬,敌人受到我北满野战兵团跨过松花江南下配合南满军事行动的威胁,不得不调驻扎在海龙地区的暂21师北上,又将新22师(欠65团)、第91师分别由梅河口、营盘调往长春、四平。这时,敌人在南满的兵力显出薄弱,我辽东军区决定乘机配合北满作战,以便发展南满作战局面,进攻桓仁、通化两地守敌。

3月16日,乘桓仁守敌新6军刚刚调离,辽东军区命我第4纵队第11师在第12师36团的配合下,再次向桓仁发起进攻。

敌人闻讯后,立即组织五里甸子、横道川乡的自卫队与我部队拼死抵抗,阻挡我第11师前进的步伐,为他们争取战前准备时间。同时,敌人向附近南杂木一带敌第52军求援一个营的兵力,又集结了桓仁县保安大队400余人、敌警察100余人及各乡自卫队数百人。另外,敌人还仗着桓仁东炮台山上的有利地形和山上山下的坚固工事欲与我负隅顽抗。3月17日清晨,我们第11师一部(有我32团)已迂回到东场家一带,对敌人进行了半包围。战斗开始时,配合我作战的第4纵队12师36团首先用两门山炮向敌人进行连续攻击,敌人的暗堡及工事大部被我摧毁。桓仁城内的敌人听到炮声,没等参加战斗就乱作一团,向西面蜂拥逃去,桓仁县敌县长带领他的残部和部分商民 1 000 余人也夹杂在其中。我军紧追不舍,迫使敌人逃往永陵、南杂木、沈阳一带。3 月 17 日早上 7 时,我第 11 师攻克桓仁县城,俘敌 60 余人,缴获轻重机枪 10 挺、长短枪 30 余支及其他战利品。

之后,我安东省委和第 4 地委进入桓仁东部。3 月 19 日,《东北日报》头版头条发表了我军胜利收复桓仁的消息。

3 月 20 日,桓仁城被我攻克后,通化的守敌陷入了孤立状态。辽东军区继续部署我第 4 纵队 3 个师(第 10 师、第 12 师第 36 团、纵队炮兵团)向通化发起进攻,我们第 11 师在桓仁准备打击西进援敌。

敌人自从占领通化后,就将这里作为他们进攻临江的前线指挥部,守城敌人第 195 师师部也设于市内。通化市北面的柳条沟、椅子山、发电所一带有敌第 583 团守备,通化市东面 406 高地、东南庙子沟、551、671、530 等一带高地有敌第 584 团主力守备,一部守备浑江二亩地、王八脖子、飞机场等地,通化市北大顶子山、西沿江一带阵地有敌第 585 团守备。

因为敌人守备兵力强大,防御设施充分,通化市外围守备地区筑有半永备性工事,通化市内的重要街道、巷口又有很多地堡,所以我第 4 纵队各师、团队苦战至 24 日,部队伤亡非常之大。另外,又因第 4 纵队兵力不集中,没能正确地选择突击方向,且战前侦察不充分,所以炮兵团行进道路受阻,失去战斗作用。当时正值冬末春初季节,遍地积雪未化,炮兵团因行进道路受阻而失去战斗作用,部队前进速度缓慢,导致通化攻坚战斗失败。当时的时间是 3 月 24 日拂晓。

从 2 月 13 日至 3 月 24 日,在我辽东军区内外线作战的相互配合下,经过 40 天的连续作战,第三次保卫临江的战斗胜利结束了。战斗总计歼敌 14 000 余人,收复了辑安、金川、柳河、辉南、桓仁 5 座城市及重要据点 50 余处,扩大了长白山根据地,也大大地提高了部队的战斗力,改善了南满军事斗争局面,由敌攻我守转变成敌退我进。

桓仁城于 3 月 17 日被我收复和通化攻坚战失利后,辽东军区命令我团（第4纵11师32团）留驻桓仁，其余部队全部东进通化以东四道江地区与第4纵队会合。

（五）战斗在桓仁的日子

在我收复桓仁县城后，南满我军取得了第三次保卫临江的胜利，辽东军区根据南满斗争形式，重新恢复了安东军区的建制，并和第4纵队领导机关分开。根据辽东军区指示，我32团暂时调归新建的安东军区指挥，坚持敌后，驻守桓仁城。安东军区当时的领导是司令员沙克、政委刘澜波（安东省委书记兼任第4纵队副政委）、副司令员李福泽（原第4纵队参谋长）、政治部主任赵正洪（后任国家体委副主任）。一直随纵队坚守在敌后斗争的安东省委和第4地委也转移至桓仁地区。

在我们打下桓仁城后，连队向团里报告：在清查收缴敌产时意外地发现了一个敌县政府专营的"大烧锅"（东北当地老百姓对酒厂和烧酒的习惯叫法）。桓仁城里的这家"大烧锅"相当出名，酿制出来的烧酒口感非常好，纯正香醇，而且度数高，现在说起来也算得上是佳酿。接收后，"大烧锅"的师傅、伙计全都留了下来，我们还让它继续出着酒，不停产。我们给师里、纵队都送去了几大桶烧酒。

这件事我记得非常清楚，进城后先头部队报告说缴获了个国民党的"大烧锅"，我就感到挺奇怪，这玩意儿咋能缴获呢？问明事由后，我们几个团领导都挺兴奋，全都跑去看热闹参观了一通，看看这酒是怎么做的。那天，我们几个还小酌了一番。

当时，安东军区刚恢复建制，机关和我们团部都住在城里。军区有一个管理科长听说后，马上跑到这个"大烧锅"看了看，见到烧酒高兴坏了，就在那个烧锅边自己喝了起来。可能是太高兴又不知深浅，所以他就喝多了，一会儿就醉倒在大烧锅旁。酒厂的人发现后还以为他被人害了。

在"四保临江"三次穿插敌后期间，我们11师的指战员缺衣少食，在零下三四十摄氏度的天气里连续行军、作战，有的指战员曾3天不进一餐，8昼夜不眠不休。有时，我们的干部、战士们渴了拿雪止渴，饿了就吃冻干粮。所以，那个时期部队里闹胃病、肠痉挛、肚子绞痛、拉肚子的人特别多。环境恶劣、生活艰苦，这些病都算小病，对每个指战员来说都是家常便饭。那时，我们部队哪有治病的药呀！实在不行了，连队卫生员就给一点自己配制的"十滴水"，喝了就能顶过去，而且特别有效。那时行军打仗是家常便饭，要是谁在战斗中负伤了，如果有"十滴水"喝上一口就能止痛。在艰难困苦的战争年代，"十滴水"也不多，在连队卫生员手里算得上是万能药、救命药了。

部队进驻桓仁后，生活条件有了很大改善，战士们有机会吃上桓仁大米。

桓仁地处辽东的长白山余脉，境内到处是茂密的森林，山涧里流淌的清泉很甘甜。浑江两岸土地肥沃，空气清新，昼夜温差大，为水稻生长提供了得天独厚的自然生态环境。

我们刚进军东北时，一到安东就听说东北的桓仁出产大米，而且桓仁的大米很好吃！又听说清朝时期桓仁大米是给皇上吃的，是进贡的御用大米。

过海后，队伍先是驻守安东，后来又移防凤凰城。初期时，部队的后勤供应还可以，时常还能吃上一顿大米饭，而且真是桓仁大米。桓仁大米洁白光亮、晶莹透明，蒸出的大米饭味道清香扑鼻。看着油亮油亮的大米饭不就菜都能吃上几碗，连队一吃大米饭伙食就超支，所以也不敢多吃。从山东过海的部队，以前哪里吃过什么大米呀，白面、棒子面就是最好的了。还有件有趣儿的事儿，31团王淳主任在攻打桓仁做战前动员时，还提了一句有趣的口号："要吃大米饭，打下桓仁县城！"直到现在，我还时常想起桓仁大米饭的味道！

七

第四次临江保卫战

（1947年3月27日—4月3日）

第四次临江保卫战的时间是1947年3月27日至4月3日。

国民党军在我三次临江战役中屡战屡败，又拼凑了11个师的番号约7个师的兵力准备对我临江发动大规模的第四次进攻。敌人的意图是恢复辉南、金川、柳河、桓仁等地，打通通化柳河线，直奔临江地带。

第三次临江保卫战结束，我辽东军区主力部队只剩下4个师的兵力了，而且每个师平均仅有6 000人。我们第4纵队第11师严重减员，只剩3 300人，其中战斗减员1 200人，其余的都是冻伤减员。第4纵队政委李丙令在大战前夕去临江向辽东军区汇报了第4纵队坚持敌后斗争的情况和部队兵员不足的问题。军区政委陈云向他重申了坚持南满的决心。陈云说，南满准备打烂坛坛罐罐，吸住敌人，使之不能北进，以便为北满争取时间。之后，陈云在临江又主持召开了辽东分局、纵直干部会议，会上分析讨论了战争的形势和任务，重申了一定要打胜这一仗，把敌人牵制在南满，要准备打大仗、恶仗、硬仗。只要有利于全局，南满的牺牲就是有价值的。会议上大家一致表示，无论战争多么残酷，也要打下去，只能胜利，不能失败！

会议之后，我辽东军区上上下下都做好了粉碎敌人进攻的准备。辽东军区司令员萧劲光与各纵队首长踩着没膝深的积雪到高丽城子、横道河子、三源浦一带勘察地形，选择战场。

敌人的进犯行动是从3月28日开始的，进犯部署是分3个进犯集团：

敌左翼集团第60军184师551团、第183师544团、暂21师第1团，由梅河口、海龙、朝阳镇一带南下，妄图恢复已失去的辉南、金川、柳河，之后，进入孤山子，策应中路集团作战。

敌中路为主要进攻集团，新调来的第89师充当主力，分左右两个兵团：左兵团第89师、第54师162团由89师师长万宅仁指挥，从新宾、旺清向三源浦攻击，解通化之围，再经八道江向临江进攻。右兵团新6军新22师（欠第65团）、第52军第2师第6团由22师师长李涛指挥，从新宾向通化进攻，第93军暂20师由英额门向安口镇进攻。

敌右翼集团新6军整207师第1旅、第14师40团（欠第3营）、第52军25师75团负责打通新通公路，攻占桓仁、辑安。

大战即将开始，敌人在28日就有行动。

3月28日，敌第14师40团（欠第3营）进抵桓仁八河滩一带后经大清沟子进桓仁，被驻守在桓仁的我团（第11师32团）阻止于浑江西岸。

3月29日，敌右路集团整207师第1旅（欠第3团）进至桓仁八里甸子、新宾红庙子一线后，继续向桓仁进击，被我12师36团阻止于浑江西岸。

3月31日，中共辽东分局发出动员全党粉碎敌人进攻的通令。辽东军区向各兵团发出动员令，要求全体将士坚决执行命令，努力完成任务！

辽东军区的前方指挥部设在三源堡。根据国民党在3月28、29两日的连续进攻态势，我指挥部在三源堡召开了紧急会议，判断敌人的目的是想夺回失地，驱逐我军，打通通化以北至柳河的交通，并准确地判断出敌人的主力部队在中路。中路敌人第89师是一支骄横跋扈、急于冒进的部队，加之又是刚刚调来此地，初到东北，对东北战场情况并不熟悉。敌人的新22师主力已转向桓仁，兵分力散，战斗一旦打起来，即使想来增援，时间也不允许。敌人其他各路部队都受过我重创，战斗力极弱，而我第3纵队和第4纵队第10师主力已经在柳河、三源堡集结待命。

我辽东军区对敌我双方兵力进行细致分析之后，做出了总体战略安排：辽宁军区野炮团配合我第3纵队主力及第4纵队第10师两个团将敌人第89师诱歼于红石镇、三源堡地区；为保证主战场的胜利，我独2师第4团、第5团、第4军分区独立团、李红光支队一部守卫辉南、金川，阻击敌暂21师；我独3师第7团在弯甸子一线嵌制敌暂20师；我第4纵队12师36团沿浑江东岸协同我第11师32团一部保卫桓仁；我第11师31团在通化西北负责警戒；我第4纵队第10师30团在通化以北横道河子附近占领阵地，阻击敌人第195师北援。

辽东军区前线指挥部根据总体战略安排又做出了对敌第89师作战的具体战斗部署，我各战斗部队像闪电一样进入了总攻前的战斗。

1. 我第3纵队第7师主力在邹家街、兴隆屯以北地区歼灭六盘家子、黑石头的敌人，然后向兰山、红石镇突击。第3纵队第7师另一部抢占翁圈岭，截断敌人后路，阻击援敌。

2. 我第3纵队第8师用一个团的兵力坚守歪头砬子、李家油房、严家街西南阵地，正面抗击敌人。第8师主力在歪头砬子以南经柳条子沟向西，歼灭张家街敌人后，正面迫进红石砬子，配合我第4纵队第10师消灭红石砬子敌人。

3. 我第4纵队第10师主力配属军区野炮营在荆家店、张家街与敌展开战斗，歼小通沟一个营的敌人，并用一个营的兵力控制红石镇西南山，截断敌后路。

4. 我第3纵队第9师主力控制安口镇南北阵地，采取进攻态势，阻击敌第22师。第9师第25团占领谢家营至拉门子阵地，抗击来自梅河口、山城镇方向的敌人第184师一个团。

5. 为使中路敌人第89师顺利进入我预设战场，我第8师第23团一小部在上级的指示下采取"牵牛"战术，故意摆出力薄之态，在敌人的打击下节节后退，引敌进入我伏击圈。

6. 我第3纵队第8师23团3营于4月1日晨伪装成地方部队在青山岭屯与敌人发生战斗接触，即战即退，于2日下午2时将敌主力牵至红石镇、油家街及其东北地区，黄昏再反攻为守，与敌人先头部队争夺歪头砬子主峰。第1营在张家街西山连续攻占3个山头，截住来敌。

7. 我第3纵队第10师前卫第29团于4月2日赶到了红石砬子附

近，发现了中路敌人第89师第266团一个营由西面向红石砬子前进，第29团第3营迅速抢占了501高地及红石砬子西北山地。黄昏时，为了给敌人造成错觉，我部队撤至张家街、荆家店，东移控制了高山大岭。敌第89师附第162团进至三源堡西南柳条沟、高丽道子、张家街、油家街、郭家街、郑家街一带，先头部队还攻占了歪头砬子山。其时，敌人已全部钻进了我预设的口袋形阵地，并无察觉。

8. 我第3纵队第8师于4月3日拂晓前奉命夺回了歪头砬子山阵地，扎住了口袋。这时，我部队已全部到达预定攻击阵地，做好了总攻准备。

4月3日晨6时，全线总攻开始。

此时，敌人在我方布下的口袋形阵地里毫无察觉，误以为我部队是地方武装，不敢与他们对决，并趾高气扬、得意忘形地叫嚷"共军无能"。我辽东军区即命第4纵队副司令员韩先楚统一指挥红石砬子围歼战。

我第4纵队第10师及第3纵队于4月3日晨6时，在炮火的支援下，动作神速地切断了敌人退路。第3纵队第8师一部夺占了歪头山，堵住了敌人前进的道路，将敌人包围在油家街、张家街、郭家街、郑家街一线。此时，我部队已完全展开作战。我部炮兵团以多路由两翼向敌人纵深展开兵力炮火攻击，打得敌人惊慌失措、抱头鼠窜，全线向红石砬子溃退。我军3个炮兵团同时向敌人进行频频拦阻射击，敌人被我军围在雪地里，东逃西躲，溃不成军，道路上挤满了汽车、火炮、骡马、大车，我各部队趁势紧缩包围圈，对敌人展开了围歼战和政治攻势。接着，大批敌官兵放下武器，从山坡上、山沟里涌向俘虏群。敌人的战机低空盘旋，无计可施，掉头而去。至3日下午4时，经过10个小时的激战，敌人第89师和第54师162团被我全歼，俘敌副师长张校堂、副师长兼政治部主任秦世杰及以下官兵7 800余人，毙、伤敌团长以下官兵660余人，仅有万宅仁和2个团长以下400余人逃跑；缴获山炮、战防炮、迫击炮、六○炮共96门，火箭筒33具，轻重机枪262挺，各种枪3 177支，各种炮弹近9 000发，各种子弹9.8万余发，汽车23辆，军马 623 匹，骡马 3 匹，电台 10 部，电话机 172 部，电话总机 7 部，法币 67 万元。我部负伤 302 人，阵亡 9 人，失联 6 人。敌我损失对比 25∶1，其他各路敌人见其主力被歼，纷纷逃回原防地。至此，敌人第四次进攻临江的计划被我们用了 3 天的时间彻底粉碎了。

在"四保临江"的战役中，我第 4 纵队全体指战员依靠南满广大人民群众的大力支持，与第 3 纵队并肩作战，共同谱写了"三插敌后""四保临江"的光荣历史！

战后，我第 4 纵队纵直东进六道江，第 10 师抵小通沟地区，我师（第 11 师）在四道江地区进行整训，补充部队实力。

八

桓仁县城保卫战

（1947年4月下旬—5月21日）

国民党军第四次进犯临江时，我第4纵队11师32团暂时归安东军区指挥，受命一直驻守在桓仁县城。

其中，国民党军右路兵团，新6军207师、附第14师41团及25团、第25师75团由清河城、双山子、宽甸出发，向桓仁进攻，3月31日到达浑江沿岸。新6军221师、附第21师6团，于3月27日由新宾向通化方向发起攻击；4月2日进抵三棵榆树、快当帽子，协同207师进攻桓仁。接着，敌新6军207师所部再次侵入桓仁县区域内，占领了桓仁县的西南部。4月中旬，桓仁当地的国民党县长王殿魁也重整人马，带着保安团由沈阳返回桦尖子、二户来一带，以为有机会随国民党大军重返桓仁县城。

3月28日，敌14师40团（欠第3营）于3月28日进抵桓仁之八河滩一带后，经大青沟门进击桓仁，但被我第11师32团阻挡止于浑江西岸。

从1947年3月至6月期间，桓仁出现了我第4纵队32团与敌新6军207师隔江对峙的局面。在敌我隔江对峙期间，敌人经常向我县城内打炮，骚扰我军民，也发动过几次进攻。但是，在我当地军民的共同抗击下，敌人进犯的阴谋被彻底粉碎了。

对方的兵力是新6军整整一个师，外加数百人的国民党大团武装，而我方只是一个主力团和地方桓仁县大队两个连。那时恰好是浑江开河解冻，江宽水寒，所以形成了一道天然的屏障。敌军在三层砬子一带乘船进攻，被我军居高临下击退。还有一次，敌军由南江沿涉水进攻，也因水寒和我军的密集火力而未能得逞。在沙尖子地区，我军机智勇敢地与盘踞在桓仁步达远一带的敌军作战，使敌军进攻江东的阴谋未能得逞。

第三部分 我在"四保临江"战役中

在坚守桓仁的日子里,为了防止敌特过江来刺探情报,也为了防止坏人过江去给敌人送情报,我地方区、县武装小分队日夜沿江站岗、巡逻,和我主力部队一道封锁了数十里长的江岸。为了迷惑敌人,我地方游击小组用稻草扎成小人沿江摆放,把大木头架起来冒充大炮,还在江边用高粱秸搭上棚子,点上蜡烛和香火。这期间,敌人的小股部队曾两次企图过江,但均被我军击退。这真真假假、虚虚实实的打法,使敌人误以为对岸有我东北民主联军的大部队,不敢轻举妄动。尽管如此,当时的战斗形势依然很紧张。在此期间,安东军区政委、省委书记刘澜波曾指示我们和地方政府,如果一旦形势紧急,要做好第二次撤离县城的准备。

为了打乱敌军的进攻部署,显示我军的战斗实力,根据安东军区要求,我团准备于4月下旬出动两个营的兵力,通过架设浮桥的办法过江,反击雅河口、弯弯川一带的敌军。

战前,我们对部队官兵进行了充分动员,号召全体指战员在战斗中听从指挥、顽强杀敌、猛打猛冲、争立战功。战前的准备工作做得也很仔细、充分,地方政府提前几天组织力量,用厚木板钉成若干长方形的木排,用大车秘密运送到董船营江边。

4月20日晚9点多钟,我军开始行动。首先,董船营民兵用小船把钢丝绳牵引过江,打牢木桩,然后由支前民工铺设木板,架起浮桥。那座桥有100多米长、2米多宽。我32团3营8连先行过江,任务是避开雅河之敌,迅速向西插到弯弯川附近的西甸子,待我后续攻击部队在雅河方向打响后,进攻弯弯川。

3营8连过江后,跟着地方向导顺着河边的水壕摸黑前进,顺利地插到了西甸子。很快,雅河方向的战斗打响了,我3营8连连长立即带领全连从水浅的地方蹚水过河,向弯弯川运动。敌人发现了3营8连的行动后,用四五挺轻重机枪向我军扫射,压得我们无法后撤。天将亮时,3营营长带着7连赶到了西甸子。根据敌情和地形,3营营长命令7连攻占弯弯川前面的馒头山。当时,弯弯川一带有敌一个营,他们在夹砬子馒头山、村口、路口都修筑了碉堡和永备工事,并且配备迫击炮和重机枪等重武器。经过一番激战,我3营7连终于攻占了馒头山。

午饭后,敌人增援部队到了,开始大举反攻,妄图夺回馒头山。敌军先是开炮轰击,接着连续发动了8次进攻,战斗非常激烈。山上的草木打着了,我3营指战员在朱玉山副团长的带领下,还是拼死守住了阵地。7连连长身上多次负伤,但仍然坚持不下战场。他一个人就甩了五六箱手榴弹。战斗中,有的小山包一时被敌人夺去,3营又拼死夺了回来。在敌我双方争夺馒头山时,夹砬子山上的战斗也很激烈,我军一部在攻下夹砬子山之后,又迅速攻占了弯弯川。在这次战斗中,我带着部队在前面反击冲锋,被子弹打穿了右耳朵,伤口不大,但非常痛,而且流了很多血。这是我自当兵以来的第4次负伤,如果子弹再偏一点儿就打到脑袋上了。

在我全线顽强、猛烈的攻击下,敌人的防线土崩瓦解,敌人被迫向西逃窜。

天黑后,我军已经完成战斗预期目标,便主动撤回江东。这次反击战,我军歼敌近100余名,缴获重机枪2挺、野炮1门、长短枪数十支。但是,我团指战员伤亡百余人。

为了支援我们作战,桓仁地方政府在战前就组织了担架队,有70副担架、300余人参加。担架队随部队一道行动,他们出生入死,在前线抢救、运送伤员。因我军进攻受阻、伤亡较大,地方政府又连夜增援了50副担架。战斗中,牺牲的同志都被抬回到东岸掩埋,伤员都被安置到马圈子、沙尖子、五里甸子一带。

我们32团在桓仁雅河口、弯弯川的反击之战,同时对几个方向展开攻击,面广声势大,攻击有力,迫使敌人远离了这个地区,有力地打击了敌人的嚣张气焰,使国民党军再也不敢靠近桓仁县城。

5月21日,我第4纵队收复了通化。5月底,盘踞在桓仁西部的敌207师所部在我第4纵队11师的军事压力下,被迫逃离桓仁。5月30日上午,敌县长王殿魁带领伪保安队,对驻地周边的村子进行了搜捕和抢掠后,立即带着残部逃向沈阳。至此,桓仁全境解放。

不久,我们接到军区命令,32团归建第4纵队11师,而后和31团并肩参加了1947年的夏季攻势。

第四部分

夏、秋、冬季攻势

第四部分　夏、秋、冬季攻势

从 1946 年 12 月中旬至 1947 年 4 月上旬，我辽东军区的第 3 纵队和第 4 纵队在北满兄弟部队"三下江南"战役配合下，将国民党"先南后北，南攻北守"的战略企图彻底挫败。国民党所谓的"王牌军""常胜军"跟我们硬碰硬经过几番较量后，都成了我们的手下败将。我辽东地区军民联手抗敌，胜利地完成了"四保临江"的光荣任务。我军由战略防御阶段转入了战略进攻阶段。

"三下江南四保临江"战役之后，我辽东党、政、军遵照上级指示，将自己的方针放在发动群众、建立根据地上，因此就找到了力量的源泉，壮大了革命的力量，使部队总兵力发展到 46 万人。我们第 4 纵队的全体官兵在战斗中提高了军事素质和政治素质，磨炼了革命意志，积累了战斗经验，在胜利的鼓舞下，以全新的精神面貌等待新的战斗！

国民党军队在我"三下江南四保临江"战役的严重打击下，机动力量渐弱，国民党的"先南后北，南攻北守"战略部署的美梦待醒。他们丧失了机动兵力，致使士气迅速下降。但敌人的野心不死，幻想得到关内增援，以求继续分割我东北各满及冀、察、热地区。在这紧要的关头，毛主席向全党、全军提出了新的战斗任务，即积极组织力量，全力准备大反攻，并大量歼灭敌人，大量收复失地，巩固和扩大解放区。为了能更好地完成这项新的战斗任务，我军于 1947 年 5 月至 1948 年 2 月向敌人发动了大规模的夏、秋、冬季攻势。

东北夏季攻势
（1947年5月—7月1日）

我军在全国各个战场上的部队似一股股烧红的铁流向敌人喷射而出。北满第1纵队自扶余南渡松花江，在长春西南地区与敌人展开了多次战斗。拉吉线和吉海线炮声连天，我第6纵队、独立第3师及4师、炮兵司令部及吉蛟大队攻歼了尤家屯、天岗、江密峰的敌人，收复了乌拉街及老爷岭，追歼海龙逃敌暂编21师。辽南军区及我第4纵队第12师主力为配合东北全面反攻，一举收复了大石桥以南地区。辽吉军区司令员邓华、副政委吴富善、参谋长高鹏等率领3个独立师经过两个多月的奋战，收复了四（平）通（辽）线大部分失地。热河野战兵团出击锦（州）承（德）线，使敌人东北保安第3支队韩梅村部队起义。热中、热东方面，我第16、17、18旅收复了赤峰、宁城、无义、建平等许多重要城市。在冀东反攻战、攻坚战中，冀东军区指挥第10旅、第11旅及第12军分区独立团、第15军分区独立团攻克了昌黎县城及北宁路上的多处据点，逼退抚宁、迁安两城敌人。

1947年4月23日，东北民主联军总部发布指示："号召全军高度集中兵力，坚决放手打击敌人，实行连续攻势作战和规模日益扩大的歼灭战，以根本改变东北战局。"

5月，我东北民主联军向东北全境的国民党军发起了夏季攻势。

我辽东军区第4纵队主力在辽东地区配合兄弟部队于吉（林）沈（阳）路中段及安（东）沈（阳）路进行了多次战斗：

5月13日至14日，第3纵队连续攻克山城子、草市、黑山头，控制了梅河口至清原百余里铁路沿线。与此同时，我们第4纵队第11师在纵队副司令员韩先楚的率领下北进配合第 3 纵队向沈（阳）吉（林）路北山城子至草市段守敌第 60 军第 21 师进攻并攻克敌军。同时，攻克了草市以东之干井子、大石头河、秀水甸子等分散据点，击溃敌人暂 20 师 1 个营，俘虏 60 余人及南山城子敌廖耀湘兵团。

5 月 22 日，我第 4 纵队第 11 师 31 团与第 12 师第 36 团收复并进驻通化市。

5 月 28 日，我第 4 纵队第 10 师附军区炮兵团和纵队炮兵团经过 5 天 4 夜的连续战斗，攻克国民党军在东北的五大基本战略据点之一梅河口，歼灭守敌第 184 师等部 7 000 余人，师长陈开文被生擒。

当第 3 纵队和第 4 纵队第 10 师在吉沈路中段作战并连连取胜之时，第 4 纵队第 11 师由通化地区西进安沈路，第 4 纵队第 12 师第 35 团由辽南地区出发，突破普兰店、篦子窝（皮口）封锁线，东进安沈路。接着，两师会合后协同收复安沈路沿线各据点及安东市。

6 月 5 日，我第 4 纵队第 12 师主力逼近岫岩县城，敌人被吓得弃城逃往大石桥，我收复岫岩。当天，第 12 师第 35 团第 2 营沿大孤山向安东进发，师主力向草河口、连山关一带进发，准备切断安东敌人的退路。

（一）第二次解放安东

安东曾于 8 月 15 日回到人民的怀抱，后来我山东胶东八路军组成的挺进东北先遣支队于 1945 年 10 月中旬进驻安东，并于同年 11 月 5 日建立了安东市人民政府，这是安东第一次解放。我是 1945 年 11 月 20 日随胶东部队进驻安东的，那时安东的人民生活祥和，直到国民党使用武力再一次占领安东。我们第 32 团是 1946 年 10 月 26 日撤离安东市的，国民党军 28 日夜先头部队进占了安东市。

收复失地的时刻到了！1947 年 6 月，我所在的南满民主联军第 4 纵队第 11 师 32 团接受了从北面进攻安东的任务。

第 4 纵队第 12 师 34 团和警卫营在收复岫岩后，配合我们第 11 师从侧翼切断安东敌人向庄河、大连方向的退路，使我们能顺利从宽甸方向进攻安东。

6 月 7 日，我第 4 纵队第 11 师打下宽甸后，接到了纵队情报：安东市敌人迫于我大军压境的威胁已全部逃离安东，安东市已是一座空城。纵队命令第 11 师第 31 团、32 团的 2、3 营立即攻占凤凰城，并令我带第 32 团 1 营以最快速度接管安东市。另外，我们还有一项更重要的任务，就是迎接安东地方党、政、军机关重返安东。除此之外，在 1946 年 11 月国民党军队疯狂地以优势兵力进攻南满时，我军在放弃安东、通化时，先后有 18 000 余名伤病员、家属和后勤人员撤到朝鲜境内，还有 85% 的战略物资也转移到鸭绿江以东的朝鲜境内。这些人急需我们将他们接回祖国，战略物资也要尽快地运回祖国。

接收到上级的命令后，我立即召集部队进行战斗动员，要求尽快做好战斗准备工作。从宽甸到安东有二百多里地，为了执行迅速抢占安东市的任务，我于 6 月 9 日下午带领第 4 纵队 11 师第 32 团 3 个连的兵力马不停蹄地向安东进发。

那时，部队没有汽车，行军打仗全靠战士们的一副铁脚板，只有师、团干部才能乘马。实际上，即使有汽车，也没有人会开。有一次，我们缴获过一辆崭新的美国吉普车，可是没有人会开，就从当地老乡那儿借来了一头老黄牛拉着汽车走。后来，敌人攻上来了，没办法，我们只好用手榴弹把汽车炸掉了。

由于这次接管安东任务紧急，师里把在宽甸战斗中缴获的敌人的马车全部集中起来交给我们使用。这样，一个营所有的指战员都能坐上马车了。

我们沿着安东至通化的公路昼夜兼程，途中部队只做了两次小的休整。这次抢占接管安东，我们兵力虽少，但大马车多，40 多辆胶轮大马车载着物资顺着肖家堡、五道岭、杨木川这条山中公路浩浩荡荡地直

第四部分 夏、秋、冬季攻势

奔安东。

6月10日清晨，部队接近安东市北郊的楼房镇。按原计划部队应该由此经套外直接进入市内，突然，派出的骑兵侦察员回来报告，发现从市内方向跑出来许多老百姓，经过询问后得知，先前已逃出城的国民党保安旅1000多人见市区空无一人，就悄然潜回安东，大肆抢夺老百姓的财物和无人管理的政府物资。

在安东城里一下子冒出来这么多敌人，我只带了一个营500多人的兵力，既要按时夺取接管安东市，又要消灭这股敌人，敌我兵力悬殊又这么大，况且国民党兵都分散在市内到处哄抢东西，该怎么办？他们这些乌合之众在大街上横冲直撞，人员不集中，又掺杂着老百姓，而且安东城区面积挺大，地形非常复杂，国民党兵又这么多，怎么打？枪一响，那些国民党兵就得跑的跑、散的散，就更不好收拾了。这突如其来的情况让我们有些措手不及。

1945年11月，我从山东随胶东14团（后改为12师34团，即现在的塔山英雄团）渡海后就驻扎在安东市内，所以我对安东市的地形还是比较熟悉的。安东市区东南面是鸭绿江，西北面是丘陵、高山，市中心有两座山——元宝山和镇江山。这两座山是全城的制高点，所以要想打好这一仗只有占领这两个制高点，然后兵分两路，从两山向市区发起攻击，直插到鸭绿江边上，这样就可以把大部分敌人包围在市区内。

于是，我立刻和营里的干部商量了一下，根据敌情，制定了战斗方案，部队也立即做好了战斗准备。我们改变了原来的行军路线，由楼房镇直奔金山湾，然后直插蛤蟆塘。中午时分，我在蛤蟆塘火车站部署了战斗任务。根据侦察可知，敌人虽有千余人，但已是惊弓之鸟，我们用一个营的兵力就可以将其全歼。占领元宝山高地的任务交给了1营2连，由教导员臧明义带领；占领镇江山高地的任务由我和1营营长董化亭、副营长毕庶连带1连、3连完成。任务下达后，我们就兵分两路向元宝山和镇江山猛扑过去。

1营教导员臧明义带领2连经九道沟乡向元宝山前进。在元宝山下，臧明义亲自率领前卫排换上在宽甸缴获的敌人服装，佯装溃败之敌，大摇大摆地从后坡登上了元宝山。敌一哨兵发现后，边拉枪栓边大声喊道："干什么的？"化了妆的我军战士答道："我们是让八路撵到这里的，11支队的！"敌人哨兵看到上来的士兵使用的全是国军的装备，就收起了枪支。但是，还没等他们反应过来，山下上来的人就已经把枪口对准了他们。已经上来的"国军"转过身对他们大喊道："我们是民主联军！缴枪不杀，优待俘虏。"元宝山上的这一股敌人就这样乖乖地交了枪。紧接着，2连指战员从元宝山向市内发起冲击，正在大肆抢夺财物的敌人还没明白发生了什么事儿就稀里糊涂地当了俘虏。这时，有的敌人发觉情况不对，边拔枪射击边向西边逃窜，而2连战士们则紧追不舍。

我和1营营长董化亭、副营长毕庶连带1连、3连越过大盘道岭，经七道沟抢占镇江山。行至大盘道岭时，我们听到了元宝山方向传来的枪声。到了七道沟，我们利用军号与2连取得了联系，知道2连已经控制了元宝山，1连和3连也以最快的速度占领了镇江山。接着，3连一部分兵力控制了制高点后，其余的队伍冲向了市内。

我们三个连队的战士似猛虎下山一样，从山上一路猛扑下去追击国民党兵，边追边打边抓俘虏。昔日耀武扬威的国军，此时如丧家之犬，丢盔弃甲地向西边帽盔山方向逃窜。侥幸从安东市区逃出去的国民党兵没跑出去多远，就被我侧翼第4纵队12师34团遇上了，把他们包了"饺子"。

1营营长董化亭按计划率领1连向桃园街方向进攻，一直打到鸭绿江边上，顺手牵羊地抓了一批俘虏。他们顺着江边大道又一直打到鸭绿江大铁桥口碉堡处，之后，又反过来沿铁路向北攻向市中心火车站。

第四部分 夏、秋、冬季攻势

今鸭绿江桥头修饰过的大碉堡

在市区的铁路上，我们强行堵截了一列挂着几节车厢的已经开动的火车。战士们上了火车一看，发现车厢里塞满了大箱小箱，地上还散落了很多钱。此时，国民党兵已经全都跑光了，只剩下一些女人。经过盘查得知，这些女人都是国民党的家眷。我们根据战后政策对他们教育了一番，然后就放掉了。

当董化亭营长带领的1连接近火车站站台时，突然遇到了车站周围敌人的顽固抵抗。敌人用多挺机枪向我们猛烈扫射，把我们的部队压制在火车站外围。此时，2连、3连听到火车站方向激烈的枪声后，不约而同迅速地向1连集中靠拢，把车站包围起来。全营集中火力向盘踞在火车站一带的敌人发起猛烈进攻，迫使敌人退到车站对面的一座高层楼房里。敌人企图继续负隅顽抗。这时，教导员臧明义带人占领了相邻的另一座高层楼房，就从楼上向敌人展开了政治攻势，命令他们放下武器立即投降。就在部队准备攻击大楼时，敌人从楼上的窗户里挑出了一面白旗。事后查明，这股顽强抵抗的敌人不是保安旅的部队，而是刚刚从皮口方向流窜过来的国民党盐警队。他们100多人钻进了车站欲乘火车逃跑，但脚跟还没有站稳，气还没有喘匀，就稀里糊涂地被我们全歼了。

经过3个小时的战斗，我们歼敌四五百人，整个安东市区被我1营占领了。

就在我们收复安东的同时，担任我侧翼支援的第4纵队12师34团2营（我在抗战时期曾任过这个营的副教导员）在副团长江雪山和师组织科长许胜亭（在胶东抗战时期，曾在马石山阻击战时任第13团马石山十勇士所在连队指导员）的带领下日夜兼程地向安东挺进。途中，他们消灭了合隆敌县大队的一个中队。他们从俘虏口中得知敌保安旅已经偷返安东，也知道了我们第4纵队11师已经进入安东。老战友江雪山副团长脑子灵，过去打巧仗也是出了名的，所以他就马上改变了原定方案，把部队埋伏在半路上，结果敌人在安东市区受到重创，侥幸从西边帽盔山方向逃出去的保安旅残敌又一头扎进了我第34团2营设置的"口袋"里。敌人被毙、伤无数，被俘500多人。另外，我们缴获了二三十辆满载物资的大车。

当年，由国民党随军记者发表在《华北日报》上的《安东弃守之经过》中有这样的报道："10日拂晓，国军李锡篯、高万仞两部于长岭子铁甲房身一带，被千余共军截击包围于长达二十余华里区域激战3小时，高万仞团长苦战杀敌数百名终于不幸被俘。"

至此，国民党中央军占领安东7个月后，安东市又回到了人民的手中，获得了第二次解放。

随着战斗的结束，我们顺利地完成了接管安东市的任务。1947年6月18日，安东市民举行大规模集会，庆祝安东重获新生，欢迎安东省政府主席刘澜波、市长吕其恩及地方党政军机关重返安东。

（二）凤凰城剿匪

安东解放后，国民党军事实力彻底被打垮了。那些平时倚仗国民党做后盾的反动地主恶霸、地痞流氓、国民党散兵游勇都逃进了深山，和山里的惯匪纠结在一起组成一股股土匪队伍，在安东凤凰城一带的山区里活动。这些人凶残暴虐，嗜杀成性，打家劫舍，劫物掠财。他们经常骚扰我解放区，杀害我地方干部、群众，截我部队物资，扰乱社会治安，搞得老百姓人心惶惶。

为了保护、巩固新生的革命政权，我们第 4 纵队 11 师 32 团 1 营刚刚从安东出来就被安东军区安排驻扎在凤凰城，协助军区部队清剿残匪。

有一次，我正带着部队在战场外围执行巡逻任务，突然接到报告说前面村子里有许多土匪在抢劫老百姓的财物，我们刚进到村里的一个侦察排长和两个战士也被他们抓去了。听了这个消息后，我立即组织部队前去营救。

土匪的组织也很严密，每到一地都会派出哨兵在四周把守。但是，他们终究不是正规军，我们还没走进村子，他们就高喊："八路来了！八路来了！快跑！"所有土匪闻讯丢下抢来的东西，立刻钻进山里四处逃散，跑得比兔子还快，所以我们没费什么力气就把被抓的同志救了出来。

这次虽然没跟土匪交上手，但土匪知道了我们是共产党的正规部队，驻扎在凤凰城，便吓得够呛，不敢久留此地，远远地离开了这个地区。

1947 年 7 月 1 日，夏季进攻结束了。

二

东北秋季攻势

（1947年9月14日—11月5日）

在我民主联军夏季进攻的打击下，东北的国民党军被迫收缩于中长铁路（哈尔滨至沈阳）和北宁铁路（北京至沈阳）之间的狭长走廊地带，采取所谓"重点防御"战略，妄图拖延时间等待关内增援。蒋介石为挽救其在东北的军事危机，将杜聿明、熊式辉撤职，以参谋总长陈诚代之。陈诚到东北后，又改"重点防御"为"机动防御"，企图打通锦（州）承（德）铁路，以求保住日益受威胁的北宁铁路。

东北的夏季进攻使我军从根本上扭转了东北战局，敌占区缩小到东北战区的五分之一，国民党军控制的中长路基本瘫痪，北宁路时断时通。1947年9月份，锦州至山海关一线的敌人向热东、辽西进攻。9月中旬，我冀、察、热、辽部队将敌击溃之后，乘胜挺进北宁路山海关至锦州段，展开破袭战，切断了敌关内至关外的交通通道，从而粉碎了敌人企图巩固北宁路的计划。民主联军总部根据东北战况，遵照中央军委的建议于9月25日向所属部队发出了开展秋季攻势的动员令。

这时，我带领第32团1营移交了安东市城防后，就在凤凰城驻守下来，并根据纵队命令，配属安东军区在凤凰城一带协助部队剿匪。

在这一时期，我们第4纵队各级领导进行了一次大规模的调整，吴克华、彭嘉庆同志从辽东军区又调回第4纵队任司令员、政委。纵队给安东军区李福泽副司令员（原纵队参谋长）发去电报，通知我立即从前方归队，调我去北满哈尔滨总部学习。接到通知后，我立即回到了团里。

大战在即，部队都在做秋季进攻前的准备工作，上上下下的各项工作非常繁忙。这时，我团领导之间又出现了一些矛盾，纵队司令员和政委亲自下来到团里开会解决问题。我刚刚回到团里准备收拾行装到总部学习，可纵队首长又临时做出决定，让我留在11师32团继续任副政委兼主任工作，由政委倪韶九同志代替我到哈尔滨去学习，而团里其他人没有变动（团长郭家洛、副团长朱玉山、参谋长熊明、副主任吴春藻，我任副政委兼主任）。就这样，我便留下来参加了东北1947年的秋季进攻。

（一）截断铁路交通线

1947年10月1日，秋季进攻开始了。在秋季进攻中，我们第11师脱离了纵队，由东北民主联军总部直接指挥行动。遵照总部命令，部队由安沈路连山关一带西进中长路，插到辽（阳）鞍（山）地区，配合主力于辽阳、营口方向作战。

我们第11师31团、32团于10月2日同时到达指定位置，向敌人展开了攻势。根据东北民主联军总部命令：我们32团与31团的任务是切断鞍山与辽阳之间的铁路交通线，目的是阻击鞍山之敌北上，彻底截断敌人海上、铁路、公路物资供应通道。

十月革命前的苏俄和日本在东北，尤其是南满地区修建了很多铁路、公路。国民党军队进占东北后，这些铁路、公路就成了国民党部队的交通要道。

"四保临江"时，我们第4纵队11师三次插入敌后，其中有一项主要任务就是破坏敌人后方铁路、公路、桥梁、涵洞等，牵制敌人主力部队行动。可是，被我们破坏的交通设施，敌人很快就能修复。这次，我们为了完成破袭铁路的任务还真的要仔细研究一下怎样才能使敌人在短时间内不能修复被破坏掉的铁路。我和团长郭家洛、副团长朱玉山几位团里的领导很快研究出一套作战方案。

根据总部要求，我们首先对鞍山北沙河至灵山段的铁路进行了大破坏，用的还是抗战时期的那一套行之有效的老办法：先组织大批人员沿铁道一侧挖土石，掏空路基，让一侧铁轨悬空，再用多条大绳绑在这侧铁轨上，几十人连撬带拉，把铁轨带枕木掀起来翻向另一边。我们戏称这种办法叫"铁轨大翻身"。为了防止敌人在短时间内修复铁路，我们就把铁路枕木、铁轨一块堆起来放火烧。这样做虽然铁轨烧不化，但铁轨过火后就无法再用了，所以敌人要修复只能再重新去运新的枕木和钢轨，这样就能延长修复铁路的时间。

那时，老百姓也被我们动员起来了，他们和我们一同破袭铁路，有时候一次就能破坏掉几公里的铁路线。

我们每个营都会派出小分队，将铁路沿线的电线、电话线剪断，在电线杆上绑个小小的炸药包或手榴弹，把它炸断，让它无法继续使用。另外，我们会把车站用的铁路设施，如道岔、机房、水塔等全部爆破拆除，彻底切断了敌人的铁路交通。我们任务区域内由鞍山到辽阳的铁路交通运输完全陷入瘫痪状态。

在此期间，总部指挥8个纵队、2个独立师、1个骑兵师利用大战间隙相继在各自战区破坏铁路交通线，仅用了几天时间就将中长路、北宁路截成数段，并尽数捣毁。

我军大规模破坏铁路交通，搅乱了东北国民党军的整个防御体系，使国民党军的东北"机动防御"的战略美梦破碎了。

（二）7天7夜的鞍山阻击战

中长路的辽南段，辽阳、鞍山、海城至营口一线由国民党第52军25师、暂编58师、暂编59师和交警部队重点守护。第52军和新6军在辽东与我们交战了一年多，而在鞍山阻击战中，我们第4纵队11师两个团的主要任务就是阻止鞍山守敌第52军北上。

鞍山这一仗打得比较顺利、痛快。那时，部队刚刚完成新式整军运动，战斗连队士气高涨，战士们的战术水平有了很大提高，战斗力非常强。同时，我们的武器装备已和敌人不相上下。我们在总部的直接指挥下，在敌人还未发觉时，一下子插入到鞍山至辽阳中间的沙河火车站，截断了鞍山与辽阳间的铁路、公路交通线。

战斗一打响，我们很快就攻进了鞍山的郊区，可以说是堵住了敌人的大门。我们几个团领导根据任务、战场的地形地物、敌情研制了一套比较周密的攻防作战方案。我32团团长郭家洛打仗时善于动脑筋、指挥灵活，能根据实际情况应付突发情况；副团长朱玉山敢打敢拼，作战英勇顽强。实际上,团领导在指挥作战时都能根据战场实际情况想出许多歼灭敌人的好办法。

首先,我们组织部队把工事、掩体修在铁道、公路旁,一线、二线阵地都摆在铁路、公路一侧。那段时间,敌人对付我们的方法是每天上午先用大口径火炮向我们的前沿阵地狂轰滥炸,接着大批步兵从鞍山市内涌出来,顺着铁路、公路向前猛攻推进,企图打通和恢复鞍山、辽阳两地间的交通通道。对此,我们采取打巧仗的战术,部队以营、连为单位,节节阻击,不硬顶,交替后撤,最后按预定的时间主动撤退到预设的二线阵地上。

1942 年,在胶东马石山突围战中,我和 2 营营长田松带着一个连阻击日本兵的进攻掩护团部突围时,就是采取的这种战法。这种战法可以节约弹药、减少伤亡,能够在运动中赢得时间消灭敌人。战斗进行到下午,敌人人疲马乏,一个个筋疲力尽。趁着敌人疲惫,我们组织全线的大反攻。那时,只需用一个反冲锋就能把敌人打回老窝鞍山城。

可是,没有几天敌人就慢慢摸清了我们的战术。一到下午,我们集中反击的炮声一响,不用多打,敌人就朝鞍山市里跑。

国民党部队的最大弱点就是不敢与我军夜战,天一黑他们就龟缩在城里,到了晚上就用炮火远距离袭扰我方阵地。在一次战斗中,敌人的炮火击中了我们在民房里休息的一个班的战士。这些同志无一幸免,全部牺牲。战争就是这么残酷!

我们的部队在辽阳至鞍山间与敌人打了 7 天 7 夜,敌人被我们死死地堵在了鞍山城内。

后来,我 32 团接到总部的命令,准备与友邻部队对鞍山发起总攻。可是,由于天气恶劣,这个地区接连下起了大暴雨,便取消了总攻任务。

与此同时,王祥、马杰带着 31 团和 11 师警卫营分别攻克了鞍山东面的七岭与响山子两个据点。然后,我们两个团会合在一起转战于辽阳、营口之间,先后破坏了铁路 20 余公里,攻克了东新堡、小屯子(耿家屯)、孟家房、汤岗子等据点。

此次战斗为秋季进攻第一阶段的作战,我们第 11 师 31、32 两个团在总部的直接指挥下胜利地完成了任务,突袭了辽阳至营口的铁路,截断了敌人海上、陆上的运输线，袭击和牵制了辽南 52 军守敌，有力地配合了秋季攻势的开展和兄弟部队的作战。

（三）我记忆中的大安平战斗

19 世纪 60 年代初期，广州军区第 41 军老部队的同志到东北整理战史了解情况时，发现了登载在 1947 年 11 月 16 日的《安东日报》上我写的一篇文章——《大安平战斗中的九连》。于是，第 41 军专门派人找到了我，并进行调查采访。

我记得这篇文章是我在辽阳耿家屯战斗负伤后躺在医院的病床上写的大安平战斗总结，是《安东日报》派记者到医院采访我时，我整理出的一篇稿子。这篇稿子就刊登在当时的《安东日报》上。解放后，他们在国家图书馆里查到了这份报纸。

大安平战斗是解放战争时期发生的一场战斗。虽然过去六十多年了，参加战斗的战友的名字记不起来了，但是当年这场战斗给我留下了非常深刻的印象，让我记忆犹新。

陆军第 41 集团军军史记载："敌为确保辽阳、鞍山地区的安全，1947 年 10 月 25 日，第 52 军 25 师 75 团一个营由辽阳东进大安平。我第 11 师乘敌立足未稳，当夜以第 31 团强袭该敌，翌日拂晓拿下大安平。这次战斗共毙、伤敌 150 人，俘敌 112 人，其余残敌窜向沈阳……"

《国共征战大东北》一书中关于大安平战斗的记载："25 日 8 时，敌第 25 师 75 团 3 营、第 2 师 4 团一个营，由辽阳以东之小屯子进犯大安平。我第 11 师即派第 31 团夜袭该敌。经 9 小时战斗，至次日拂晓攻占大安平，击溃小屯子援敌两个营，毙、伤敌第 4 团副团长以下 300 余人，俘敌 278 人，余敌逃回沈阳。"

以上两部军事史料中都讲述了第 4 纵队 11 师 31 团参加大平安战斗的经过及战果，均没有我们第 32 团参加战斗的记录，而且第 41 军军史只记载了敌军只有一个营的兵力。

在我的记忆中，攻打大安平的任务就是我第 11 师 31 团和 32 团

（当时 11 师有两个团）共同完成的。我当时任第 32 团副政委兼主任，亲身参与了这场战斗。我写的《大安平战斗中的九连》就是宣传第 32 团 3 营 9 连在大安平战斗中的英勇事迹，所以我认为军史资料中的记载和我经历的整个战斗、敌情、时间等有很大的出入。

记得那是 1947 年 10 月 25 日午夜，我第 32 团与第 31 团围歼大安平国民党军的战斗基本结束。我第 32 团 3 营 9 连没有安排直接参战，而是作为团的预备队，参战部队都在战场原地待命休息。那时，大安平周边还有零星的小股敌人未被消灭。为了防止发生意外，我们即令 3 营 9 连占领附近的制高点东大山，负责战场警戒。

指战员们经过了一天一夜的连续行军、作战，人疲马乏，大部队正在休息。

我们几个团领导刚想在山底下休息一会儿，突然 9 连负责警戒的东大山上传来了枪声。

被枪声震醒的我感到不对头，因为山上原来没有发现敌人，只有担任警卫任务的 9 连刚上山，看样子山上出现问题了。因为山上已经有一个连队的兵力，所以我和团长郭家洛说了一下，就让其他同志继续休息，只带警卫员姜子修上了山。我们两人刚刚爬到半山腰就听到山上枪声大作，轻重机枪响成一片，还夹杂着手榴弹的爆炸声。

9 连一定是遇上麻烦了！我和小姜顺着山坡小路往上跑。爬到山上时，我们俩累得一步都走不动了。

山上，9 连已经和山顶上的敌人接触上了。

9 连干部向我报告敌情：部队爬到半山腰时就和这里的敌人遭遇上了，连队指战员反应很快，迅速指挥，我方没有损失。

根据战士们抓来的俘虏交代，敌人在东山上还有一个营的兵力，山上筑有工事，配有 20 多挺轻重机枪，还配有多门六〇迫击炮和八二迫击炮。

当时，山上我们只有一个连队加上我和警卫员，一共一百多人，敌众我寡，实力悬殊太大。

那时，再派人下山集合部队上山已经来不及了，情况十分紧急，所以只能随机应变。我立即给连队干部分配了战斗任务，以班排为单位向敌人猛打、猛冲！只要山上打起来，山下的部队会立刻增援我们。我让连长、指导员把实际情况通报给了全体指战员，我也拿起了武器和战士们一起冲向了敌人。

这是一场实力悬殊的战斗，打这种遭遇战首先必须在气势上压倒敌人。面对数倍于己方的国民党军，鼓舞士气、树立必胜信心是最重要的。我大声地高喊着："杀敌立功，当模范的时候到了……"9连指战员听到我的喊声，顿时群情振奋，高喊着："冲啊！杀呀！"然后就扑向了敌人。

我带着部队向山上推进，敌人居高临下，用轻重机枪疯狂地向我们扫射。警卫员小姜紧跟在我的后面向山上冲。突然，一颗子弹从我的裤裆处穿过去（因我个子高），击中紧跟在我身后的警卫员小姜胸上。这个跟随我多年的警卫员小姜当时就牺牲了。

山上的敌人摸不清我们的情况，到处是我们的喊杀声，完全被我军勇猛的冲击、强大的气势吓住了。我们的指战员不畏死亡，猛打猛冲，敌人实在招架不住了，开始溃退逃窜。由于我们的人实在太少了，围不住敌人，只能展开追击战。

这次战斗是大安平整个战斗的一个重要组成部分。

9连指战员发扬了我军革命英雄主义和英勇顽强的光荣传统，在战斗最激烈的时候，面对数倍于我军的顽敌，无所畏惧，敢打敢拼，而9连的干部、共产党员更是不怕牺牲，冲在前头，带领部队拼死作战，真正起到了模范带头作用。最后，我们以少胜多，以弱胜强，取得了战斗的胜利。

战斗中，9连的鲍指导员、2排排长梁云玉、我的警卫员姜子修和许多战士在战场上流尽了最后一滴血，他们的鲜血染红了大安平的东大山。

战斗结束后，11师根据这一仗的战斗情况，报请纵队授予了我32团3营9连"英勇善战"的光荣称号，并给这个连队荣记集体大功一次。

9连是我们32团作战过硬的连队，早在1953年41军的战史上就有关于第32团3营9连在大安平战斗中被记大功和授予光荣称号的记载。

第四部分　夏、秋、冬季攻势

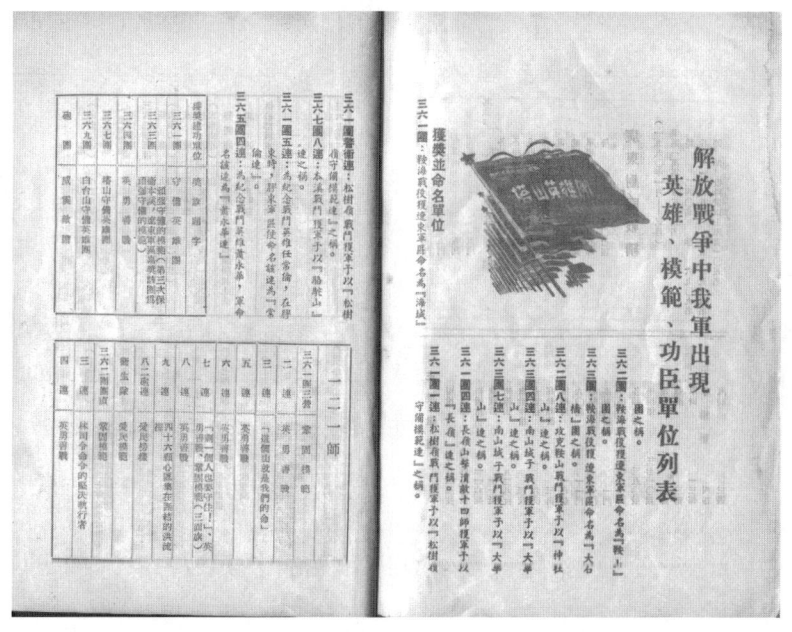

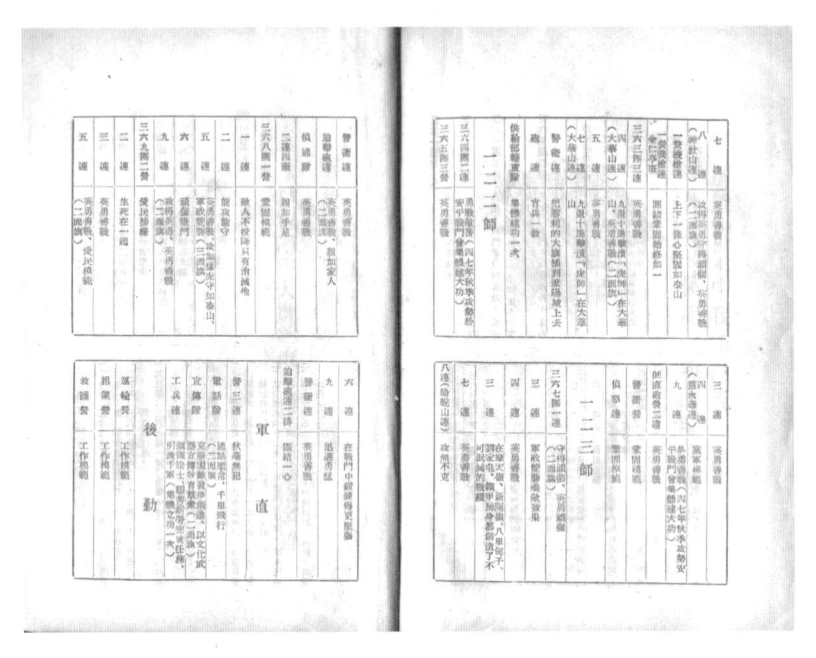

1953年出版的41军的战史

在大安平战斗结束后，师部坚持要给我请功，但我坚决推掉了。尽管我在战斗中指挥灵活、冲锋在前，带领连队胜利完成任务，但是比起那些牺牲了的战友们，我的这些算什么呢？因为我还活着！

现在回想起来，9连在大安平参加的这一场遭遇战虽然打得漂亮，打赢了，但遗憾的是没有把敌人全部歼灭。

战后我总结了几点教训：一是接战突然，敌情不清，没有可靠的情报来源，大部队只打山下的敌人，根本就没想到山上还有那么多敌人；二是有麻痹思想，以为整个大安平战斗基本结束了，就只安排了一个连队去山上执行警戒任务，但是离山下大部队有一定的距离，连队通信不畅通，所以等到山下部队冲上来增援时，战斗已基本结束了。当时，我们在山上的兵力如果再多一点就一定能堵住敌人，待大部队上来后就能打个歼灭战。

在大安平战斗结束后没几天，紧接着我就在辽阳小屯（耿家屯）战斗中负了重伤，住进了医院。从此，我便离开了炮火连天的东北战场，离开了32团。

在医院的病床上,我写下了《大安平战斗中的九连》这篇文章。

这篇文章刊登在《安东日报》上，原文如下：

大安平战斗中的九连

张在田

战斗开始后，仅四五个钟头的时间，敌人的阵地大部分被我们占领，一时枪声消失。我们则将部队集结休息，控制大安平东大山警戒，防止意外的任务就交给了未参加战斗的九连。

一、意外的情况

当部队快到山腰时，天已大亮，山上的枪、炮向山下打过来。这时，已发觉是敌人了。根据刚才战斗的情况，估计敌人至多有一个排，我部队迅速展开，向山上冲去。几颗手榴弹就顺利地占领了第一个山头，敌人迅速地溃退，我们继续追击。

轻重机枪、六〇炮、迫击炮……敌人倚仗着居高临下的有利地势，猛烈向我们射击着。据捉到的俘虏讲：敌人确实是第52军第2师4团1营，有2连、机枪连全部、1连两个排；武器装备是：重机7挺、六〇炮5门、团附属迫击炮2门、轻机枪十四五挺。

这时，同志们分外高兴，因为缴获机枪和捉俘虏、为人民立功的好机会到了。

二、三勇士首先占领制高点

周围不到百米的制高点放着那么多的火器，敌人在幻想着以有利地形、优势火器可以逃脱被歼灭的命运。然而，9连的健儿正在被为人民立功的决心鼓舞着，并在我们轻重火器的掩护下勇猛迅速地向敌人冲去。战斗模范排长覃陪同、5班副鲍贤福、2排排长梁云玉，首先爬上了碉堡。敌人的轻击射手随着手榴弹的爆炸"呜呼"了。有决定整个战斗作用的制高点，当即为我三勇士占领。

三、用石头打退敌人的冲锋

敌人慌了，趁我们立足未稳的时候，组织了三次冲锋，企图挽救其垂死的命运。

敌人第一次冲锋快要爬到山上的时候，我们的三勇士把仅有的三颗手榴弹投出去，紧接着又是一阵急如雨点的投石头的声音。敌人溃逃了。

"敌人没有手榴弹了!"十五六个敌人叫嚷着冲上来。这时,又上来几个同志,但只有几颗手榴弹了,勇士们非常珍惜,等敌人快要接近时,又是一阵冰雹似的石头猛烈地落到敌人中。敌人怕手榴弹,也怕石头,便头也不回地跑。梁云玉的一颗手榴弹正落在卧倒在石洞里不敢跑的三个敌人中间,毙伤两个,另一个敌人高喊道:"不要打了,我交枪!"

四、给鲍指导员报仇

鲍指导员带领部队冲锋时不幸光荣牺牲了。2排排长梁云玉在坚守阵地时,因为站着用冲锋枪射击敌人也不幸为人民流尽了最后一滴血。他在临死前曾对5班副鲍贤福说:"我不行了,你无论如何要守住阵地,别让敌人上来!"他的话增加了勇士们无比的斗志。"坚决消灭敌人,为死者报仇"的烈火炙热地燃烧着同志们的心:连长邹本义在指挥着用石头击打敌人,通信员小鱼拿着2排排长的冲锋枪跳上碉堡射击敌人。石头成了勇士们的有力武器,打退了三四十个敌人的三次冲锋。准备发动第四次冲锋的敌人光喊冲杀,却待在那里一动也不敢动。

我们小炮组的同志这时是大显身手的时候。班长周正刚六炮命中四发,毙伤敌人两名;炮手傅强山十八发命中十四发,有力地配合了步兵动作。

敌人终于在我们人民勇士的冲击下溃败了。当打扫战场时,躲在石洞里的敌人鼠头鼠脑地不敢作声。

历时50天的秋季进攻,我军共歼灭敌人69 000余人,收复了法库、西丰、公主岭、海城、农安、德惠等城市,敌人躲在被我切断粮源、煤源、电源的24个大小城市中,处于孤立无援的境地。

三

东北冬季攻势

（1947年12月15日—1948年3月13日）

因为负伤，我没能与我第4纵队11师32团的战友们参加东北的冬季进攻。这是我戎马生涯中的遗憾，但我一定要把东北冬季进攻的胜利成果记录下来，留给后人。

东北的国民党军在我夏、秋两季强大的进攻下，所占领的地区只剩下东北总面积的40%。此时的敌人失去了往日的威风，龟缩在几座被我断水、断电、断粮的城市里，孤立无援。他们的兵员及物资供应严重缺乏，处境十分困难。整编后，国民党的军队连同行辕直辖之特种部队及地方游杂武装在内的部队人员共有45个师。但敌人主力已被拆散，新兵大多数是东北籍人，战斗力极低，正期待援兵的到来。

我东北民主联军在夏、秋季进攻结束后，部队进行了一个半月的休整。休整后，主力兵团与地方部队再次获得发展，全军已有73.84万人，还有成千上万的劳苦大众的支持。全军装备上基本武器有："各种长短枪324 580余支，轻机枪12 207挺，重机枪2 115挺，冲锋枪6 857支，高射机枪67起，战防枪、自动步枪、信号枪520支，枪榴弹筒419具，掷弹筒3 648具，六〇炮1 069门，迫击炮605门，火箭炮162门，机关炮58门，步兵炮73门，平射炮41门，战防炮61门，速射炮26门，高射炮37门，山炮248门，野炮104门，榴弹炮51门，加农炮5门，刺刀82 580把，军马75 913匹。"（《东北三年解放战争军事资料》）

1947年12月中旬，东北民主联军想趁敌人调整不及之际，利用江河结冰之特点，集中全部兵力向敌人发动大规模的冬季进攻，再歼灭敌军一大批有生力量，并策应关内战场作战。12月中旬，辽宁境内河流已冰冻三尺，东北民主联军也已休整结束。林彪、罗荣桓、刘亚楼联名致电毛泽东："锦州到沈阳一带的河流目前皆已结冰，今年我们拟乘结冰期间，利用河流失去障碍的条件，投入最大兵力，在锦州、沈阳间作战。根据秋季攻势后的敌情，大小据点和打小增援很难求得，故只有集中兵力打大据点。"（1947年12月11日，林彪、罗荣桓、刘亚楼致毛泽东电）毛泽东于12月23日复电林彪，同意东北冬季作战。

我东北民主联军在3个月的东北冬季进攻中的战绩如下：

1. 共计歼敌156 383名；歼敌整营以上之番号，正规军1个军部、8个师、6个整团、7个整营。另，敌军起义1个师。俘敌将级军官18名，毙敌将级军官1名、校级军官3名，俘敌校级军官232名；收复城市19座，要镇多处，扩大解放区面积约10.9万余平方公里，解放人民618万余人，收复铁路980余公里。

2. 缴获各种火炮1 225门，掷弹筒250个，重机枪688挺，高射机枪9挺，轻机枪3 701挺，冲锋枪4 828支，自动步枪225支，战防枪5支，步马枪57 920支，短枪1 644支，枪榴筒138个，手枪35支，各种子弹2 494万余发，各种炮弹8万余发，手榴弹近10万颗，刺刀3 698把，电台106部，电话总机157部、单机1 178部，火车头73个，汽车304辆，大车1 144辆，骡马8 531匹，破冰船及登陆艇各1艘。击落敌机1架，击伤1架，击毁装甲车2列，缴获坦克2辆、装甲汽车7辆、汽车19辆以及棉花、粮食、汽油等仓库物资。（《东北日报》，1948年3月25日）

在冬季进攻开始之前，我第4纵队在通远堡休整，因为一些翻身解放了的农民纷纷参军，部队兵员一增再增。兵员充足了，装备也有了很大改善。另外，部队的防寒物资也准备就绪，每个人都穿上了棉衣。辽东军区将辽南独立师第2团调给了我第4纵队，纵队又从各师抽掉6个警卫连队重新组建了第4纵队第11师第33团。

12月中旬，我第4纵队在东北民主联军总部的统一指挥下投入了冬季战役，奉东北民主联军总部指示，两次挺进北宁线，先将沈（阳）

本（溪）地区我纵队西进沿途的敌人消灭，吸引驻四平的敌新1军主力，防止该敌南援，达到分散敌人的目的，然后进入辽西地区配合友军作战。第4纵队官兵克服冬季作战的种种困难，圆满地完成了上级布置的打援任务。之后，又参加了攻克辽阳战斗和第三次解放钢都鞍山的战斗。

　　1948年3月，我军对敌冬季进攻胜利结束。我第4纵队与东北民主联军一同克服严寒，冒风雪，踏坚冰，发扬了不怕苦不怕死的英雄主义精神，彻底扭转了东北战局，为全面解放东北大地奠定了坚实的基础！

第五部分

负 伤

第五部分 负 伤

一

耿家屯战斗

（1947年10月末）

1947年10月底，我们按东北民主联军总部命令从鞍山外围撤了出来。在大安平打了一仗后，我第4纵队11师31团、32团的部队随即包围了辽阳外围的小屯子、耿家屯等据点。耿家屯驻有敌人第52军一个营的兵力，屯子后面山冈和前山上都有重兵把守。这一仗打得非常激烈，山上山下的枪炮声整整响了一夜。

天快亮时，从前面耿家屯一线阵地上传来我团一线部队进攻受阻的消息。当时，指挥所里只有我和11师政委李丙令、团长郭家洛三个人。副团长朱玉山、参谋长熊明和其他干部都跟随部队在一线作战。我们三个人听到消息后都非常着急。由于不明战场情况，李丙令政委和郭家洛团长都急着要到前面看看，我对他们说："帅不离座，这里离不开你们，还是我去吧，你们在这儿等我的消息。"于是，我带着一个连的预备队出发了。

秋季进攻展开时，战事频繁，我军胜多败少，几场大胜仗后缴获的战利品颇丰，部队的物质条件相对好了许多。那时，我们纵队的师团领导干部都发有缴获的全新美国夹克式呢子军服，穿着舒服，而跟随的警卫员和通信员都背着短枪挎着冲锋枪，出来进去非常显眼。

耿家屯对面半山腰上就有国民党军的一个炮兵阵地，敌人打炮时掀起的尘土，山下不用望远镜都能看得清清楚楚。我带着装备整齐的一个连的战士走在路上，敌人在山上也能看得十分清楚。

队伍在耿家屯村子边的小道上行进着，突然，"轰"的一声，一颗炮弹在我前面不远处爆炸了。这时，我马上意识到敌人已经发现我们了。我转过身向部队战士们喊道："散开，隐蔽！"战士们的动作非常敏捷，一下子就四面散开了。这时候，一声撕裂空气的怪响从我头顶窜过——第二发炮弹在我后面爆炸了。

抗战初期，我在胶东部队时就是炮兵，系统学习过迫击炮射击并熟练掌握了打炮的基本要领，是个老炮兵了。看来，敌人已经用迫击炮把我当作射击目标了。两军对战，如果把对方的主帅擒获或击毙，其余的兵马则不战自败，所以敌人先一炮打在我的前面，这是近弹，加标尺修正过后又一炮，这是个远弹。我急忙喊身边的警卫员和通信员："快卧倒！快！"我的话音未落，敌人的炮击方位没变，只是标尺向下减了点儿，第三发炮弹就在我身旁爆炸了。

这时，身旁的警卫员倒下了（这是警卫员小姜牺牲后刚调来两天的兵，在我还记不住他的名字时他就牺牲了），我也重重摔在了地上，右胳膊像被铁棒猛烈地抽击了一下，剧烈的疼痛迅速扩散至全身。我右面的衣服袖子完全被炸烂了，血顺着血肉模糊的胳膊往下淌，炸烂了的衣袖残片被血染成红黑色。

东北的10月底已经是冬季了，寒冷侵袭着我。由于失血过多，我一直处于半昏迷状态。抬我的担架上铺了好几床棉被，但我还是冷得直打哆嗦。警卫员、通信员、团里的医生和六七个支前民工轮换着抬着担架在辽阳至连山关的大山里艰难地行走着。当时，每隔二三十里地就设有一个我军伤员转运站。整整两天两夜，他们就这样抬着我走了近三百里路，最后又翻过摩天岭到了纵队后方所在地连山关。当时，纵队卫生部的彭云生部长（解放后任军委工程兵后勤部副部长）已等在那里。他亲自给我检查了伤口，在车站给我紧急处理了一下，立即用火车把我送往凤凰城后方医院。

从连山关出发的火车根本就没有煤烧，只能烧木头，连山关到凤凰城一路南行，全是上坡，火车没有劲儿，走得很慢，而且遇到陡坡就会向后滑，再上、再滑……整整折腾了一夜，火车第二天上午八九点钟才到达凤凰城。这时，我负伤已经3天了。由于伤口感染，流血过多，我已经不省人事了。

二

截 肢

（1947年11月初）

从耿家屯战场负伤到送进凤凰城医院已经是3天后了，在我还没到医院之前，纵队领导就已通知了医院的院长和政委，要求他们想尽一切办法全力挽救我的生命。

这个医院在凤凰城南关，是我军第7后方医院。这个医院的医护人员大部分是日本人，院长、政委和管后勤的院务干部是我们部队派去的。

医院里有一个日本医学副博士，叫寺内。他认真地检查了我的伤口，对在场的医院领导说："骨头已经断了，伤口严重感染，伤口以下的手腕、胳膊已经坏死，生命严重受到威胁，人可能不行了……"

寺内博士和院长商讨着对策，我虽然一直处在昏迷状态，但隐隐地还能听到他们说话的声音，只听寺内博士说："要想挽救生命只有一种方法，那就是高位截肢，这样才能控制感染、保住生命。"但院长和政委还是不忍心，坚持想要保住我的伤肢。这时，我强睁开眼睛跟院长和政委请求说："按医生的意见办吧。"

截肢手术开始了，我也清醒了许多，也许是麻药给的少了的原因，锯骨头的时候，那个感觉真是撕心裂肺的疼痛。我让警卫员把我的手绢放在我的嘴里咬着，手术结束后那块手绢都被我咬烂了。

后来，我听警卫员讲，手术后，他和医院的护士找到了一个小木头箱子，把我锯下来的胳膊装在里面埋在了城南关后山凤凰岭的山坡上。

寺内博士医术高明，给我做的手术很成功。医院非常照顾我，把能用的好药都用上了。可是，由于我受伤距离治疗手术时间过长，伤口严重感染，失血又多，身体严重贫血，术后关很难挺过。虽然是在后方医院，但当时我军的医疗条件非常艰苦，根本就没有输血这项内容，血源就更无从谈起了。战争期间，战场上负伤的人太多了，有许多干部、战士受的伤虽然不是致命的伤，但就是因为止血不及时，流血过多才失去了生命。

就在我生命垂危的时刻，一位专门负责护理我的日本女护士毫不犹豫地为我献了200毫升的鲜血。输了血后，我的情况好了许多，很快度过了危险期。危急关头，我军日本籍战友的鲜血挽救了我的生命。

战争年代的我，全部家当都在身上背着，除了武器之外根本就没有什么值钱的东西。为了感谢这位为我献血的日本籍女护士，我让警卫员到街上买了一块红布，我用不太好使的左手在上面非常认真地写下了4个大字——鲜血支前，并送给了她，以示感激之情。遗憾的是，我没有记住她的名字。

我在胶东抗战时期就接触过日本同志。那时，山东八路军中有一个日本反战同盟会，在抗战后期我们和日军作战时，他们经常配合我们一块儿行动，老百姓管他们叫"日本八路"。给人印象最深的是小林清、渡边等几个人。在打水道据点战斗中，渡边在阵地前喊话时曾被日军的掷弹筒炸伤。抗战胜利后，他们也随部队去了东北参加了解放战争。

在东北解放战争时期，我军后方医院里有很多日本籍医务人员。他们加入我们的队伍后经过教育，大部分人的思想转变很快。他们的特点是积极肯干、吃苦耐劳，而且工作认真、负责。他们的医术很高，护士大部分是国高毕业，绝大部分还接受过正规的医学教育。在东北解放战争中，他们挽救了我军很多伤员的生命。特别值得一提的是我军后方医院有一位日籍外科主治医生井筒，他一人负责250名特重伤员的治疗，工作细心、耐心，受到伤员好评，战后荣获"特等功臣"称号。

另外，在我们的作战部队中，也有很多日本籍的解放军指战员，在我以后工作的炮兵部队里就有一位出色的修炮技师高桥。在塔山阻击战中，他在战场上为了抢修被打坏的火炮，连续6个昼夜没有离开阵地，保障了我军炮兵战斗的顺利进行。在阵地上，当看到敌人向我步兵前沿阵地反扑时，高桥技师又奋不顾身地操起身边的高射机关炮平射，大量消灭了敌人，为击退敌人的进攻发挥了重要作用。塔山战役，我纵队的炮兵给予敌人沉重的打击，顺利完成了支援步兵坚守塔山的作战任务。战后，这个团队荣获"威震敌胆"荣誉称号。另外，高桥本人也被荣记了大功两次。随后，他又随着部队入关参加了平津战役，在北京西郊机场还接受了毛主席和朱总司令的检阅。最后，高桥同志跟着我一起随大军南下，从"四野"到了"二野"，参加了解放西南等战役。解放后，他又随部队参加了抗美援朝战争。可以说，他是一个响当当的日本籍的中国人民解放军军人。

东北解放后，东北野战军大批的日籍官兵随着大部队进关，参加了平津战役、渡江战役，过黄河、长江，一路打到祖国的最南端，直到全国解放。

1951年，我调到华北军区干部疗养院工作时，这里也有几十名我军的日籍医护人员，我们相处得很好。现在虽然是和平年代了，但是我们不能忘记这些与我们共同经历了解放战争艰苦岁月的日本同志。

三

组织上的关怀
（1947 年 12 月中旬）

  1951 年，我曾在自传里写道，在辽阳耿家屯战斗负伤是我自参加革命队伍以来的第五次负伤。这次负伤使我彻底地离开了第 4 纵队的步兵团队。

  在负伤住院期间，刘澜波同志（桓仁保卫战时刘澜波同志带领地方安东省委的同志们同我们战斗在一起）知道消息后，带了一些地方干部到医院看望我。刘澜波是安东省委书记、安东军区政委，又是第 4 纵队的副政委。领导的到来让我很感动，他看到我的情况后安慰我说："虽然残废了，但不要悲观，不要有思想负担。一只胳膊没了，不能骑马打枪，在战斗部队不方便，今后可以做地方工作，伤好后就调到省委组织部工作吧！"听了首长的话，我没有高兴的感觉，反而觉得精神压力更大，心里的悲观情绪无法排解。

  多年来，战场上的硝烟、枪炮声让我激情高涨，只有在战场上才能发挥出我的作用。我习惯了战场，战场上虽然随时有死亡的危险，但我离不开战场。

  当时，我产生悲观情绪的原因有两点：一是我自参加革命后就在战场上打仗，后来带兵打仗，如果去地方工作就不能像在部队那样雷厉风行；二是自己当时还是单身，独臂的现实让我感觉今后的困难都是难以克服的，比如说生活上每天穿衣、吃饭、写字这些简单的事情都难以适应。

  思想斗争的过程真是炼狱般的痛苦。经过反复的思想斗争，我的情绪慢慢地平静了下来。

  我想到了《钢铁是怎样炼成的》里面保尔·柯察金身残志不残，

继续为革命工作；想到了在战场上、监狱里、刑场上牺牲的先烈们，他们失去了生命，而我还活着；想到了三国时诸葛亮的鞠躬尽瘁，死而后已。我想：自己在党的多年培养下，难道失去了一只胳膊就丧失革命的斗志了吗？

接下来，我的伤势一天比一天好转。看着自己右边空洞洞的衣袖，心里虽然很难过，但在前方战事非常紧张的时刻，我没有时间悲观、痛苦。另外，纵队、师里的领导经常写信或是派人看望、慰问我，老战友和老部队的同志路过凤凰城时会经常来看我，留守处的干部家属们也经常来看我，他们在生活上、精神上给予我很大的安慰和鼓励。

冬季进攻开始了，吴克华司令员从前线亲自到医院来看望我。我们促膝谈心，当他知道我还想回部队，还想留在战场上时很感动，就说："伤好后哪儿也不去，还回部队工作。"刚调到第3纵队的韩先楚司令员来医院看我（在"四保临江"第一次穿插敌后时，他一直跟着32团亲自指挥我们作战），才分开不长时间，再见面时看到的我就只有一只胳膊了。他虽然很惊讶，心里很难过，但还是开玩笑地对我说："你没我有福气呀！我的胳膊也受过伤，但胳膊没有掉下来……"

首长们的看望和鼓励像是给我吃了一颗定心丸，我的心情好了，身体恢复得也非常快。我心里想，只要能回到战场上就行，不能指挥战斗，我就当一名战士。右手没了，我就用左手拿枪消灭敌人！从此，我每天的一切生活琐事都不用警卫员做，自己用左手慢慢练习，用左手练穿衣、洗脸、吃饭，用左手练写字、打枪……

四

在养伤的日子里
（1948年2月）

在我的印象里，一间烟熏火燎的小屋子，顶棚上糊满了报纸，这就是我养伤时住的地方。那时，天气很冷，屋里烧着火炕，警卫员、通信员都和我住在一起。

冬季进攻结束后，吴克华司令员和纵队首长专门来看我。为了让我好好休息，安心养伤，还给我送来了一台在战场上缴获的留声机和几张老京戏唱片，给我解闷。

那台留声机挺管用，医院里的战士们没事儿的时候就跑到我的屋子里摇起来听段戏。有时，我在伤口痛得挺不住的时候也会听一会儿。虽然翻来覆去只有那几张老唱片，但是百听不厌。

解放战争后期，后方的生活条件很艰苦，医院的伙食很差，伤病员吃的都是定量的高粱米和大碴子（碎苞米）饭。为了照顾我的身体，安东军区的首长专门派人给我送来许多慰问品，有一件军大衣（里面全部是用貂皮缝制的）和一件当褥子铺的老虎皮，还有大米、白面。当时，白面非常稀少，我又是山东人，喜欢吃面，可是医院里山东的伤病员非常多，都喜欢吃面条、饺子，所以我只留下一点儿白面，其他的都送给了伤病员食堂。那件貂皮军大衣现在还留在家里，后来，炮兵团团长姜福熙结婚，她爱人和我老伴是姐妹，又是同时离家参军的，老虎皮就算我们娘家人送他们的礼物了。

第五部分　负　伤

安东军区的首长专门派人给我送来许多慰问品，这是一件军大衣，里面全部是用貂皮缝制的

　　在凤凰城养伤时，突然有一天，31团团长王祥同志负伤也转到了这个医院。王祥同志和我很熟悉，我俩是同年同月生的，我们的部队又是一个师里的兄弟团，所以平时作战、开会经常在一起。王祥同志的老家是江西兴国，他在1930年参加红军。1948年2月6日，在部队攻打辽阳时，他们31团担任主攻。他指挥部队打开突破口冲进城内，很快将守卫辽阳城高丽门一线的敌人压制在靠近市政府的转盘街一带，使辽阳守敌处于我第4纵队和第6纵队的夹击之中。战斗中，团长王祥在一线靠前指挥，当他在街道上向主攻2营营长毕立山交代任务时，突然，隐藏在暗处碉堡里的敌人用重机枪猛烈地向他们射击。结果，2营营长毕立山毫发无损，团长王祥同志左腿中弹，被抬下了战场。由于当时医疗条件太简陋，和我负伤时一样，未能阻止伤口的继续恶化，不得不锯掉了左腿。

　　我截肢后，因阑尾炎发作又做了一次手术。当王祥来的时候我的伤势刚有好转，所以我经常到他的病房看他，与他聊天，有的时候赶上医护人员给他换药，那个场面真是让人看得揪心的痛。王祥身宽体胖，每次给他换药的时候,他都疼得打哆嗦,满头冒汗……他爱人就在纵队留守处工作,平时也会过来照顾他。每次给王祥换药的时候,她一看到王祥的断腿,就心痛地在一旁哭,哭得叫人心酸。每次给王祥换药,医护人员都来叫我陪他们,并劝他爱人出去。

就这样,我是右臂,他是左腿,我俩同病相怜、同甘共苦地在医院里一起度过了很长时间。

出院后,我调到了纵队政治部工作,王祥没有痊愈仍留在医院养伤。部队入关后,我又从纵队机关调到了炮兵团工作,从此我们就失去了联系。我听说解放后王祥在武汉军区工作,后来又转业到了地方。离休后,我跟许多老部队的老领导、老战友提起过王祥同志,但他们都没有王祥的消息。

在凤凰城住院的时候我32岁,年轻力壮。当我身体稍好一点儿后,我就想找点事做。应医院领导的要求,我有时会给医院的工作人员和伤病员讲讲形势,上上政治课,给伤病员做做思想工作。

当时,凤凰城后方医院管理稍差,医院问题挺多,我就协助医院领导做工作,整顿医院休养员纪律,改变了伤病员的精神面貌。

在医院里,我平时不停地用左手练习写字、记日记,写一些经历过的战斗总结等。写日记是我上学时候的习惯,当兵以后我一直坚持写日记,大事儿小事儿都记,尤其在医院养伤的这段时间。无论走到哪儿,我都会把日记本带在身上。可是,在1942年日军冬季大"扫荡"时,我们部队被日军围困在马石山地区。突围时,为了轻装,我把1942年之前的日记、文件、书籍全部烧了。20世纪60年代中期,因为形势所迫,我又把1942年后期到20世纪50年代的日记又全部烧毁了。很遗憾,很多当年经历过的战斗的时间、地点、战友的名字、战斗场面的细节都回忆不起来了。

五

凤凰城野战医院历险记

（1948年2月26日）

1948年2月，我第4纵队攻下了辽阳。解放鞍山后，为继续扩大战果，部队于2月24日乘胜南下，受命攻击营口守敌。营口守敌的部队是国民党暂编第58师。2月25日午后7时，敌第58师在我大军压境、孤立无援、内外交困的情况下，师长王家善率领部队于战场上起义。

2月26日，辽宁行署、辽宁军区在盖平县专门设宴招待了原国民党第58师连以上军官，欢迎他们起义，站在了正义的一边。第二天，辽南军区吴瑞林司令员又召开祝捷大会，欢迎第58师光荣起义。随后，起义的部队以营为单位，从盖平出发，向吉林辉南方向转移。

在这支部队中，有一个营行至凤凰城时突然停下不走了。原来，这个营的营长和个别军官是一些极其反动的国民党顽固分子，当他们发现凤凰城驻地只有我第4纵队的一个后方留守处和一个野战医院时，没有什么兵力，觉得有机可乘，就想带领这个刚刚起义的部队趁机突袭我们，待阴谋得逞后再择路逃回国民党军队。

这支反水队伍一进入凤凰城就马上在城南关地区布置了警戒，十步一岗五步一哨，不知情的人还以为这支原国民党军是训练有素、纪律严明的起义部队呢！他们紧紧靠着我们驻扎、设岗，实际上已将我军的驻地围了起来。他们计划于当晚12点钟发动攻击。

危难在即，我们对此毫无察觉。幸运的是，这支部队中有两名原我军被俘的战士得知了消息，及时把这个情况报告给了我们。

此时，东北我军冬季战役刚刚结束，纵队主力集结在鞍山一带，凤凰城地区早已是大后方。我第4纵队仅有的两个小单位驻扎在这里，而且距离很近。留守处驻扎在凤凰城南关城内，工作人员及家属有百余人，女同志居多。野战医院驻扎在南关城外，医护人员及伤病员百余人。凤凰城整个地区只有地方武装一个区中队，有七八十人担任凤凰城的治安警卫工作，所以情况十分危急。

当时，我的伤口还未痊愈，31团的王祥同志刚刚做完截肢手术。除此之外，医院里还有几个负伤住院的营、连干部。当我知道情况后立即找来医院留守处的干部紧急开会商量对策，并动员了全体同志做好战斗准备。与此同时，我们立即与纵队领导取得了联系。由于大部队都在外线作战，实在赶不回来，附近又没有我们的机动部队，紧急关头，我们打电话联系了离这里最近的安东省军区，请他们派部队就近支援。

时间一分一秒地过去了，我们所处的形势已经越来越危急。当时，留守处只有一挺轻机枪和一些自卫武器，而医院工作人员、伤病员的武器就更少了。为了应对突变，我们把武器弹药集中起来分配使用，要求一切人员禁止外出。所有工作人员和伤病员都紧急做好了战斗准备，一场战斗即将打响。

干部、战士和轻伤员带着武器埋伏在房顶和墙上，而负伤的领导干部住的是各个独立的小房间，相距挺远，所以我们商定好分散把守，各自为战。我和警卫员、卫生员都拿起了枪，准备好了一堆手榴弹，又用水缸、桌椅堵住房门，捅开窗户。我们准备与敌人决一死战，固守待援。

我们的求援消息传给了安东。安东军区司令员沙克同志得到消息后万分焦急，立即命令军区警卫营长（我记得是原32团调去的老营长赵斌）带领3个连队乘火车火速增援，并亲自到车站挑选可靠的火车司机、司炉，组织部队登车出发。同时，辽东军区对铁路沿线下达了死命令，在火车站沿线，任何人不得以任何借口靠站停车。安东距离凤凰城有一百多里地，火车一路风驰电掣般驶往凤凰城。

天色渐渐黑了下来，凤凰城里哗变的叛军开始蠢蠢欲动。他们有计划、有部署地向我第4纵队留守处和医院驻地靠拢，我们也都刀出鞘、弹上膛，做好了战斗准备。在我的病房里，桌子上摆满了打开盖儿的手榴弹，警卫员、卫生员把枪都紧紧地握在手中。

第五部分 负 伤

时间在一分分地过去，午夜12点马上就要到了，一场恶仗就要打响。在这千钧一发之际，安东军区警卫营的3支全副武装的加强连突然乘火车出现在凤凰城，犹如天降神兵，立即震慑了这伙叛军。当他们发现援兵是安东军区有5个加强连编制的警卫部队时，他们知道事情败露，大事不妙，立即连夜撤出了凤凰城。

这股叛军逃出城后，被我们从前方赶回来的部队截住，但遗憾的是跑掉了一个连的叛军。

这是我负伤截肢后遇到的一场有惊无险的战事，虽然敌我双方没有打起来，但是在我的战斗生涯中也是一段精彩往事。

我的身体逐渐康复了，但是我的右臂永远地失去了。独臂给我带来了很多困难，不论是生活还是工作，我只能慢慢习惯用左手做事。工作、学习、吃饭、穿衣、洗衣等等，日常小事对我来说都是很难的，更何况到战场上去打枪、打炮、指挥打仗了。我每天都练习用左手做事，经过很长一段时间后，我的左手终于能像右手一样活动自如了。20世纪60年代，我在北戴河疗养，和几个野战军的领导干部在一棵大树底下聊天，话题一转就讲到了打枪。他们都夸夸其谈，说自己的枪法好，接着都说我这个没有右臂的老政工肯定不行了。当时，我二话没说，从身边警卫员那儿拿来自己的左轮手枪，不用瞄准就抬手一枪，树头上的鸟就掉了下来，而他们都看呆了。在北戴河疗养时，我在海边游泳，还救起过一个不会游泳却被大浪晃进了深水的北京军区后勤干部。"文革"期间，我转业到北京市委和后来回部队，或是上下班、进工厂、到学校、下农村，只要距离不是特别的远，我还是自己用左手把舵骑自行车去。

东北民主联军总部的命令到了，上级领导照顾我，把我留在了第4纵队机关工作，任第4纵队政治部组织部副部长。

辽沈战役刚开始打响的时候，纵队羁押收容的国民党战俘很多，不便管理，因此临时组建了一个解放团，主要是收容纵队在各个战场上抓获的国民党校级以上的军官，对他们进行甄别教育，组织他们学习。后来，组织上又把这个任务交给了我和纵队政治部城工部长李显同志。我在解放团兼政委，李显兼任团长。

　　我虽然在解放团的时间不长，但解放团里的事不少，曾出现过国民党军官用钱和金表贿赂我们警卫战士的事情。此后，我们对这些当官的俘虏加强了管理和教育。

　　在完成了看押俘虏任务后，解放团的工作总结还是我亲自写的。接着，我和李显同志回到了纵队政治部，随大部队一起入关，参加了平津战役。

六

缅怀战友
（解放后）

几十年过去了，我非常想念那些为国捐躯的战友。只要一想起他们，我的耳边就会响起铺天盖地的枪炮声和战友们的呐喊声。参加革命到部队与战友在一起的时间比跟家人在一起的时间长，同吃、同住、同战斗，战友之间亲如兄弟。有时，这些兄弟前一天还在一起，说不准第二天在战场上就永远地离开了。但是，他们的音容笑貌永远留在我的记忆中。

（一）毕可荣同志的牺牲

在1947年部队归建整训期间，第4纵队第11师政治部主任吴宝山找我了解2营4连指导员毕可荣的情况，意思想要调毕可荣到师政治部组织科担任立功干事。

4连指导员毕可荣是胶东威海人，1941年入伍，1942年入党。他有文化，是个很好的同志。在连队里，平时的政治工作和战时的宣传鼓动工作他都做得很好，就是仗一打起来缺乏猛劲儿，连队里的干部战士对他有些反映。我把他的情况跟吴宝山主任讲了，我没有同意立刻把毕可荣调到师里去。那时，我们团基层干部缺编太多，战斗又非常频繁，部队马上又要出发参加夏季进攻，所以我就跟吴宝山主任讲，我跟毕可荣谈谈，等打完这一仗后，就让他到组织科报到。

第4纵队11师32团2营4连是纵队的英雄模范连队。这个连队的干部、战士们作战都很勇猛、顽强。在沙岭子战斗中，4连在英雄连长萧永华的带领下出色地完成了任务。在歼灭国民党新6军一个整编连战斗中，萧永华英勇牺牲了。战后，4连被纵队授予"萧永华连"的光荣称号，并载入我军史册。在这样的英雄连队里，基层官兵衡量政工干部的标准也是很高的，而战争年代干部的威信是打出来的，能打仗的干部威信就高，反之，大家就看不起，说话也没有人听，工作根本无法开展。为此，我专门找毕可荣谈了一次话，肯定了他的成绩和组织对他的信任及下面干部、战士对他的一些看法，又对他提出了几点建议。我希望他以后在战斗中多起模范带头作用，把连队带好，完成上级交给的各项战斗任务。毕可荣愉快地接受了这些意见。

在夏季进攻的每次战斗中，各级领导一致反映4连指导员毕可荣作战非常勇敢，表现出色，可以称得上是一名优秀的基层政工干部，指战员们也对他改变了看法。可是，谁也不曾想到在一次战斗中，他在带领连队进攻敌人阵地时被子弹击中，英勇牺牲在冲锋的路上。

后来，我到了纵队组织部工作，和11师政治部吴宝山主任见面次数多了，每每我俩见面的第一句话他总是先说："张在田，你本位主义……"现在，每当我回忆起那段往事时都很后悔、心痛，如果当时把他调走就好了。

（二）姜子修在大安平战斗中牺牲

姜子修是山东胶县人，抗战时期入伍，初中文化。他年轻活泼，长得也秀气，团队的领导干部和战士们都非常喜欢他。他平时爱学习，与同志们关系都非常好，有群众基础。在东北解放战争"四保临江"穿插敌后最困难的时候，他一直是我的警卫员，与我朝夕相处。那时，部队基层干部减员很多，团领导决定让姜子修下连队，担任副指导员工作。可是，他左推右推就是不肯走，我却知道他是舍不得离开我。接着，他又跟着我参加了解放宽甸、安东、凤凰城的剿匪战斗。在秋季进攻开始后，我就经常跟他聊天，做他的思想工作，鼓励他到纵队教导队学习一下，回来做个能文能武的好基层干部。他是基层连队当指导员的好材料，所以在我的劝说下他基本上同意秋季进攻结束后就去学习。这时，我们参加了大安平战斗，姜子修就是在这次大安平战斗的南山遭遇战中光荣牺牲的。

多少年过去了，那次战斗的场景经常在我的睡梦中出现。当时，我带着11师32团3营9连向大安平南山敌人阵地进攻。敌人居高临下，用轻重武器疯狂地向我们扫射，我们高喊着冲向山顶，对敌人的阵地展开攻击。这时，警卫员姜子修紧紧地跟在我后面，子弹嗖嗖打在我们身旁。突然，一颗子弹从我的棉裤裆下穿过，穿过去的子弹正好打在了我身后姜子修的胸上。只听"扑通"一声，姜子修倒在了地上。我回头一看，他身上背的牛皮图筒和里面装的日本人绘制的六万分之一的地形图被炸得稀烂，皮子弹袋都炸碎了。就这样，姜子修一声没吭就永远地离开了我们。

姜子修牺牲至今已有几十年了，我经常在梦里梦见他。他年轻英俊、笑眯眯的样子总在我的脑海里浮现。这么多年过去了，只要一想起他，我就控制不住自己的感情……

（三）记不住名字的警卫员

在秋季进攻开始之后，我们第4纵队32团一直处在紧张的战斗状态。我们先是切断鞍山与辽阳之间的铁路交通线，继而在鞍山进行了7天7夜的阻击战，又接连参加了大安平战斗和小屯、耿家屯战斗。

耿家屯驻有敌人第52军一个营的兵力，屯子后面山冈和前面山上都有重兵把守。这一仗打得非常激烈，山上山下的枪炮声整整响了一夜。天快亮时，从耿家屯一线阵地上传来部队进攻受阻的消息，我就带着一个连队出发前去查明情况。耿家屯对面半山腰上就有国民党军的一个炮兵阵地，敌人打炮时掀起的尘土，不用望远镜就可以看得清清楚楚。我带着一个连的战士走在路上，山上的敌人看得十分清楚。

突然，"轰"的一声，一颗炮弹在我前面不远处爆炸了。这时，我马上意识到敌人已经发现我们了。我转过身向部队战士们喊道："散开，隐蔽!"战士们的动作非常敏捷，一下子就四面散开了。这时，警卫员一直不离我的左右在保护我。接着，又一声撕裂空气的怪响从我头顶掠过，第二发炮弹在我后面爆炸。我急忙喊身边的警卫员和通信员："快卧倒！快卧倒！"只见警卫员猛地扑向我，将我压在身底下。接着，我站起身继续指挥部队撤离，敌人的第三发炮弹在我身边爆炸了。在警卫员再次扑向我的一刹那，我的衣袖被炸飞了，警卫员倒在了血泊之中！

记得他是刚刚在阵地硝烟炮火中向我报到的，炮声中，我还没有听清他的名字，他就投入了战斗。我的身高是一米八，他的个子不比我矮多少，白白的皮肤，一笑露出两颗小虎牙，长得像个小姑娘。他很机灵，工作做得井井有条。我想等这一仗打完，好好和他谈谈，了解一下他个人的情况。因为他的名字还不熟，我就暂且喊他"警卫员"。

这个刚刚跟了我几天的警卫员，我还没有记住他的名字，就这样离开了我。同时，我因重伤离开了第32团，住进了医院。紧张的战斗生活让你无暇顾及许多，记不住名字的烈士很多很多。我的警卫员虽然与我在人生的轨道上只是短暂接触，我没能记住他叫什么，但是他的音容笑貌永远留在了我的心里。解放后，无论我走到哪里，只要有年轻人的地方，我就希望他在那里。午夜梦回，他总是面带笑容向我走来。

战争年代，战死战伤的情况每天都在发生，牺牲在我身边的战友不计其数，还有许许多多至今都不知道名字的烈士。因此，每当想起他们，我就彻夜难眠。可能是因为我失去了一只胳膊，所以就更想念他们！我的生命是那些警卫员用他们的生命换来的。如今，国家又给了我这么高的荣誉、这么优厚的待遇，想想，真是惭愧、痛心。那些战死疆场的烈士，永远也想象不到他们用鲜血换来的新中国是这样的美好！记住他们吧，让他们的精神永远活在我们的心里，让他们的功绩永载人类的光荣史册！

第六部分

参加平津战役

第六部分 参加平津战役

辽沈战役、淮海战役、平津战役是解放战争中具有决定意义的三大战役。平津战役是最后一次战役。

辽沈战役、淮海战役的频频告捷，使处于华北地区的傅作义集团惶惶不可终日。针对傅作义集团的特殊性，中共中央军委采取了军事打击和政治争取相结合的对策，同时，我东北野战军提前隐蔽入关，迅速插入平津线各战略要点之间，采取"隔而不围""围而不打"的巧妙策略。

在辽沈战役一结束，淮海战役正在胜利发展之际，东北野战军和华北军区第2、第3兵团计一百万人于1948年12月上旬至1949年1月联合发动了平津战役。

秘密出关

（1948年11月8日）

随着淮海战役的胜利发展，国民党部队向南撤退的可能性增大，而这就会导致傅作义部队西逃。如果国民党部队采取撤退方针，我们中国人民解放军虽然可不战而得北平、天津等大城市，但是国民党军如果加强长江防线，对我们渡江作战会很不利。为此，中共中央军委准备提前调东北野战军秘密入关，包围天津、唐山等地，在包围态势下继续休整队伍。

那是1948年11月，我们第4纵队大部分部队在塔山阻击战中还未撤下阵地休整，东北野战军总部就急令第2兵团（后改为13兵团）指挥第4纵队和第11纵队，并与独立第4、6、8师及骑兵师组成东北野战军共12万人的先遣兵团秘密入关，迅速挺进冀东，威逼北平，策应华北我军作战。

后来，我们才知道事出有因。国民党在东北战场上败局已定，兵败如山倒，蒋介石集团垂死挣扎，为了挽回东北战场的败局，1948年10月命令傅作义部偷袭石家庄，企图将西柏坡的中共中央、中央军委机关摧毁，从"危急中找转机"。中央军委及时得到了傅作义偷袭石家庄的行动计划，迅速采取了严密的部署，令华北杨得志第2兵团阻击拦截，急调我东北第2兵团入关逼近北平，威敌侧后。

1948年11月8日，我们第4纵队大部队从冷口入关。进关的部队都是白天隐蔽休息，夜间行军。这段时间，国民党军队的飞机白天几乎是天天在长城内外飞来飞去搞侦察，想了解我军动向，可看不到我军大部队活动，见到的只是大量的新修的公路通向内地。我们之所以能做到快速、顺利到达指定地域，这和华北地方党和政府的大力支持、冀东人民的热情帮助是分不开的。我们入关经过的大部分地区是革命老区，他们为了部队通行方便，动员群众新建公路，加宽老路，沿途还建立了兵站。白天，部队休息，地方政府人员会到宿营地慰问、送慰问品，老乡们问寒问暖，把炕烧得热热的，让指战员们休息好。夜间行军，群众制作了大量路标，并点着火把为部队照明。

　　入关后，我们第 4 纵队经建昌营、兴隆镇、遵化镇，隐蔽、神速地于 14 日到达了蓟县地区。这时，第 4 纵队已按中共中央军委命令（11 月 1 日命令）改为中国人民解放军第 41 军，纵队的第 10 师、11 师、12 师相应改为第 121 师、122 师、123 师。

二

到军炮团当政委

（1948年12月3日）

自从身体痊愈之后，我就一直在第4纵队机关工作。每当看到战友们在战场上冲杀，心里别提有多遗憾，真想拿起枪回到战场上去。看着自己被风吹起的空洞的右臂衣袖，我的心里异常酸楚。

平津战役即将打响之时，1948年12月初，全军准备行动。12月3日上午，41军副政委兼主任欧阳文同志打来电话要找我谈话。见面后，欧阳文副政委就直截了当地对我说："大战在即，部队马上行动。东北野战军总部命令到了，调你到41军炮兵团任政委。"听到命令后，我激动得说不出话来。自伤好后，虽然只剩下一只左臂，生活、工作都很困难，但我还是想回到作战部队去，离开机关下部队正是我所期盼的。那时候的干部调动非常频繁、简单，东西收拾收拾，吃完中午饭后我就带着警卫员到炮兵团上任了。

41军军炮团是我军最早成立的建制炮兵团之一。可以说，这个团的发展、壮大见证了我军炮兵部队从小到大、由弱变强的历史。这个团的前身是东满人民自卫军直属支队炮兵第1团，以过海时的胶东独立团3营300人为基础，又从延安炮校调来21名干部为骨干，当地扩军490余人，于1945年10月3日在安东凤城成立。1946年1月，改为辽东军区炮兵第1团。

胶东独立团3营由胶东抗大警卫连、莱阳独立营4连（1943年由莱阳县2、3、5区和海洋第7区区中队组成）、南掖独立营3连（1945年由南掖第2、3、10区区中队组成）组成。

辽东军区炮兵第1团成立后参加了沙岭子战斗、三保本溪战役。1946年4月8日，东北民主联军总部为加强纵队炮兵建设，决定辽东军区炮兵第 1 团和第 4 纵队警卫团炮兵营合并,成立第 4 纵队炮兵团。

41 军军炮团是一支特别能吃苦、特别能打仗的部队,胡奇才司令员曾评价这支部队是一个敢打硬仗、善打恶仗、有顽强战斗作风的英雄团队。就在刚结束的塔山战斗中,这个团队还荣获"威震敌胆"的光荣称号(这面奖旗现在还陈列在北京军事博物馆)。

以前我在步兵团队工作,很少和这个炮兵团打交道。它的团长为王一萍,政委为郑戈令,副团长为赵朝栋,参谋长为赵梗,主任为袁世德。我和这个团的干部大部分见过面,但只是一般的认识,虽然在纵队经常一起开会,但也不是很熟悉。郑戈令同志是新四军方面过来的干部。他这次调任到我抗战时的老部队 367 团(老 16 团、现塔山英雄团)任政委。团长王一萍在山东时我们就认识,但也不是很熟。他在胶东军区炮兵营当营长时,在攻打日军牟平水道据点战斗中曾带炮兵配合我们作战。

我 12 月 3 日下午就赶到了部队,而炮兵团早已做好了出发的准备。我和团里的几个主要干部见了面,晚上就带着部队出发了。

那个时期,炮团正赶上改番号,为 41 军军炮团,主要是伴随步兵作战的军属骡马化野炮团。骡马化炮兵在战时便于机动,道路选择上优于机械化(汽车)炮兵,在战场上适应性强,机动性好,便于野战。当时,团里也配备了汽车,有指挥车和运输车,主要是运送弹药和后勤保障物资。

三

参加康庄、怀来战斗

（1948年12月9日—12月10日）

在全军行动开始后，整个41军作为兵团的第二梯队跟随在48军后面行动，从蓟县于格庄秘密出发，经密云河防口出关。兵团前卫48军在经过密云县城时和傅作义的守军打了起来。原来，他们48军获取的情报有误，路经密云时以为密云城守敌只是2 000多人的地方保安团和警察等杂牌部队，48军前卫部队想顺手牵羊解除插向平绥线的一道障碍，结果打了一天恶仗，没吃到肉却啃到了骨头上。原来，密云傅作义部队把城防工事修得很坚固，易守难攻，而且，守城的有国民党主力3个团和保安旅、警察等共8 000多人。于是，48军只好停顿下来认真应付。

48军于5日发起总攻，当天攻下了密云，歼敌6 000余人，自己也伤亡1 500人，但该战斗耽误了一天时间，没有按中共中央军委的要求按时到达平绥线。

由于未完成原来的计划，情况有变，12月5日，东北野战军总部命令我41军调头，后卫改为先行，绕开密云县城经四海由鬼门关二次进关，直插永宁、延庆地区。总部根据毛主席"虽然如此，但你们仍需星夜赶进"的命令，要求我军迅速占领延庆地区，彻底切断平绥线以配合华北部队作战。

全军受命后，立即轻装，冒着风沙翻越长城。那时候，各部队接到命令后，作战参谋们会根据命令在图上作业，几点之间画条直线直指目的地，步兵部队根据手中的地图抢渡即将封冻的河水，不管大路小路、有路没路的都拼命往前赶，一下子就插到了平绥线上的康庄、怀来地区。我炮兵部队带有大量的火炮装备，还有马匹、汽车、弹药物资等，走不了小路，也爬不了山，所以着急也没用，只能绕路走大道。

康庄、怀来地区的国民党守敌 16 军、104 军在我 41 军部队面前不堪一击，我军动作非常迅速，步兵非常快，攻击顺利，结果整个战斗过程都是全军上下追着敌人打，吴克华军长、莫文骅政委还抓到了俘虏。可惜的是，等我们带着炮兵部队赶到康庄、怀来地区时，战斗早已经结束了。

康庄战斗：12 月 9 日开始，第二天结束，25 小时歼敌 6 885 人，敌 16 军军部、109 师、94 师、22 师各一个团被歼。解放了康庄地区。

怀来战斗：12 月 10 日开始，第二天结束，敌 104 军全部被我及友军歼灭。我军歼敌 8 115 人，缴获了大量的武器弹药，还有 189 辆美式汽车。当时，部队上下高兴坏了，可又接到命令，要求所有缴获的武器、装备、物资一律移交给华北军区。

康庄、怀来战斗 3 天就结束，我 41 军牢牢卡死了北平到绥远的交通要道，彻底打破了傅作义部东逃西窜的幻想。

12 月 13 日，13 兵团命我军占领南口、八达岭一线阵地，准备阻击北平之敌西窜，同时准备进攻北平。

这期间，华北军区 1 兵团致电中央军委，建议增兵太原。10 月初，华北 1 兵团等部已发起太原战役，准备用 3 个月的时间完成解放太原的任务。根据战役要求，军委准备调我军炮团配属华北兵团解放太原，后因情况有变，东北野战军及时调整了部署，调东野炮 1 师去了太原。

四

新保安战役

（1948 年 12 月 22 日）

1948 年 12 月 17 日，我军接到东北野战军转中央军委的急电，命令我 41 军暂归华北军区 3 兵团指挥，配合华北主力歼灭张家口之敌，并电令我军炮兵团配属华北军区第 2 兵团，攻打傅作义部 35 军。

当时，华北军区第 2 兵团历尽周折已将傅作义部 35 军紧紧围困在了新保安城内，华北部队要求早日攻克新保安，消灭他们的老冤家 35 军。12 月 10 日，杨罗耿兵团根据战场实际情况（华北兵团缺少重武器）致电中央："在不妨碍整个作战方针实施的情况下，待东北野战军第 4 纵队炮兵、弹药增援到来后，以先歼敌 35 军为好。"

接到配属华北军区攻打 35 军的命令后，我们带着部队立即沿平绥线西进开赴新保安地区。因为我们是东北野战军的部队，要单独配属华北兵团作战，4 野 13 兵团、军部均下达了特别指示："必须搞好与华北部队的团结，无条件坚决服从华北兵团的指挥。"

12 月 19 日晚，我炮团到达集结位置，所有火炮于新保安西北 2 公里处的一个半山坡上占领阵地，并于 20 日拂晓完成射击准备。由于战役开始时间未定，为防止过早暴露我军火炮阵地目标而招致敌机空袭，全团又撤到了离鸡鸣驿不远的一个村子里集结待命。

新保安南邻大洋河（桑干河），北依群山（八宝山），平绥线（现在的京张公路）临城而过，是北平至绥远的交通要道。

新保安战役总攻于 12 月 22 日 7 时开始，兵团指挥部将我炮兵指挥所和兵团预备队 24 旅的指挥所安排在一起。在指挥所里观察新保安城可一览无余。

新保安战役 22 日早上开始，到黄昏 5 时结束，共毙敌 3 000 余人，俘敌 1.26 万余人，敌 35 军 16 000 余人无一漏网全部被歼，敌军长郭景云开枪自杀。

这就是我 41 军军炮团参加新保安战役的经历。

傅作义的 35 军副军长王雷震、参谋长田士吉日在他们的回忆录里也都提到，在新保安被围期间，他们侦察到解放军在东北进关的部队中抽调了一个地炮旅参加作战。

下面是李建同志（原华北军区炮兵参谋长）回忆当年他们参加新保安战斗的情况：

当时，我们华北炮兵第 2 旅正在参加解放太原的战斗，突然接到军区命令，3 个炮团撤出太原阵地，立即向察南转移，配属华北军区第 2 兵团参加解放新保安的战斗。部队日夜兼程，1948 年 12 月中旬，炮 2 旅 1、2、3 团赶到了新保安。

为集中兵力和火力歼敌，第 4 纵司令员曾思玉突发奇想，组织了重炮部队，就是将纵队各团的迫击炮连集中起来，编成营、团，并配发了数门山野炮。

华北军区当时的作战部署是：华北军区 4 纵主攻城东南面，华北军区 3 纵和 8 纵分别攻击南门、西门和西北面。配属攻击部队的有 4 个炮兵团，其中华北炮 2 旅 3 个团，还有东北野战军 1 个榴弹炮团。同时，组织了 2 个炮兵群，一个在东南方向，支援第 4 纵队的进攻；一个在西北方向，负责支援 3 纵、8 纵的战斗。具体任务：一、战斗发起时向城内实施火力急袭，打乱敌指挥系统，破坏其通信联络；二、压制敌炮兵；三、在城东南、城西北角处打开突破口并击毁城墙上的火力点（城墙下部的工事由队属炮兵负责）；四、步兵突破后延伸火力支援纵深战斗。

负责主攻任务的是华北部队，他们的炮兵率先把东门轰开了。随即，西门和西北门也相继被突破。接着，攻入城内的解放军与 35 军展开巷战。黄昏时分，攻城部队渐渐接近了郭景云的指挥所。

1948 年 12 月 24 日，上级首长要求我们以最快的速度沿平绥路进至南口地区待命。这时，所有从新保安战场上下来的部队都按军部命令集结在北平南一带，准备参加解放北平的战斗。

　　新保安战役结束后，我团接到军部命令立即赶往张家口参加战斗，没想到第二天张家口就解放了，仗没打成。12 月 24 日，我们接到新的命令，以最快速度沿平绥路进至南口地区待命，准备参加解放北平的战斗。从新保安战场上下来，我们按军部命令立即集结于北平南口一带，准备围困北平。

　　东北野战军对所属部队要求一贯非常严格，纪律严明。在回撤的平绥路上，我炮团各炮连的行军队伍组织得也非常严密。同时，华北的部队从战场上下来。那个年代，平绥公路比较窄，各个部队交叉在一起，都往北平赶。

五

解放古都北平

（1949年1月31日）

我们军炮团随军部从南口转移至青龙桥，准备参加解放北平的战斗。

从南口出发，我带着炮团高机连乘车到了北平昌平的小汤山。当时正值隆冬季节，天气非常寒冷。在小汤山我们听说当地有一个室内温泉，就让部队在那里休整。我们到那儿一看才发现，这里房屋的门窗全叫人拆走了，但是室内还冒着热气，而且屋内温度还挺高。这里有大池子和小池子，水也很热，部队的干部、战士就在那里舒舒服服、痛痛快快地洗了一个热水澡。

炮团到了青龙桥后发现，驻地的北山坡上建有一座挺大的古寺，现在知道了那叫大觉寺，院内非常幽静，寺内古树参天，院内有清泉流出。古寺依山而建，地形隐蔽，群山环绕，当年准备接管北平的党政指挥机关就驻扎在这里。吴克华司令员带着我和王一萍团长到那里看望了叶剑英同志，那时中央已经任命叶帅为接管北平城的第一任市长。当时，叶剑英同志详细问了我们部队的情况，接着跟我们讲起了这次准备攻城的情况。叶剑英同志说北平是个古都，它的老城墙很高，很厚，很牢固，城墙外还有很宽的护城河。这次攻打北平城规模大，要一改以往我军攻城挖地洞、用战士送炸药、驾云梯的传统打法，主要运用炮兵，要大量使用穿甲弹，用大口径火炮快速轰出城墙豁口，要很好地利用地形、地物，选择好突破口。叶剑英同志告诉我们，军委已命令4野从东北向北平调运几十万发炮弹，准备了60辆汽车，已开始日夜不停地转运。

根据兵团和我军的要求，按照叶帅的指示，我和王一萍立即带着纵队炮兵的相关干部到阜成门至德胜门一线的城墙边上进行了抵近侦察，详细了解了几个突破口的地形、地物。

战前准备工作就绪，只待一声令下。

对于解放北平，中央军委为了保护这座文化古城，几经周折地同北京守敌傅作义谈判，争取和平接管北平。自从天津解放以后，北平25万国民党守敌已经陷入绝境，傅作义也感到无路可择，只好接受了毛泽东提出的"八项和平条件"，率部接受和平改编。此时是1949年1月31日，平津战役胜利结束，我们随大部队进驻北平城。

下面是第41军炮兵团1营1连副连长栾克超关于炮击傅作义北平东单机场的回忆：

1949年1月中旬，解放军围攻北平时，为了阻止傅作义集团逃离北平，制止位于北平城内的蒋介石嫡系第13军校以上军官带必要武器乘飞机南逃，东北野战军第41军炮兵团1营1连奉命炮击傅作义东单临时机场。其时，我任1连副连长，接受了控制其飞机起飞、降落的任务。

（一）包围敌军，就地歼灭

辽沈战役结束后，东北全境解放，华北国民党军傅作义集团的60万之众，正面临着东北野战军、华北军区的联合打击，其对于究竟是南撤青岛、江南，还是西窜绥远，举棋不定。党中央和毛主席决定采取一切办法，不让平津之敌逃跑，务必就地歼灭，遂于1948年12月5日开始，领导东北野战军和华北军区共150万大军，发起平津战役。

为了实现我军这一战略意图，1948年11月中旬，东北野战军迅速秘密入关，会同华北军区对平津之敌实行战略大迂回。东北野战军部队首先占领塘沽，截断了平津之敌的退路，接着迅速包围了天津，12月20日又占领了南口、海淀、西郊机场、门头沟、石景山、丰台、南苑机场、通县、黄村等地，完成了对北平的包围，并割断了北平、天津之间的联系。

第六部分　参加平津战役

北平守敌华北"剿总"总司令傅作义眼看着陆、空通路均被解放军全部切断，为垂死挣扎，于是就以东单为中心，利用较宽阔的崇文门大街、东单大街、东长安街和美国兵营东墙外广场及附近的空地，拆民房，平沟渠，加宽加固跑道，修成临时机场。

这个机场刚修好，蒋介石就先后派其军令部长徐永昌、第二厅厅长郑介民、他的儿子蒋经国和美国太平洋舰队司令白吉尔飞来北平，采取软硬兼施、拉拢威胁、封官许愿的手段，逼傅率部南撤。

为了堵死傅作义的最后逃路，中央军委和东北野战军决定以炮火控制东单临时机场。当时，41军位于海淀玉泉山地区，预定从西直门方向攻击北平；42军位于丰台长辛店地区，预定从广安门方向攻击突破。按说42军从广安门方向炮击东单临时机场最方便，只因当时该军没有能打到东单的远射程火炮，而41军炮兵团1营的第1、第2连各有8匹马拉的射程14 000米的日式九○野炮3门，于是上级确定由41军炮兵团派一个连到丰台广安门地区执行这一重要任务。

（二）接受任务

1949年1月14日，天上下着大雪，风把雪吹得漫天飞舞。中午时分，指导员胡景举和副连长栾克超（缺连长）到营部开会。营长赵梗传达上级指示说："你们1连今天下午出发，到丰台以北马家堡宿营，明天上午炮击傅作义东单临时机场。为快速到达，团里给你们连配属3台汽车。"教导员于湘云强调说："此次任务重大，一定要服从命令，听从指挥，注意安全，胜利完成任务。"

1连干部回到连队，立即召集班长、排长研究，确定由司务长带领炊事班、马车马上出发前去设营。因火炮是木铁轮，不能长距离用汽车牵引，只能将火炮推上汽车载运，由指导员和副连长带领指挥排、3个炮排乘汽车前进。文化干事于厚诚带领3个驭手班、全连马匹，拉上前车跟进，如汽车出现故障，仍以马拖拽。连队于午夜到达马家堡。

第二天，大雪基本停了，但仍寒风瑟瑟。上午，连队擦洗火炮、弹药、器材、检修车辆，进行战斗准备，做群众工作。我们的任务是从广安门方向炮击傅作义东单临时机场，阻止其飞机起飞、降落，不使其逃离北平，并确定由42军侦察连派进北平城内的侦察员观察弹着点，每天回来报告。

上午10点，指导员和副连长受领任务回到连队，立即召开支委员、支部大会和军人大会，传达任务，进行战斗动员。连队虽连续行军作战，极度疲劳，但由于不断消灭敌人，取得胜利，又经上级领导深入动员，全体指战员充分认识到，此次战斗任务既是军事仗又是政治仗，既重要又艰巨，所以士气高涨。指战员们纷纷表示决心，说一定要打好这一仗，为人民再立新功。共产党员、塔山阻击战功臣、"塔山英雄炮"副班长（瞄准手）、现任1班班长刘克怀带领全班同志在军人大会上向党宣誓，为解放北平做出贡献，为我团塔山阻击战荣获的"威震敌胆"锦旗再添光彩。

（三）土法射击，解决难点

当天下午，指导员和副连长带领指挥排、战炮排排长、班长、瞄准手和汽车司机，在马家堡东北距广安门约2公里处勘察地形，选择发射阵地，研究射击方法。当时，遇到了只能看到城墙，但看不到东单临时机场射击目标的难题。

1连虽然是一支老部队，炮兵技术较好，作战经验较多，打过不少胜仗，消灭众多敌人，但过去多以近战、直瞄射击为主，即使远战、间接射击，阵地看不到目标，而观察所是能看到目标的，炮兵可以根据观察所的指挥射击。然而，现在的情况是炮阵地和观察所都看不到目标，加上当时没有精确的军用地图，无法利用地图射击。在这种情况下，既要打中目标，又不能毁坏文物古迹，误伤群众，确实是一个难题。随后，指导员和副连长在现场召开了"诸葛亮会"，经过认真研究，确定用土办法射击。

1. 请教人民群众。于干事通过村主任请来几位熟悉东单机场附近情况的群众，请他们指点东单的方向和距离。其中一位小学老师马先生，他姥姥家住在台基厂，还知道修机场的一些情况，介绍的情况比较准确。他们说，从炮阵地（炮对镜、方向盘位置）向西北看过去，城墙上那个垛口的方向就是东单的方向，而从这里到东单的直线距离有20多华里。

2. 确定火炮射击方向。在各炮阵地上架上方向盘，对准城墙上那个垛口，在方向盘前方的瞄准线上插上两根标杆，方向盘对准的方向，即为火炮的射向；选定标定点，并根据当时的西北风，向左修正500米。

3. 确定炮目距离。20多华里即 10 000 多米，加上气温低的气象修正量约500米，按 11 000 米算，即为炮目距离。

（四）准确炮击，断敌逃路

1月15日下午3时许，1连用汽车牵引火炮进入阵地，装定 11 000 米距离表尺，精确瞄准方向标定点，做好射击准备。副连长发出"全连2发齐射，放"的口令，6发射弹飞向东单机场方向。为了免遭敌炮还击，射击后立即撤出阵地。就在我们刚撤出时，敌人的炮弹就还击了，幸亏炮兵们动作迅速，部队未受损失。

当天晚上，42军侦察员回来报告，炮弹打在天坛公园西南角，约1公里，偏左500米。

为了保护己方，消灭敌人，全连干部、战士连夜开始构筑火炮、弹药和人员掩体工事。当时正是严冬季节，天寒地冻，很难挖掘，直到第二天上午才基本完成，以后又不断加固完善。

1月16日，炮击第二天。1连中午进入阵地，按第一天弹着点的偏差量，增加1 200米距离，向右修正500米的方向，全连2发齐射。但是，刚开始射击，敌人的炮弹就打过来了。此时，干部、战士们奋不顾身，沉着射击。共产党员、塔山阻击战功臣、3班1炮手曲中聚同志虽负伤流血，但仍继续装填炮弹。共产党员5班班长迟继增同志看到瞄准手负伤了,他立即充当瞄准手,继续瞄准射击。

傍晚,侦察员回来报告,炮弹落在崇文门大街西端和美国兵营附近。

就在这天晚上,上级传来捷报:14日上午10时,解放军向天津守敌发起总攻,经过29个小时的激战,全歼守敌13万余人,打死、打伤11 000多人,生俘敌将级军官26人,其中包括警备司令陈长捷、副司令秋宗鼎、86军军长刘云瀚、62军军长林伟俦等;缴获各种火炮1 100余门。天津解放了!1连几个干部立即分头到各班、排传达这一胜利消息,极大地鼓舞了全连的斗志。大家纷纷表示,要向老大哥部队学习,一定准确炮击,决不让一架敌机从东单机场飞走。

1月17日,炮击第三天。1连早晨6点进入阵地,适当修正方向和距离,全连3发齐射。侦察员报告:射击准确,机场、跑道均有落弹。

不知何故,这天敌炮像接到禁止还击命令似的,在我射击时,敌炮一发也未射击。后来听说,是傅作义下令不准还击。从此,1连再未撤出阵地,直到炮击完毕。

这天早晨,1连接到指示:"以后除了每天例行炮击一至两次外,凡是发现北平上空有飞机,就立即向东单临时机场打炮,制止敌机降落。"

原来,蒋介石逼傅作义南撤未果,天津蒋介石的嫡系精锐部队全部被歼,现在只剩下在北平城内其嫡系第13军,害怕该军命运如同天津,无计可施,即于16日晚又给傅作义发电报,大意是,相处多年,彼此深知,你现在困于形势,自有主张,无可奈何。我今只要求一件事,于17日派飞机到北平运走第13军少校以上军官和必要武器,约要一周,望念多年之契好,予以协助。

果然不出我军上级所料,17日上午10时左右,敌从青岛起飞的2架飞机来到北平上空,1连立即向东单临时机场发起炮击,全连3发齐射,接着又3发齐射。猛烈的炮火使敌机未敢着陆就飞走了,以后再未敢飞来。

如此炮击,又连续进行了5天,1连共发射炮弹89发,终于隔断了蒋、傅空中来往，粉碎了傅作义企图逃离北平和蒋介石想用飞机运走其军官及必要武器的幻想。

在我党和平政策的感召和我军强大军事的压力下，经过谈判，傅作义接受和平解放北平。随后，1月22日的报纸就公开宣布，北平守军开至城外，接受和平改编。

由于炮击准确，既控制了机场，没有毁坏文物古迹，又未波及居民，只有一发炮弹落在中南海距华北"剿总"司令部和傅作义官邸很近的湖中，把已结冰的湖面炸了一个大窟窿。1连圆满地完成了任务，为北平和平解放起到了一些作用，受到了上级的表彰。该连归建后，于2月3日与兄弟连队、兄弟部队一起光荣地参加了举世闻名、具有历史意义的中国人民解放军进驻北平的庄严入城仪式。

第七部分

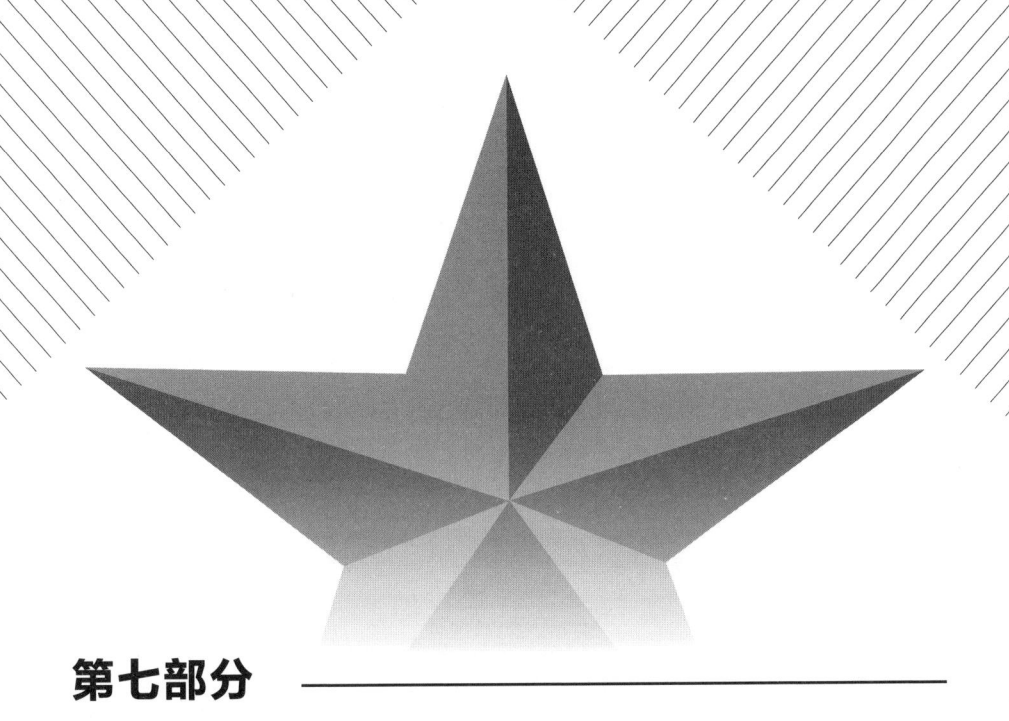

南川剿匪征粮纪实

第七部分　南川剿匪征粮纪实

　　炮9团原是第4野战军第4纵队（整编后为第41军）炮兵团，1945年10月组建于辽宁凤城县，在东北转战3年，辽沈战役胜利后，随纵队进关，参加了平津战役。北平解放后，遵照毛主席、朱总司令"打过长江去，解放全中国"的命令，于1949年4月南下。8月6日，炮9团被整编为中国人民解放军炮兵第9团，调归第2野战军直属，配属第3兵团进军西南。

　　重庆解放后，我们团奉野司兵团之命，于1949年12月28日进驻四川南川，负责南川、綦江两县的征粮任务。当时，团长为王一平，参谋长为赵梗，政治处主任为原世德同志，我担任政委。

一

放下大炮，拿起步枪

（1949年12月28日—1950年2月29日）

南川县位于川黔边境，与贵州道真、正安县毗邻，山高林密，地形复杂。这里聚集着三大股土匪：一股2000余人，活动于南川东部水江、隆化地区；一股1000余人，活动于南川西南之南坪、永安地区；一股1000余人，属于涪（陵）、南（川）、巴（县）土匪体系，活动于南川北部大观、鸣玉地区。

解放之初，这些土匪慑于我大军的压力，潜伏隐蔽，自1950年1月，这些土匪趁我政权初建、部队刚到、忙于征粮之际，勾结封建势力、惯匪、伪乡保人员，搜罗国民党溃军、散兵游勇、地痞流氓，与临近的涪陵、巴县、道真、正安等地土匪串通，开始了猖狂活动。他们暴动叛乱，抢劫破坏，杀害我地方干部和征粮人员，袭击我小部队及区政府，阻绝交通，散布谣言，反革命气焰极为嚣张。

2月份，是这些土匪活动最频繁、猖獗之时。上旬，土匪时有小的活动。16日夜间和19日、25日，500余名土匪多次袭击水江、隆化、大观区政府和征粮工作队。28日，数百名土匪在万盛场抢粮烧仓，截我地方运货汽车。29日，他们又袭击了南川南通公司一分厂，但都被我区政府人员和征粮工作队人员击退，毙敌数十，活捉十余人，但我们牺牲干部、战士4人，伤2人。当时，土匪还扬言要围攻县城，致使群众人心惶惶。

这段时间，广大干部、战士对土匪的猖狂活动气愤至极，坚决要求进剿，彻底消灭土匪。我们团是军政素质高、战斗作风硬、曾在塔山阻击战中荣获纵队授予"威震敌胆"光荣称号的部队，有干部、战士2 318人，党员1 216人（占全团人数一半以上）。但由于是炮兵团，炮多枪少，缺乏轻武器，只能自卫坚守，无力出击进剿。在极其困难的情况下，我们团为进剿急需，经兵团、军区同意，先后两次到重庆军械仓库领回轻重机枪100挺，步枪、冲锋枪1 500支，子弹15万发，手榴弹5 000枚。到2月底，我们炮兵团已成为一个完整的有战斗力的步兵团。

为便于完成剿匪、征粮任务，我们及时调整了战斗编组：一是将数十个区、乡征粮工作队，集中组成了一区（隆化）、二区（南坪）、三区（水江）、四区（大观）、五区（德隆）五个区进剿队；二是装备了八个步兵连的进剿部队；三是把连队驭手和营团勤杂人员装备起来，负责喂马、看炮和驻地警戒。

部队换装后，我们于2月29日召开了团党委扩大会和全团剿匪动员誓师大会，传达刘伯承司令员、邓小平政委和兵团首长的指示，发布进剿动员令，号召全体党员、干部战士紧急动员起来，坚决剿灭土匪，做好征粮工作，为人民立功。会上，全体指战员群情激昂，纷纷表示坚持服从命令，听从指挥，不怕吃苦，不怕流血牺牲，不剿净土匪决不收兵。大会之后，各营、连就开始抓紧时间进行突击训练，提高战士的射击技术和剿匪战术，彻底改变了只能自卫坚守、不能出击进剿的被动局面。

二

建立组织，加紧清剿

（1950年2月末—4月14日）

南川县剿匪指挥部于2月底由南川县委、县政府、炮9团、106团2营（驻南川、武隆两县交界地区）共同组成。我团团长王一平任指挥长，南川县委书记孙俊卿和我任政委，南川县长宋昆、106团2营陈营长任副指挥长。指挥部实行一元化领导，统一组织、指挥南川县的剿匪斗争。

根据上级的剿匪方针和土匪活动情况，我团第一步以军事打击为主，结合政治攻势，对危害最大的股匪，集中力量，加紧进剿，打通川湘公路，首先歼灭土匪主力。第二步以政治攻势与发动群众为主，清剿小股和分散隐蔽之匪，以彻底解除匪患。

3月3日，我团七个连和106团2营一个连对大浦、梅垩、帽子山、三泉地区800余土匪进行清剿，采取轻装疾进、夜行晓击、多路合围、突然攻击、直捣匪巢的战术，英勇顽强，猛打猛冲，发挥了短兵战、短促火力和小兵群之威力，在5天内将这股土匪基本消灭，取得了初战的胜利。

3月12日夜，600余名土匪围攻我水江区政府和征粮工作队，企图占领水江。我团7连一个排和县一个中队奋力抗击，坚守阵地。7连的其他部队急进增援，团直警卫连乘汽车也急速赶到，战斗到14日，土匪被歼百余人，其余则仓皇溃逃。

3月19日，我团以7个连的兵力清剿鸡公山、鱼泉河、鱼泉农场地区600余人之股匪，经4天的攻打，将股匪消灭。此时，部队已极度疲劳，但为不失战机，防止土匪破坏厂矿和逃往黔境，随即又以8个连的兵力，于3月27日，对位于南川西南丛林、永安、南桐矿区、观音殿地区1 000余人之股匪进行清剿。经过4天剿伐，股匪基本被消灭。该地是矿区，洞多崖多，残匪多藏于洞崖之内，部队又留下3个连用了3天时间，打洞搜崖，彻底肃清残匪。

自4月14日开始，涪陵军区统一指挥，以41个连的兵力，对涪陵、南川、巴县三角地区8 000余人的大股土匪实行合围清剿。南川北部的大观、鸣玉地区之1 000余人股匪也被合围。我团以7个连组成第一守备区，构成3道封锁线，消灭漏网之匪。同时，重点清剿了沿塘、大观、鸣玉地区之残匪。

经过多次清剿，南川三大股土匪基本被消灭，具体如下：毙匪纵队参谋长萧凯以下418名，俘匪首何鸣皋以下325名，投降自新175名，缴枪712支、土炮8门。但是，我阵亡干部战士14人，伤23人；7连连长李鼎和、警卫连指导员曲仁佐，在与土匪激战中光荣牺牲。

清剿取胜的原因，除做好思想政治工作、摸清匪情、周密计划、讲究战术、物资供应和伤员抢救等各项保障到位，团、营指挥所跟随部队具体指挥外，最主要的是坚持了党对军队的绝对领导，贯彻了毛泽东同志的军事思想。

我部队刚到南方，因水土不服，拉肚子的人较多，战士们体力虚弱，加上冒雨清剿，山高路滑，饥饿疲劳。但是，战士们依然情绪高昂，越战越勇，把剿灭土匪、保卫人民当成神圣职责。警卫连是剿匪的主力连队，打得非常英勇顽强。指导员曲仁佐同志始终在第一线指挥作战，带领冲锋，中弹后仍率部队追击土匪，后因流血过多光荣牺牲。7班班长丁金堂，1947年参军，共产党员，一贯思想进步，关心同志，吃苦在先，冲锋在前，带领全班浴血奋战，歼匪最多，但不幸中弹，光荣牺牲。这位活泼可爱的同志，为革命流尽了最后一滴血，牺牲时年仅21岁。

三

发动群众，开展政治攻势

（1950年4月中旬—5月16日）

南川县境内的三大股土匪虽然基本被剿灭，但残匪仍潜伏隐蔽，企图做最后的挣扎，并不断地伺机骚乱。当时，我们的主要困难是：群众仍怕遭到土匪的迫害，不敢接近部队；土匪分散隐蔽，藏匿于暗处。在这种情况下，只有把群众发动起来，开展强大的政治攻势，才能把土匪彻底剿清。我团除驻剿部队外，又以5个连的兵力，于4月中旬分别到5个区发动群众，开展政治攻势，清剿残匪。同时，以3个连的兵力作为机动，应对紧急情况，加强对重点地区的清剿。

为正确执行"首恶必办、胁从不问、立功受奖"和镇压与宽大相结合的政策，瓦解匪众，孤立匪首，消除群众顾虑，扫除发动群众的障碍，剿匪指挥部决定并经上级批准，于4月中旬在县城和各区同时召开公审判决大会，对作恶多端、罪大恶极、群众痛恨、死不改悔的匪首、惯匪及反革命分子坚决镇压。同时，对一般群众也宽大处理了一批，由县政府公告全县。此后，群众振奋，人心开始稳定，土匪则感到极大压力，起到了杀一儆百的作用。

部队进入各区后，在清剿残匪的同时深入实际，发动群众。一是宣传党的政策和我剿匪的决心，助民生产，访贫问苦，排忧解难，做艰苦细致的思想工作，提高群众的觉悟和认识；二是召集开明绅士座谈会，宣传政策，阐明道理，搞好剿匪和征粮统一阵线；三是召集旧乡保人员开会，宣布过去的罪行，交代政策，指明出路，明令约法，保证不通匪、不藏匪，上缴匪枪、匪赃，报告匪情，积极缴纳公粮，将功赎罪；四是召开匪属会和被宽大释放的俘匪会，开展匪众的父母喊儿、妻唤夫、子叫父、匪对匪的心理攻势，促使土匪赶快投降自首，争取得到宽大处理。

各级领导、机关干部和全团所有单位，做到人人开口，个个行动起来，积极做发动群众和瓦解土匪的工作。团宣传队下乡演戏，与群众联欢，揭露土匪罪行；卫生队和营、连医务人员送医上门，为群众治病；"爱民模范连"的机炮连和"爱民模范班"的1连5班，他们每到一地，首先做群众工作，宣传大好形势和剿匪的胜利，开展缸满院净等助民活动已成为习惯，军民关系越来越密切，群众称我们为"亲人"。

我军纪律严明，吃苦耐劳，英勇战斗，保卫人民，消除匪患，这些事实，广大群众看在眼里，记在心上，尤其是广大群众亲眼看到人民政府镇压了土匪首恶，部队以重兵清剿残匪，广大群众很快地发动起来了，一场以政治攻势为主的群众性清匪运动轰轰烈烈地开展起来，而且效果显著。

4月18日这一天，水江、隆化、大观区有匪100余人，带枪50余支，土炮3门，到清剿部队投降自新。4月23日、29日，5月6日，我们清剿了元塘、大有等重点地区的残匪，在政策的威力和广大群众的配合下，三五天即将其肃清。自4月中旬至5月中旬，由于广大群众发动起来了，开展政治攻势，清剿残匪，抓捉匪首，各区清剿部队均取得了可喜的成绩。

仅一个月的时间，击毙、俘土匪344名，投降自新583名，缴获枪425支、土炮5门。我亦牺牲干部、战士3人，伤12人。

我们团全体指战员，由于能认真执行上级指示，积极努力，克服困难，艰苦奋斗，英勇顽强，剿匪、征粮和发动群众工作都取得了很大成绩，1950年5月11日，受到了第3兵团、川东军区首长通令表扬。

通令全文如下：

积极主动剿匪，密切军政关系

野直炮九团进驻南川后，除担负两县的征粮任务外，积极参加剿匪斗争。由于他们认识到了剿匪与建设西南的伟大历史任务，即放下大炮，扛起步枪。他们除了喂马看炮人员外，组织了八个步兵连，保护交通，积极主动寻匪进剿。

由于该团全体同志有高度的阶级觉悟，不论谁指挥，均能坚决服从命令，完成所给予的任务。在剿匪的斗争中，大家表现出了英勇顽强的忘我精神（该团在剿匪和征粮中，伤亡连长政指以下五十名，超过过去最大的任何一个战役的伤亡），尤其是王一平团长、张在田政委不断率队出发剿匪，这与部队的剿匪积极性是分不开的。

他们不仅在剿匪上表现了积极主动，而且在地方工作、发动群众上也积极参加，所以该县军政关系甚好，由干部到战士均能团结一致，互尊互重，情感融洽，在各方面均能发挥一元化的力量。

特此通令表扬，并号召全区所有部队，特别是特种兵部队向他们学习，密切军政关系，开展剿匪斗争。

此令

司令员：王近山　　　　政治委员：谢富治

副司令员：曾绍山　　　副政治委员：阎红彦

参谋长：王蕴瑞　　　　政治部主任：钟汉华

一九五〇年五月十一日

四

肃清散匪，加速征粮

（1950年5月18日—9月）

经过两个月的加紧进剿，南川的土匪基本被剿灭，而征粮工作时间紧、任务重，南川县征粮总数2 750万斤。

1月5日，王团长和我到野司兵团受领征粮任务后，立即抽调干部、战士800人（去綦江200人），与地方同志共同组成区、乡征粮工作队。同志们工作积极，但由于土匪骚扰，征粮工作受到极大影响，到4月底仅完成40%的征粮任务。县委、县政府和剿匪指挥部决定，在肃清散匪的同时要集中力量，发动群众，加速征粮。

我团驻点部队和5个连仍在各区既征粮又清匪，同时再以3个连的兵力，清匪护路，保障征粮。为总结经验，提高认识，鼓舞斗志，我们于5月18日召开了第二次团党委扩大会和全团动员誓师大会，宣读第3兵团、川东军区首长对我团全体指战员表扬的通令，团党委要求全团同志戒骄戒躁，再接再厉，防止和克服自满情绪、麻痹思想，为打好征粮和肃清散匪最后之仗再立新功。广大干部、战士一致表示继续努力，鼓足后劲，圆满完成征粮、肃清散匪、解除匪患的任务，不辜负上级党委、首长和南川人民的信任及希望。

征粮工作政策性很强，涉及千家百户和各阶层人士，情况复杂，问题较多，如瞒地、瞒成分的情况较多，烧仓破坏的事情时有发生，交运公粮数量大、困难多，等等。要想解决这些问题，一靠政策，二靠群众，三靠我们的积极工作。

参加征粮的同志尤其是各级领导干部，均能认真学习、深刻领会"田多多征、田少少征、合理负担"的政策精神，深入征粮第一线，掌握政策，发动群众，总结经验，解决疑难问题。同志们一致认识到，民情、匪情，当地人民群众了解得最清楚，所以只有把群众发动起来，剿匪、征粮问题才容易解决。9连党支部决定，干部和党员要把带头学习、掌握政策、发动群众作为重要政治任务执行，并在工作中做到及时汇报。该连负责的大观区的清匪、征粮工作进展很快，成绩突出，成为先进典型，所以推广了他们的经验。在发动群众工作中，同志们的工作主要是：做好群众思想工作，讲明政策，提高群众对征粮的认识；帮助群众建立组织，为群众办事，给群众撑腰、树立威信，培养人民当家作主的意识，使群众扬眉吐气。

6月上旬，县里镇压了第二批土匪首恶分子，同时镇压了极少数与匪勾结、破坏征粮、迫害群众、罪大恶极的恶霸和反革命分子，既推动了征粮工作，又为群众撑了腰。对此，广大群众反响良好。

广大群众懂得了党的政策后，就主动揭发了瞒地、瞒成分的问题，还挖出了不少"黑地"和漏划的富农，扩大了负担面，解决了征粮难的问题。5到7月是大批交运公粮的高潮期，在广大群众的积极支持、帮助下，部队严密组织，武装押运，清匪护路，使交运公粮工作顺利进行。

由于全体征粮同志积极努力，深入发动了群众，正确掌握了政策，征粮工作得以胜利完成。7月底，我们完成全部征粮任务，并受到了上级的表扬。

8月中旬，部队全部撤回县城。一是开展政治整训，传达并学习党的七届三中全会精神和文件。二是检验清匪的彻底程度，试验部队不在时有无土匪活动。同时，哪个地区出现匪情，即由哪支部队负责清剿，彻底肃清。各级领导干部亲自检查验收，征求群众意见。2营营长彭进仁同志一直率部剿匪，带领4、5、6连干部和骨干，检查到遭受土匪残害严重的鸣玉乡时，群众痛哭流涕地控诉土匪的罪行。群众拉着彭营长和同志们的手说："是共产党、毛主席派解放军来消灭了土匪，拯救了老百姓，我们从心眼儿里感谢共产党、毛主席和解放军同志。你们可千

第七部分　南川剿匪征粮纪实

万不能走啊！有解放军在，我们心里踏实。"当时，群众人人喜形于色，热泪盈眶，气氛的热烈和群众对我军深厚的感情，实在令人难忘。

从9月23日开始，贵州军区以20个营的兵力，对黔东北道真、正安、婺川、德江、沿河几县3万余人之土匪发起会剿。我团奉命将6个连部署在大有、天佛山、南桐矿区、万盛地区，担任堵击逃窜之匪任务。由于会剿成功，只有100余名散匪逃窜，但被我军击毙或活捉。

在征粮和清剿散匪中，共毙、俘土匪391名，投降自新474名，缴获步枪、手枪等479支、机枪3挺、手榴弹11枚。我军亦牺牲战士2人，伤11人。

到9月底，南川县境内的土匪已被全部肃清，达到了净化程度，彻底消除了匪患。在剿匪和征粮中，全团进行大小战斗近60次，共毙、俘土匪1 478名（其中俘匪首15名），投降自新1 232名，缴枪1 616支、土炮20门。但是，我团也付出了很大的代价，共伤亡干部、战士71人（伤48人、亡23人），其中有连长、指导员、排长、班长和战士。这些人为了建设西南，保卫人民，清除匪患，使人民群众安居乐业，献出了宝贵的生命。

现在能查到名字的18位烈士是：7连连长李鼎和，警卫连指导员曲仁佐，5连排长邱振坤，7连班长丁金堂，1连战士刘能万、陈德，3连战士李永起，5连战士刘顺庆、刘楚善、刘树敏，7连战士黄德英、赵金堂、周三、赵信忠、秦广山、梁从科，机炮连战士于维财、赵清臣。

南川剿匪斗争和征粮工作的胜利，主要是因为我们认真贯彻执行了党中央、毛主席的正确路线、方针和政策，并在上级党委、首长正确领导下，党政军民紧密团结，同心同德，互相支持，密切配合取得的。全体指战员在广大人民群众的大力帮助下，积极努力，艰苦奋斗，英勇顽强，流血流汗，使我们的剿匪和征粮工作得以圆满完成。

每当我回想起南川剿匪、征粮的日日夜夜，总是感慨万分。当时，南川县委、县政府和人民群众对部队全体指战员的关心、爱戴和支持，以及党、政、军、民在战斗中建立起来的革命友谊和鱼水之情，至今仍铭刻在心。在剿匪和征粮中，干部、战士们克服困难、浴血奋战的情景常常在脑海中浮现，激起我对那些为革命流血牺牲的战友的无限怀念。他们的英雄业绩，人民是不会忘记的。革命烈士的鲜血将激励我们的后代更加坚定地继承革命遗志，奋发努力，建设好我们伟大的社会主义国家。

革命烈士用鲜血和生命铸成的丰碑将永远矗立在南川人民心中！

后　记

在我们伟大的祖国成立 75 周年之际，在中共吉林省委党史研究室、东北师范大学出版社的大力支持下，《一位断臂老人的回忆》一书终于与读者见面了。本书得以问世，首先感谢张在田老人的长子张继荣同志。他退休后在父亲张在田的病榻前一边照顾父亲，一边用老式小录音机，花了几年的时间，录制下父亲谈到的他经历的战争片段。然后，他再把父亲讲的话一字一句地写成文字资料送给了我们。所以说，《一位断臂老人的回忆》是一本有声音的书，真实地记录了战争年代那一段可歌可泣的峥嵘岁月。

笔者原将书名定为"一位断臂英雄的回忆"，但老人的儿女们坚决不同意用"英雄"二字，正如老人总是笑着面对赞扬他是"英雄"的人们时说的："我不是英雄，因为我还活着，'英雄'的称号永远属于那些长眠于地下的烈士！"

在写作过程中，笔者得到了老师、同学、朋友诸多方面的帮助和关怀，在他们的鼓励、帮助下顺利完成了本书的写作。

感谢中共吉林省委党史研究室王宜田主任对本书给予的充分肯定，使张在田老人光辉的一生得以记录，流芳后世！

感谢四平电视台原文艺部主任、著名军史专家王永兴老师，他在百忙之中看了《一位断臂老人的回忆》的资料后，感动地流下了眼泪。他鼓励我一定要把老人战斗的一生整理出来，让后人知道和平来之不易，要珍惜今天的幸福生活，要爱党、爱国、爱人民！我本想能得到他的帮助，但不幸的是，还没等我动笔，他就因病与世长辞了！哀哉，痛哉！我会牢记他生前的嘱托，以传播红色文化为己任，传播中国共产党的红色历史。

　　为了完成《一位断臂老人的回忆》这本书稿资料的搜集工作,写好他老人家为"四保临江"战役所做出的贡献,我曾多次去张在田老人战斗过的丹东、辽阳、鞍山、桓仁、梅河口、临江等地的党史部门,搜集相关的文字资料。当汽车驶过凤凰城的时候,我望着山上的树林,那里埋葬着张在田老人的那只断臂。一个外乡人,把他身体的一部分留在了东北大地,一个残疾的身影在炮火中闪现,张在田老人的这种精神鼓舞着我。虽然我的文学功底浅显,但我不怕险关泥道,以"咬定青山不放松"的精神完成了写作。

　　记得,当我走到最后一站时,我在临江的老同学于维庆夫妇早早地等在那里。看到他们的时候,我一扫连日以来旅途的劳累,有一种如见亲人般的兴奋。他们陪我参观了四保临江战役纪念馆,游览了临江美丽的江心岛,在那里瞻仰了巍然屹立在江边的"四保临江"战役总指挥陈云同志的塑像。站在这里,我仿佛听见了当年隆隆的枪炮声,仿佛看见了战场上升腾的硝烟,我的心中有一股力量在升腾——一定要把张在田那一代人的光辉形象还原给后人。在此,我向老同学于维庆夫妇表示衷心感谢!

　　伟大的中国共产党从弱到强,已经走过百年风雨,如今带领我们走在实现中华民族伟大复兴的征程上。作为一个沐浴在幸福中的人,笔者有责任、有义务将那些为党、为祖国、为人民奉献青春和生命的英雄故事记录下来,让英雄精神永远活在后人的心里!